U0045472

古典詩歌研究彙刊

第二二輯

龔鵬程　主編

第 2 冊

歸田與憫農
——唐詩中田園書寫的兩個面向

李 堯 涓 著

國家圖書館出版品預行編目資料

歸田與憫農——唐詩中田園書寫的兩個面向／李堯涓 著 — 初
版 — 新北市：花木蘭文化事業有限公司，2017〔民 106〕
目 4+192 面；17×24 公分
（古典詩歌研究彙刊 第二二輯：第 2 冊）
ISBN 978-986-485-113-3（精裝）
1. 唐詩 2. 田園詩 3. 詩評
820.91   106013422

ISBN-978-986-485-113-3

古典詩歌研究彙刊
第二二輯　第 二 冊 　　　　ISBN：978-986-485-113-3

歸田與憫農——唐詩中田園書寫的兩個面向

作　　　者　李堯涓
主　　　編　龔鵬程
總 編 輯　杜潔祥
副總編輯　楊嘉樂
編　　　輯　許郁翎、王筑　美術編輯　陳逸婷
出　　　版　花木蘭文化事業有限公司
社　　　長　高小娟
聯絡地址　235 新北市中和區中安街七二號十三樓
　　　　　　電話：02-2923-1455／傳真：02-2923-1452
網　　　址　http://www.huamulan.tw 信箱 hml 810518@gmail.com
印　　　刷　普羅文化出版廣告事業
初　　　版　2017 年 9 月
全書字數　136871 字
定　　　價　第二二輯共 14 冊（精裝）新台幣 22,000 元

歸田與憫農
——唐詩中田園書寫的兩個面向

李堯涓　著

作者簡介

李堯涓，女，逢甲大學中國文學系研究所博士。研究方向：唐代文學、古典詩歌，逢甲大學國語文教學中心兼任講師。

提　　要

　　傳統中國國分六職後，「士」的形象，經由儒家文化的詮釋與論述，逐漸被塑造出來。若士人謀得官職，開始維護社會秩序的任務，以至終老，乃順利實現社會的定位。反之，士人沒有獲得一展長才的機會，或者驚覺現實與理想背道而馳時，他們該如何是好？

　　首先，本文在前人研究基礎上，對於中國政治體制確立，隨之出現的「士」與「農」階層分別作討論。仔細觀察在「勸農」與「勸學」雙雙強化的情況，「回歸躬耕」的思維如何異軍突起，打破國家組織的觀念，忽略種種制度限制，帶領士人跨出階層界線，將田園融入在自己的作品之中。

　　接著，本文以唐代田園書寫中的兩個面向：「歸田」與「憫農」爲主要考察對象，觀察唐代詩歌由歸墾到憫農的視域轉變，以及詩人創作歸田書寫與憫農書寫作品的特色。於第三章，分析唐代士人「歸田」的背景，進而討論其產生轉化與分流的情形，是如何促成中唐時期「憫農」視角的開展。第四章爲「觀看與體驗——唐代詩人歸田書寫」，主要探討唐代詩人在歸田書寫的特色，是以外在客觀到內在抒發的層次討論。第五章爲「即事與超越——唐代詩人憫農書寫的特色」，討論唐代詩人在憫農書寫上，以即事手法反映農民困境，議論與農民相關的社會問題。最後，分析憫農書寫所展現的論事特質。

　　本文以詩歌文本本身的討論爲主，試圖以文學的角度探討跨界主題「歸田」與「憫農」的書寫作品，並且對應與主題息息相關的社會制度、社會情況、經濟問題等，使得分析文本的過程，能夠洞澈且接近詩人創作的當下。以期達到對於唐代田園書寫的兩個面向——「歸田」與「憫農」作品更進一步的認識。

目

次

第一章 緒 論

　　詩歌不僅是中國古典文學創作的重要文類之一，同時是現今學術討論與研究十分重視的領域。詩歌的創作源遠流長，發展到唐代已是氣象萬千，故探析唐代詩歌的視角倍具豐富性。而「田園書寫」主題一向廣受討論，有所謂「田園詩」、「山水詩」、「憫農詩」、「農事詩」、「田家詩」、「自然詩」等名稱與範圍的定義。其次，在「隱逸」、「招隱」、「遊仙」、「歸田」、「諷諭」、「閒適」等主題的研究成果中，經常也將「田園書寫」作品一併討論。由此可知，唐代詩人在「田園書寫」主體的創作意願非常踴躍，內容亦極具多元性。除此之外，近來學者在唐代制度、自然災害、經濟活動與農民生活狀況等，屬於政治、歷史、社會或經濟的研究領域，均有選擇跨領域結合唐代詩歌中的「田園書寫」，是將此類作品當成客觀的史料討論。

　　本論題的提出，是由「士」的自我定位出發，討論士人接受傳統儒家文化的薰陶，塑造出在特定場域執行任務。一旦其無法在既定場域中實踐理念，甚至被迫轉向其他生存空間時，會導致心理與生理產生的種種改變，因而對於詩歌創作造成的升煉等影響與效果，相當值得深入尋索。以下依序對於論題的相關研究作文獻回顧與討論，說明本文選題的義界，以及研究方法與取材對象。

第一節　研究動機與論題的提出

一、「士」的自我定位

　　國家建立之初，需要一套相應的制度與規範，使社會能夠正常運作與管理，依《周禮·冬官考工記·第六》記載：

> 國有六職……坐而論道，謂之王公；作而行之，謂之士大
> 夫；審曲面勢，以飭五材，以辨民器，謂之百工；通四方
> 之珍異以資之，謂之商旅；飭力以長地財，謂之農夫；治
> 絲麻以成之，謂之婦功。〔註1〕

由職別分成王公、士人、百工、商旅、農夫、婦功六種，且各有職責的規範，可知自古就有分工模式，而士人與農夫並列其中。《禮記·坊記》記載「君子仕則不稼」〔註2〕，強調士人扮演社會中勞心的角色，而以道德加強政治的穩固性乃其職責所在。余英時在《中國知識階層史論·古代篇》自序也強調「中國知識階層自春秋戰國初期出現於歷史舞台之時即已發展了一種群體自覺，而以文化傳統的承先啟後自任。」〔註3〕此乃多數研究者認同的知識分子初貌。

　　對於傳統中國社會影響深遠的儒家文化，主張不在其位不謀其政，《論語·微子》透過子路與躬耕隱者的對話，引出士人必須瞭解「不仕無義」的理分，並具備任重道遠的責任感，與知其不可為而為之的覺悟〔註4〕，士人的自我定位呼之欲出。而《論語》尚有多處言

〔註1〕〔漢〕鄭玄（注），〔唐〕賈公彥（疏）：《周禮注疏》，臺北：藝文印書館（十三經注疏本），1982 年，頁 593～594。

〔註2〕原文如下：子云：「君子不盡利以遺民。」《詩》云：「彼有遺秉，此有不斂穧。伊寡婦之利。」故君子仕則不稼，田則不漁；食時不力珍，大夫不坐羊，士不坐犬。《詩》云：采葑采菲，無以下體，德音莫違，及爾同死。以此坊民，民猶忘義而爭利，以亡其身。（〔漢〕鄭玄（注），〔唐〕賈公彥（疏）：《禮記正義》，臺北：藝文印書館（十三經注疏本），1982 年。頁 871。）

〔註3〕詳見余英時：《中國知識階層史論（古代篇）》，臺北：聯經出版社，1997 年，頁 3。

〔註4〕原文如下：子路從而後，遇丈人以杖荷蓧。子路問曰，子見夫子乎。

及「士」階層該有的自覺，如：

> 士志於道，而恥惡衣惡食者，未足與議也。(〈里仁〉，頁 37)

> 士而懷居，不足以爲士矣。(〈衛靈公〉，頁 123)

> 學而優則仕 (〈子張〉，頁 172)

影響所及，其塑造出中國傳統知識分子的自我生命抉擇，是以「志於道」爲目標，而進入仕途、參與政治和一展長才，乃是實現目標前的過程。

　　其實，孔子強調士與仕途之必然性的同一時刻，考慮到時代秩序是否允許的問題，《論語・泰伯》云：

> 篤信好學，守死善道。危邦不入，亂邦不居。天下有道則
> 見，無道則隱。邦有道，貧且賤焉，恥也。邦無道，富且
> 貴焉，恥也。(頁 72)

儒家言「無道則隱」，是知在仕宦之前，道的維護更爲重要，其認爲「士」階層在現實無道的情況，絕非以放棄其志，選擇「枉道而事人」(〈微子〉，頁 164) 的態度面對。正確的作法應該是「不降其志，不辱其身」(〈微子〉，頁 166)，進而選擇「隱居以求其志」(〈季氏〉，頁 149)。由此可知，孔子將隱居看成一種手段，士處於亂世時，用以捍衛和維護「道」的手段。又，《孟子・盡心上》言：

> 古之人，得志澤加於民，不得志脩身見於世，窮則獨善其
> 身，達則兼善天下。[註5]

同樣言明賢者避世，而得志、不得志、窮者、達者角色的交錯論述，

丈人曰，四體不勤，五穀不分，孰爲夫子？植其杖而芸。子路拱而立，止子路宿。殺雞爲黍而食之，見其二子焉。明日，子路行以告。子曰，隱者也。使子路反見之，至則行矣。子路曰，不仕無義，長幼之節，不可廢也。君臣之義，如之何其廢之。欲絜其身。而亂大倫。君子之仕也，行其義也。道之不行，已知之矣。〔魏〕何晏（注）、〔宋〕邢昺（疏）：《論語注疏》，臺北：藝文印書館（十三經注疏本），1982年，頁 166。以下同出本書者，僅在文本後標示卷、頁數，不另加註。

〔註5〕〔漢〕趙岐（疏）：《孟子正義》，臺北：藝文印書館（十三經注疏本），1982年，頁 230。以下同出本書者，僅在文本後標示卷、頁數，不另加註。

揭示孟子認爲「隱」乃待時之舉。當時機合宜之時，士人依舊要回到仕宦的路途，完成「治人者」的社會角色。因此，士的自我定位乃是以天下爲優先，達者積極進入國家體制，輔佐君主。若身處邦無道的情況，士人應守道而隱，審時而動。

二、生存場域轉變

　　國家分六職，將「士」應盡的職分做出設定，經由儒家文化的詮釋與論述，讓士人的生命定位更加清晰。據文崇一觀察，傳統中國社會是一種金字塔式結構，知識分子位居中間，以謀取官職的方式，獲得並執行維持社會秩序的任務〔註6〕，說明在社會運作分工裡，士人顯然是穩固金字塔結構相當重要的一環。概括而言，「士」擁有的是「道德」方面，屬於抽象的專業知識，不同於其他社會角色擁有生活類的專業技能，故士人必須依附在社會其他職業，倚重他人的專業技能生活。

　　以參與政治爲追尋目標的「士」形象被塑造出來，但是國家是否釋出相等空間的舞台使其一展抱負，卻值得討論。若士人在飽讀詩書後，進入仕途，謀得官職，開始維護社會秩序的任務以至終老，此乃順利實現儒家文化所賦予士與仕宦的自我定位。假定士人奮發讀書，卻無法得到機會，落實「士」身分應盡的社會義務，不歸屬於社會任何一個位置的他們，應該要何去何從？或者，當知識分子在仕途面臨的問題與其理想背道而馳之時，與世浮沈的他們，是選擇堅持自我，抑或如薩依德（Edward W. Said）（1935～2003）《知識分子論》所言：當士人爲了避免成爲權利結構的一員，惟有轉身離開，以「業餘者」、「圈外人」的身分生活，否則只能奉僵化體制或方法行事。〔註7〕若士人遵循「君子謀道不謀食」、「君子憂道不憂貧」（《論語·衛靈公》，

〔註6〕詳見文崇一：〈從價值取向談中國國民性〉，收錄於李亦園、楊國樞編：《中國人的性格》，臺北：中央研究院民族所，1972年，頁49～80。
〔註7〕〔美〕艾德華·薩伊德著，單德興譯：《知識分子論》，臺北：麥田出版社，1998年，頁159。

頁 141）原則而選擇不仕，居住場所自然就會從繁華的京城退出，或是回到原鄉故土，或是隱居深山僻野之中。如此一來，儘管士人遵守「安貧樂道」的原則，他們依舊要面對社會邊緣化後的生計問題。

歷代士人想要獨善其身，多以「不仕則農」〔註8〕為選擇，唐代士人們亦是如此。然而，農耕社會中，收成的好壞、來年生活的品質，除了依據人為的勞力付出，更是需要仰賴田地的肥沃度、天氣穩定與否等自然因素的影響。《詩經‧小雅‧大田》言及農民的付出，其云：

> 大田多稼，既種既戒，既備乃事。以我覃耜，俶載南畝。
> 播厥百穀，既庭且碩，曾孫是若。既方既皁，既堅既好，
> 不稂不莠。去其螟螣，及其蟊賊，無害我田穉。田祖有神，
> 秉畀炎火。有渰萋萋，興雨祁祁；雨我公田，遂及我私。
> 彼有不穫穉，此有不斂穧；彼有遺秉，此有滯穗；伊寡婦
> 之利。曾孫來止，以其婦子，饁彼南畝；田畯至喜。來方
> 禋祀，以其騂黑，與其黍稷，以享以祀，以介景福。〔註9〕

農民為了獲得更多的收成，將種植的作物，農具的狀態，播種的時間都視為關鍵時刻。從禾苗的照顧、長成到結實的個個區塊，其中尚包括除去分食營養的雜草，還有危害禾苗生長的昆蟲，以及半刻不能鬆懈的灌溉工作。又，對付害蟲要詳知其習性，是以每次的親身體驗為

〔註8〕賈思勰《齊民要術》言：「夫治生之道，不仕則農；若昧於田疇，則多匱乏。只如稼穡之力，雖未逮於老農；規畫之間，竊自同於『后稷』。」（江蘇：江蘇古籍出版，2001 年，頁 23。）後學者有研究，如黃云鶴《唐宋下層士人研究》分析，士人寄予農耕穩定的收入，得以保障其「逍遙」與「自樂」的雅致（詳見氏著：《唐宋下層士人研究》，河北：河北人民出版社，2006 年，頁 95～99。）另外，潘建尊《唐代的農民生活》討論唐代士人的心態，其認為他們回到故鄉，重新拿起農具耕種，是因為相對官場而言，農村已是較能掌控的空間。（詳見氏著：《唐代的農民生活》，臺北，東吳大學歷史學系碩士論文，2009 年，頁 8～9。）然而，本文認為兩者的論點，皆尚有討論空間，將在行文中提出觀點。

〔註9〕〔漢〕鄭元（箋）、〔唐〕孔穎達等（正義）：《詩經》，臺北：藝文印書館（十三經注疏本），1982 年，頁 472。

教材；灌溉則要看上天是否肯降雨，是人所不能控制的自然因素。順利度過上述過程，還有收割的後續工作。凡此種種，可見從春耕、夏耘、秋收的長時間裡，農民們必須付出繁重且密集的勞力，才能換得安頓家庭生活的條件。這般吃苦耐勞、知足安命的性格，並不是後天轉換生存場域的「士」，可以快速培養出來的。因此，在農民眼中，士就是士，即使士在鄉下住下來，實際從事躬耕的活動，也難以真正成為農民的一員。

三、問題意識的提出

綜合上述，對於知識分子影響深遠的儒家學說，實際上提供士人「進」、「退」二種人生的道路。然而，儒家對於「亂世」的定義不夠明確，又孔、孟二人在春秋戰國如此混亂的世道，皆未走入「獨善其身」一途，而是選擇周遊列國、說服諸侯的行徑。同時，在子貢傾訴「倦」的真心時，孔子引用《詩經·豳風·七月》說明從事農事所需的專業技術與繁忙緊湊的行程，絕非「士」階層能輕易消化，並以「耕焉可息哉」的反問方式，明確否決士人「歸耕」的可能性。因此，後學者在實踐與論述士人階層的過程中，強化「兼善天下」的自我定位。

漢代以後，統治者確立完整的「治人」體系，促使儒家文化塑造的金字塔式社會更加穩固，士跨越官場，向底層農民流動的可能性更加渺茫，甚至兩者只有在宣示意味濃厚的籍田儀式中，才能獲得短暫交集。直至高齡六十一歲的張衡，經歷漢代的盛衰，在無道之世產生「倦」的念頭，以虛擬書寫的方式作〈歸田賦〉，才在其建構的田園中換得「至樂」的回饋經驗。爾後，魏晉六朝的陶淵明與謝靈運，不約而同打破行之有年，有關「勞心」、「勞力」階層分工的思想。雖然，二者打破士、農界線的方式不同：陶淵明放棄官員的身分，回歸到田園，在實踐躬耕的生活中，書寫其所見所聞所感；謝靈運透過經營莊園，寄情山水美景，營造〈歸田賦〉內容的至樂氛圍，兩人卻不約而同以職業的觀念詮釋「士」、「農」階層，讓知識分子不再局限於「以

道殉身」的思想，在生命道路的選擇愈趨適性。

　　隋唐時期，最重要的政治變革爲實施均田制與科舉制度。進入唐代，二項政策由興起轉向確立。國家實行均田制度，使百姓擁有屬於自己的土地，個人的努力與奮鬥變得更有意義。藉由大興科舉考試，化解六朝以來「上品無寒門，下品無勢族」的情形，應考者在眾多科目中各憑本事，看似公平的制度，拓寬的仕途，燃起社會各個階層，尤其是金字塔底部百姓的想望。據此，「士」階層爲歷朝歷代以來，最大程度的開放，呈現出「端居恥聖明」〔註10〕與「英靈盡來歸」（王維〈送綦毋潛落第還鄉〉，《全唐詩》卷 125，頁 1243）的情況。傳統中國社會結構開始鬆動，金字塔底部的生產階層被允許把握機會，向中間的「士」階層流動，開啓階層間多重對話的管道。

　　唐代在中國歷史上扮演許多承先啓後的地位，在詩歌「田園書寫」的創作上面也不例外。林文月《山水與古典》提到：

　　　　唐代以後歌詠自然的詩，實際上是六朝的田園詩和山水詩
　　　　匯合以後發揚擴張的結果，……。

　　　　雖然唐代自然詩在血統上稟承了陶謝詩之遺質，但是滋長
　　　　發育的結果，卻形成了獨立而不同的風格。唐代自然詩多
　　　　數已打破情景的界限而交融爲一體了〔註11〕

多數研究將上述「歌詠自然之詩」歸爲唐代「田園書寫」的全部面貌，實際上其不僅僅是六朝田園詩和山水詩的擴張。林文月注意到這一點，明言經唐代特定背景作用以後，詩人的田園書寫作品已滋長發育成專屬唐代的風格。

　　川合康三《終南山的變容：中唐文學論集》提到文學作品與當時

〔註10〕〔清〕彭定求等編：《全唐詩》卷 160，孟浩然〈望洞庭湖贈張丞相〉，
　　　　北京：中華書局，1999 年，頁 1633。以下同出本書者，僅在文本後
　　　　標示卷、頁數，不另加註。
〔註11〕林文月：〈中國山水詩的特質〉，《山水與古典》，臺北：三民書局，
　　　　1996 年，頁 26、50。

環境的關係，其云：

> 文學作品乃是在歷時性體系（文學的因襲）與共時性體系
> （文學的環境）相交叉中，再加個人的資質要素，由這三
> 維的場中創造出來的。〔註12〕

除了共時性外，學者提出歷時性與作家資質，共三維的文學研究考
量。其中，本文取前二作爲關注議題的方向。因此，本文對於唐代田
園書寫所關注的項目有：在歷時性作用下，唐前各種士、農跨界書寫
的開啓與寫作模式，如何影響唐代詩人在此類詩歌的創作，使之更加
踴躍？如此高漲、澎湃的共同寫作意願，與共時性的連結爲何？筆者
期待結合唐代的社會背景，探析「田園書寫」詩歌中，歸田與憫農主
題的面貌及特色。

第二節　文獻回顧與討論

歷來「田園書寫」廣受討論，有關於名稱與定義範圍，有相同亦
有相異處，學者在探析「隱逸」、「招隱」、「遊仙」、「歸田」、「諷諭」、
「閒適」等主題時，經常將此類作品一併討論，可見田園書寫所含括
主題的豐富性。檢視以往討論「田園書寫」作品時，本文無意於眾多
已定義的範疇中錦上添花，反之，企圖破除各種對於此類詩歌劃分的
概念，盡可能將所有焦點放置在文本本身，專注討論詩歌作品產生的
原因與意義。

目前有關於田園書寫的研究，多認同唐代爲此類作品的轉捩點，
因此研究劃分是以唐代前、後爲界線。以下文獻回顧將透過耙梳有關
唐前、唐代田園書寫的概況，並且與之對話。由於專書、期刊、學位
論文甚多，筆者在唐前僅歸納以提出概念的方式作論述，以免模糊焦
點。有關唐代田園書寫的研究，本文盡量作全面且深入的回顧與討

〔註12〕〔日〕川合康三著，劉維治、張劍、蔣寅譯：《終南山的變容：中唐
　　　　文學論集》，上海：上海古籍出版社，2013 年，頁 197。

論，期奠定文章之基石。

一、有關唐前田園書寫的研究概況

　　唐代以前的田園書寫面向多元，研究成果豐富可觀。筆者耙梳與本文論題相關者，以下統整有關唐前田園書寫研究，具有啓導性研究向度。第一，先秦時期有關田園書寫的面向。中國詩歌的二大源頭《詩經》、《楚辭》，是謂各種體類詩歌追溯根本的起點，在「田園書寫」類的詩歌作品，亦是如此。藍麗春《詩經所反映之周代社會》〔註13〕和萬金蓮《詩經農事技術研究》〔註14〕的論文，提及中國以農爲本，展現當時用以紀錄社會的詩歌媒介，與國家最重要之事──農事，有著密不可分的關係。至於《楚辭》藉由政治、權利中心的對照，架構出代表邊緣化的「田園」，於此處印證士人自尊自重的價值〔註15〕。兩者相較之下，《詩經》描寫的田園是來自於平民百姓的農耕生活，《楚辭》刻畫是山水、香草爲主，二者影響「田園書寫」的面向各有不同。

　　第二，漢代有關田園書寫的面向。從有關「田園書寫」研究的篇章數量看來，對於漢代作品的討論，遠少於研究先秦與魏晉六朝時期作品的關注，究其原因，漢代以賦爲創作主軸，其後「田園書寫」主題多是文人創作，並以詩歌的方式呈現，是故研究者在溯源時，容易忽略漢代的作品。〔註16〕雖然，葛曉音《山水田園詩派研究》〔註17〕一書，論及田園書寫題材的濫觴，直舉漢代招隱詩、公宴詩和行役詩

〔註13〕藍麗春：《詩經所反映之周代社會》，高雄：高雄師範大學中國文學研究所碩士論文，1985 年。

〔註14〕萬金蓮：《詩經農事技術研究》，新竹：玄奘大學中國語文學院碩士論文，2002 年。

〔註15〕詳見廖美玉：《中古詩人的生命印記》，〈陶潛「歸田」所開啓的生態視野與多元族群觀〉，臺北：里仁書局，2007 年，頁 158。

〔註16〕漢代由民間創作的民歌，如〈婦病行〉、〈東門行〉等，内容如同《詩經·七月》的風格，是描寫農民百姓生活困苦的一面，後學者在討論「田園書寫」時，因創作者身分的因素，已先行將其劃分在討論範圍之外。

〔註17〕葛曉音：《山水田園詩派研究》，瀋陽：遼寧出版社，1999 年。

爲影響的主要來源。此三類作品，僅是將田園當成詩歌創作的書寫背景，並非有意描寫田園，故無法滿足研究者欲就書寫內容討論的需求。近來學界凸顯歷時性的討論方式，漢代張衡〈歸田賦〉的虛擬書寫因而被提出，成爲奠定魏晉六朝田園書寫重要的關鍵。如許東海〈歸返、夢幻、焦慮：從陶、柳辭賦論歸田書寫的文類流變及其創作意蘊〉〔註18〕討論陶、柳歸田的作品前，提及張衡〈歸田賦〉對兩人的影響甚遠。廖美玉〈「歸田」意識的形成與虛擬書寫的至樂取向〉〔註19〕擴大論述，耙梳「歸田」在勸農、勸學論點上的衝突與拉距，直至張衡以思維、虛擬書寫的方式達成士人階層「歸田」的可能性。張衡跨越體制所制定的士、農階層，以士人的身分回歸到自然，享受（虛擬）田園帶來的至樂，並影響後學者的田園書寫作品。

第三，魏晉六朝時期有關田園書寫的面向。魏晉六朝時期的「田園書寫」作品，相較於先前的朝代是謂發達。其中，陶淵明與謝靈運二人皆是自覺且主動脫離「士」與「仕途」軌道，二人將行動化成文字，體現於田園書寫作品，甚至成爲其現存作品之大宗。影響所及，有關田園書寫探析的溯源，在《詩經》、《楚辭》之後，即是介紹魏晉六朝時代，陶、謝二人的影響。洪順隆《由隱逸到宮體》〔註20〕、王國瓔《中國山水詩研究》〔註21〕、王熙元《古典文學散論》〔註22〕和林文月《山水與古典》〔註23〕等，單純討論魏晉六朝田園、山水作品，是將謝靈運與陶淵明的作品分開論述。傅興林〈試論謝靈運與陶淵明歸隱的差異性〉〔註24〕比較兩人歸居的動機、方式與心境，指出

〔註18〕許東海：〈歸返、夢幻、焦慮：從陶、柳辭賦論歸田書寫的文類流變及其創作意蘊〉，《漢學研究》，第22卷第1期，1994年6月，頁47～80。

〔註19〕廖美玉：〈「歸田」意識的形成與虛擬書寫的至樂取向〉，《成大中文學報》，第11期，2003年11月，頁37～78。

〔註20〕洪順隆：《由隱逸到宮體》，臺北：文史哲出版社，1984年。

〔註21〕王國瓔：《中國山水詩研究》，臺北：聯經出版社，1986年。

〔註22〕王熙元：《古典文學散論》，臺北：學生書局，1987年。

〔註23〕林文月：《山水與古典》，臺北：三民書局，1996年。

〔註24〕傅興林：〈試論謝靈運與陶淵明歸隱的差異性〉，《漢中師範學院學

兩人實際歸居情況的異同。近年，在魏晉六朝田園書寫研究，有加上「抒情書寫」者，如許銘全《唐前詩歌中「抒情空間」形成之研究——從空間書寫到抒情空間》〔註25〕，又有納入「空間詩學」者，如蔡瑜〈試從身體空間論陶詩的田園世界〉〔註26〕的研究興起，重新詮釋當時以及陶、謝二人的田園書寫，討論空間轉換如何影響作品內容。

　　第四，以歷時性的角度，探討唐前田園書寫的影響力。黃惠菁《唐宋陶學研究》〔註27〕與歐麗娟《唐詩中的樂園意識》〔註28〕將陶、謝二人的田園、山水作品與唐代詩人的「田園書寫」作連結，在文章中不斷地尋求唐代詩人對於陶淵明或謝靈運的繼承，同時論及唐代何種時代背景造成「田園書寫」的創作如此踴躍。一方面，可見兩人在魏晉六朝的文學發展中，扮演相當重要的角色；另一方面，亦見兩人對於後代「田園書寫」創作有深層的影響。然而，早在林文月《山水與古典》〔註29〕或鄭騫《從詩到曲》〔註30〕的研究論述，即一再提醒後學者，唐代詩人對於前代的田園書寫有所承襲，固然是不爭的事實，在唐代獨有的因素影響下，不僅培育「田園書寫」類型詩歌的風潮，相對也改變了原本陶、謝二人，分別以田園式與山水式的歸田風貌呈現。葛曉音《山水田園詩派研究》〔註31〕曾以「合流」的觀念呼應之，提出唐代已無完整的田園詩或山水詩，但是文章中卻沒有進一步討論合流以後，滋生的各種情況，僅是依時代先後舉出代表的詩人，釐清

報》，第1期，2000年2月，頁65～69。

〔註25〕許銘全：《唐前詩歌中「抒情空間」形成之研究——從空間書寫到抒情空間》，臺北：臺灣大學中國文學研究所博士，2009年。

〔註26〕蔡瑜：〈試從身體空間論陶詩的田園世界〉，《清華學報》，第43卷第1期，2004年6月，頁151～180。

〔註27〕黃惠菁：《唐宋陶學研究》，臺北：花木蘭文化出版社，2007年。於1996年首先發表論文。

〔註28〕歐麗娟：《唐詩中的樂園意識》，臺北：花木蘭文化出版社，2007年。於1996年首先發表論文。

〔註29〕同註23。

〔註30〕鄭騫：《從詩到曲》，臺北：順先出版社，1976年。

〔註31〕葛曉音：《山水田園詩派研究》，瀋陽：遼寧出版社，1999年。

唐代「田園書寫」面向的初貌。

綜合上述，學界研究唐前田園書寫的面向，涵蓋歷時性與共時性的雙重角度，構築著「田園書寫」的系統性論述。再者，藉由篇章數量觀察，尤以漢代的張衡、魏晉南北朝的陶淵明與謝靈運等三人的討論爲主。據此，本文欲在前輩學者的學術成果上，以歷時性的方式，將「田園書寫」研究推移至唐代，討論詩人對於唐前的繼承與開拓，包含張衡如何開啓「田園」書寫，陶淵明與謝靈運二人的跨界與歸居行爲，皆是本文企圖涉及的內容。

二、有關唐代田園書寫的研究概況

本文將深入討論唐代「田園書寫」詩歌中，屬於士、農跨界的作品。與此相關的研究，惟廖美玉〈杜甫「歸田意識」的形成與實踐──兼論越界的身份認同與創作視域〉〔註32〕曾明確地提及跨界書寫的觀念，討論杜甫如何被自身的跨界生活所影響，昇華其詩歌創作，以及陳曜裕《孤城、孤舟與京華──杜甫夔州與兩湖時期的創作視角》〔註33〕就單一詩人的主題式研究，討論杜甫跨界作品呈現的心理與生理的變化。除此之外，唐代「田園書寫」的詩歌作品研究，成果多集中在五處，其一，以士人的角度出發，討論「仕」、「隱」二者，對於詩歌創作的影響；其二，唐代「田園書寫」詩歌作品的泛論；其三，專論唐代詩人筆下反映出田園辛苦的作品；其四，對於個別唐代詩人「田園書寫」的研究；其五，與經濟、社會、歷史等跨領域結合研究。以下將分別就各項討論前人研究成果，包括其所達到的里程碑，對本文的啓發性，以及總體與本文立足點的差異性。

〔註32〕廖美玉：〈杜甫「歸田意識」的形成與實踐──兼論越界的身份認同與創作視域〉，收錄於陳文華主編：《杜甫與唐宋詩學：杜甫誕生一千二百九十年國際學術研討會》，臺北：里仁書局，2003 年，頁 419～487。

〔註33〕陳曜裕：《孤城、孤舟與京華──杜甫夔州與兩湖時期的創作視角》，臺南：成功大學中國文學研究所碩士論文，2010 年。

　　第一，討論「仕」與「隱」；「兼善」與「獨善」的主題。在傳統中國以組織為由，將國分六職，並且加強治人體制與農業政策，之後的士、農階層，只有在籍田儀式中短暫的交集。儒家文化以「窮則獨善其身，達則兼善天下」（《孟子·盡心上》，頁 230）樹立士人的理想性，且以「士之仕也，猶如農夫之耕也」（《孟子·滕文公下》，頁109）詮釋士人的定位。影響所及，仕途一直是「士」的首選，除非世無道可尋，才會以不降其志且獨善的方式生活。是故，王德保《仕與隱》〔註34〕、張仲謀《兼濟與獨善——古代士大夫處世心理剖析》〔註35〕、霍建波《宋前隱逸詩研究》〔註36〕，以及陳忻〈論中國古代文人朝隱的三種類型〉〔註37〕試以士人階層的角度出發，討論世之無道，士之不遇，應該如何保身與明志。

　　學位論文方面，林燕玲兩篇學位論文乃專論唐代詩人的隱逸作品〔註38〕，以「終南捷徑」為立足點，觀看唐代詩人的隱逸生活是真是假，碩士論文直接統計量化，就各類型的隱逸作初略耙梳，博士論文則是深入討論社會背景的影響力。雖然是討論「唐人之隱」，卻不以隱逸詩稱呼詩作，印證吳可道〈山水詩、田園詩以及隱逸詩〉所提出：隱逸是一種中國政治、社會、歷史、文化所造成的一種特殊之觀念，它是一種個人選擇的生活方式，與幽雅的山水以及寧靜的田園結合才踏實的意境。〔註39〕學者在仕、隱主題的討論多且廣，大抵認為士人

〔註34〕王德保：《仕與隱》，北京：華文出版社，1997 年。
〔註35〕張仲謀：《兼濟與獨善——古代士大夫處世心理剖析》，北京：東方出版社，1998 年。
〔註36〕霍建波：《宋前隱逸詩研究》，北京：人民出版社，2006 年。
〔註37〕陳忻：〈論中國古代文人朝隱的三種類型〉，《重慶師院學報》（哲學社會科學版），第 1 期，2002 年 2 月，頁 41～45。
〔註38〕林燕玲：《足崖壑而志城闕——談唐代士人的真隱與假隱》，臺北：花木蘭文化出版社，2009 年。於 1991 年首先發表論文。林燕玲：《唐人之隱：一種文學社會學角度的觀察》，臺北：花木蘭文化出版社，2010 年。於 2006 年首先發表論文。
〔註39〕詳見吳可道：〈山水詩、田園詩以及隱逸詩〉，《空靈的腳步》，臺北：楓城出版社，1982 年，頁 70～90。

離開專屬他們的道路後，士還是士，故他們用士人的眼睛看待社會。實際上，在士人離開京城中心之後，他們五官觸及到其他領域的同時，環境的一切反過來影響著他們的詩歌創作，作品遂而映現社會的種種真實。歷來對於後者的討論較少，本文希望能以兼顧二種情況的方式，重新看待唐代的田園書寫。

第二，泛論唐代「田園書寫」的詩歌作品。葛曉音《山水田園詩派研究》〔註40〕一書認爲山水田園詩有繼承性，所以從《詩經》、《楚辭》談起，提到初唐宮體詩將山水自然融入其中，而王績則是獨樹一幟，銜接陶淵明的田園詩作品，另外提出山水詩、田園詩已經合流，並且就盛唐詩人王維、孟浩然、綦毋潛、李白等人的「田園書寫」作詳細耙梳，以及介紹中晚唐的幾位餘響。最重要的是，其提出杜甫不同盛唐快樂面向的「田園書寫」作品，開啓後學者討論憫農書寫的契機。李漢偉《唐代自然詩研究》〔註41〕的研究重點，一方面是討論自然詩所觸及的心靈層面，一方面探析詩人在創作過程中如何表現自然，統計其所慣用的技巧，且逐一介紹。雖然二者使用不同的名稱，研究的方法與面向也不同，仔細比對，其探討的作品趨於一致。

金勝心《盛唐山水田園詩研究》〔註42〕前半將盛唐主要的「田園書寫」詩人作品，分成山水詩和田園詩兩部分，用簡略的方式賞析作品，後半分別以山水詩與田園詩的特色論述。由於金勝心特別的分法，使其與葛曉音和李漢偉兩人所涉及的作品不太一樣，顯現其認爲山水詩與田園詩並非完全不存在於唐代社會。連素厲《盛唐田園詩研究》〔註43〕一篇，縮小研究範圍與對象，僅討論具特色的王維、孟浩

〔註40〕 同註31。
〔註41〕 李漢偉：《唐代自然詩研究》，臺北：花木蘭文化出版社，2011 年於1985 年首先發表論文。
〔註42〕 金勝心：《盛唐山水田園詩研究》，臺北：臺灣師範大學國文研究所博士論文，1987 年。
〔註43〕 連素厲：《盛唐田園詩研究》，新竹：清華大學文學研究所碩士論文，1994 年。

然、儲光羲以及另一種風格的杜甫共四人，以深入作品的方式探討盛唐詩人創作的特殊心境。謝明輝《中唐山水詩研究》〔註44〕以中唐爲研究範圍，卻將《山水田園詩派研究》提到的王績，以及《盛唐田園詩研究》提到的王維、孟浩然、李白、杜甫列在探源的部分。由此可知，唐代田園詩與山水詩的界線模糊，而研究內容也過於集中在少數幾位中唐詩人，如韋應物、錢起、劉禹錫等，尚有多位詩人的作品可以補足。

　　綜合上述，葛曉音《山水田園詩派研究》理出的「田園書寫」脈絡研究價值甚高，後學者在研究的過程中，不斷地試圖分別出山水詩與田園詩的不同。究其原因，二者究竟如何在唐代社會產生作用進而合流的過程，截至目前還是空白的階段，故本文期望可以盡微薄之力，補充之。另外，以上研究成果多集中在盛唐，僅有謝明輝一人以中唐爲研究範圍，可見二十世紀的研究範圍過於集中，故中唐以後的「田園書寫」是否有別於盛唐，也還有討論的空間。

　　第三，論唐代「田園書寫」中，呈現辛苦勞動的詩歌。值得注意的是，此一類研究成果集中在中國大陸。李曉娜《唐代田園詩主題由「田園樂」到「田園苦」的轉變》〔註45〕，以整個唐代爲範圍，討論盛唐集中創作田園樂有哪些，又安史之亂以後，社會變遷使得「田園書寫」轉變。另外，作者提及唐前期有「田園苦」的詩歌作品。李曉娜的分類方式打破以往田園樂歸盛唐，田園苦歸中唐的看法，可惜限於篇幅，在個別詩歌作品的論述上較爲薄弱，也正是本文認爲可以再接再厲之處。郭卓敏《唐代憫農詩研究》〔註46〕、余穎《中唐詩人的憫農情懷》〔註47〕和韓永江《論唐代農事詩》〔註48〕以「田園苦」爲

〔註44〕謝明輝：《中唐山水詩研究》，高雄：中山大學中國文學研究所博士論文，2010年。

〔註45〕李曉娜：《唐代田園詩主題由「田園樂」到「田園苦」的轉變》，重慶：西南大學碩士論文，2007年。

〔註46〕郭卓敏：《唐代憫農詩研究》，浙江：浙江大學碩士論文，2006年。

〔註47〕余穎：《中唐詩人的憫農情懷》，福建：華僑大學碩士論文，2007年。

主題，討論唐代安史之亂以後的種種情形。雖然題目都強調是以詩歌作品為主，實際論述的過程，是以社會背景如何影響詩歌為主要內容，詩歌創作反而成為配角。陶明香《中唐田園詩新變及其原因探析》〔註49〕直接將詩歌從題目中抽離，而論文內容同前述三篇一樣，以詩歌作為舉證。究其原因，唐代詩歌本是社會發言的工具，更是文人發聲的管道，研究唐代者必定將其視為重要的論證工具。然而，以研究中國古典文學的角度出發，研究者對於詩人的視域轉換，或內容著重處的改變等，從詩人、詩歌出發的關注不多。

第四，對唐代詩人「田園書寫」的個別研究，有王績、王維、儲光羲、劉長卿、韋應物、孟浩然、李白、杜甫、錢起、白居易等研究較為踴躍。據周秀榮2007年發表〈近六十年唐代田園詩研究述評〉統計大陸地區的期刊論文，有關王維、孟浩然的山水田園詩作品，當時的數量，前者已超過百篇，後者則近百篇〔註50〕，是討論研究的大宗。臺灣地區情況類似，以王、孟為主軸，王績、劉長卿、錢起為次，其餘的詩人多在其他主題研究時，才會論及「田園書寫」的作品。期刊論文的名稱有山水、田園、隱逸、閒適等，但劃分的範圍卻雷同。可見，唐代「田園書寫」的踴躍，內容也具有相當的豐富性。如此一來，筆者認為不應該將視角局限在分別安史之亂的社會情況，田園樂或是田園苦，山水詩或是田園詩，而是應該以主題的方式討論唐代「田園書寫」的詩歌作品，才能深入的探討文本所表達的內容，找尋其共時性的線索。

第五，連結唐代「田園書寫」詩歌作品的跨領域研究。以社會學的角度出發，潘建尊《唐代的農民生活》〔註51〕以中唐為主的田園書

〔註48〕韓永江：《論唐代農事詩》，北京：中央民族大學碩士論文，2008年。
〔註49〕陶明香：《中唐田園詩新變及其原因探析》，山東：曲阜師範大學碩士論文，2010年。
〔註50〕詳見周秀榮：〈近六十年唐代田園詩研究述評〉，《黃岡師範學院學報》，第4期，2007年8月，頁80～85。
〔註51〕潘建尊：《唐代的農民生活》，東吳大學歷史學系碩士論文，2009年。

寫詩歌，試圖接近唐代農民的生活原貌。此篇論文提供了一個重要的觀點，其道出中唐詩歌與百姓距離接近的事實，得以作爲佐證，還原當時底層生活面貌。以經濟學的角度出發，孟祥光《唐代賦役制度與田家詩》〔註52〕就唐代前後兩種稅賦制度爲主軸，貫穿整篇論文，認爲田家詩與詩人隔靴搔癢所寫的田園山水風光不同。此爲重要且突出的見解。然而，作者行中文過程，依舊落入以往的窠臼，使用歷來的詩歌資料解釋田家詩，甚爲可惜。又，閻守誠《危機與應對：自然災害與唐代社會》〔註53〕和彭慧賢〈從中唐水、旱災後之賑恤論白居易濟民思想〉〔註54〕等是以自然災害面向切入，將「田園書寫」詩歌作爲印證的內容。由此可知，唐代「田園書寫」詩歌不僅創作的量，在唐詩中數一數二，其內容的豐富性，亦值得再一次重視與檢閱。

　　回顧唐代田園書寫的研究成果，可知學界經常將田園書寫作品與保身、明志等獨善其身的觀念連結在一起。過多先入爲主的刻板印象，反而成爲阻礙研究者觀察文本全貌的絆腳石。據上述觀察，討論田園書寫作品時，若沿用田園詩或山水詩稱之，皆會產生模糊地帶。顯然，以描摹的景物當作區隔標準有其圍限性。另一方面，透過單一或部分詩人的田園書寫作品耙梳，抑或唐代各時期的區分方式，可以避面前二種研究盲點，較深入討論作品的獨特面向，惟無法呈現田園書寫的歷時性與唐代整體的共時性情形，甚爲可惜。緣此，本文以同爲觸及士、農跨界的「歸田」與「憫農」主題爲討論對象，企圖以整個唐代列爲討論範圍，以求發揮文本各種面向的意義。

〔註52〕孟祥光：《唐代賦役制度與田家詩》，上海：華東師範大學博士論文，2010年。

〔註53〕閻守誠：《危機與應對：自然災害與唐代社會》，北京：人民出版社，2008年。

〔註54〕彭慧賢：〈從中唐水、旱災後之賑恤論白居易濟民思想〉，《彰化師大國文學誌》，第16期，2008年6月，頁129～159。

第三節　選題之義界與說明

在回顧過程中，前輩學者研究成果豐碩，而討論成果多集中在三類：其一，把《詩經》、陶淵明、謝靈運與唐代詩人作品連結討論，窮其源，究其流。其二，以盛唐與中唐爲主軸，探析唐代社會風氣是如何帶動「田園書寫」的創作，究尋此種創作風格的源起及歷史定位。其三，就個別詩人討論，以探索「田園書寫」與詩人生命抉擇的關係，兼及意義與影響。然而，在詩歌創作開放且多元的唐代社會，詩歌往往無法單用「類型」、「時間」來區隔，亦或以個別詩人代言全體，故「田園書寫」類的詩歌作品，一直無法有統一的定義。

其實，詩人在投入「田園書寫」的同時，即是由「士」到「農」的轉換，士人對於士、農身分、生存場域，耕讀背景以及勞心與勞力等議題的體驗與發揮，其實是「田園書寫」中相當精采的一環，也是一種生命型態的展現。就目前學界的研究成果，猶未見整體的觀照與討論。緣此，筆者不揣譾陋，試圖藉由士、農跨界主題，即「歸田」與「憫農」兩類「田園書寫」詩歌文本，觀察唐代詩人在作品中所表現出來的生命型態。

以下，除了本文主題「歸田」與「憫農」的範圍界定之外，也將學界已有豐富研究成果的「田園山水」主題做範圍的劃分，以便清楚的呈現三者的相異處。

一、「田園山水」之義界

唐代的「田園山水」作品爲學界研究的大宗，專指延續魏晉南北朝，將山水及田園共同寫入作品的詩歌。本文認爲吳可道對於自然詩的定義最接近田園山水的實質，其言：

> （所謂自然詩）以大自然的「景觀」爲主，以大自然的「生活」爲主，以大自然的「生命」爲主，故可遊山水而樂此不疲，可住田園而以盡天年，可以隱逸而終生不仕。〔註55〕

〔註55〕見吳可道：〈山水詩、田園詩以及隱逸詩〉，《空靈的腳步》，臺北：

將世界劃分為「人為」與「自然」，只要是人為以外，皆屬於自然界。
以整個大自然為書寫背景，有關大自然的景觀，在大自然裡的生活，
因為大自然對生命產生的想法，皆為「田園山水」的作品範圍。與之
相類似的論述有王瑤《中古文學史論》曾言：

> 陶淵明的田園詩，那只是山水詩的另一形式的發展。或者
> 也可說是平行的發展。淵明的年代雖較康樂略前，但山水
> 詩的醞釀已久，只是到謝詩才達到高峰。淵明自然也受到
> 了這種時代的影響。不過陶謝二人因了地位環境的差別彼
> 此成就的方向也各有不同。〔註56〕

其認為雖後世一分為二，稱陶淵明的田園詩以及謝靈運的山水詩，實
際上來自於同樣的時代與影響因素。只是兩人在落實的時候，選擇不
一樣的方式，進而產生有以山水為主，或以田園為主，不一樣的內容
書寫。

　　葛曉音《山水田園詩派研究》對於「山水田園詩派」影響深遠的
陶淵明與謝靈運，則有以下的註解，其言：

> 如果說東晉人對山水的觀賞較側重於體悟萬物之道的宇宙
> 觀，那麼陶淵明返歸田園則側重在順其自然天性的人生
> 觀。所以大謝山水詩著重表現自然的客觀美，陶淵明的田
> 園詩著重表現領悟自然的主觀意趣。這是陶謝的田園山水
> 詩都以「合乎自然」的旨歸，而又存在重大差異的基本原
> 因。〔註57〕

學者認為二人的作品，可同歸為「合乎自然」的一類，僅謝靈運著重
「客觀」為書寫，而陶淵明側重在「主觀」領悟的描繪。因此，以大
自然為主，不管是客觀描寫自然，主觀陳述自然對自身的啟發，或者

楓城出版社，1982年，頁70～90。
〔註56〕見王瑤：〈玄言・山水・田園〉，《中古文學史論》，臺北：長安出版
　　　　社，1982年，頁75。
〔註57〕見葛曉音：〈從陶淵明到王績〉，《山水田園詩派研究》，頁74。

以田園爲主，山水爲背景，以山水爲主，田園爲輔的作品，都可以將其納入「田園山水」的範疇。

　　另一方面，部分學者試圖找尋唐代田園詩的蹤跡，是引用洪順隆《由隱逸到宮體》爲其背書，以下將其對於田園詩的定義，分成兩個部分呈現：

> 所謂的田園詩，是以描寫田園爲主題的詩。而田園的範圍，包括農村田野的景色，農民的生活、感受，（耕作或休閒生活以及對兩方面的感受均包含在內）。

前半部對於「田園詩」的定義是學界常見，並且一致認同是由陶淵明所開創的田園詩的內容面貌。我們也可以在研究陶淵明的豐碩成果中，看到學者對於其田園詩的精闢探析，包括了田野景色、農民的生活、感受等內容。

　　接著，其後半部對於田園詩的定義爲：

> 至於那些景色，無論是高雅的或卑俗的；那些生活，無論是快樂的或艱苦的。作者，無論他是親身的體驗，或是旁觀的記錄，也就是說，無論作者是何種身分，站在什麼角度作詩，只要詩的主題觸及田園，那些作品便是我們討論的對象。〔註58〕

洪順隆《由隱逸到宮體》一書，爲了討論陶淵明對於唐人的影響，是故將專屬唐代詩人「田園書寫」的範疇也置入其中。後學者在研究時，沒有將其用意看清，甚爲可惜。若以陶淵明的田園詩看來，此部分的定義將是可有可無，因爲他就僅是以「雙兼士農」的角度，紀錄自身歸居生活之爾爾。相對地，以研究「山水田園詩派」的文章而言，此部分的定義卻十分重要。究其原因，唐代詩人的歸居條件偏向亦官亦隱、朝隱等，在創作田園書寫作品時，超越對客觀自然實錄的「田園山水」，其所描摹的田園是滲透詩人主體，對自我本質的追尋，故應

〔註58〕見洪順隆：《由隱逸到宮體》，臺北：文史哲出版社，1984年。頁28。

以涵蓋性高的「田園書寫」稱之。

　　洪順隆《由隱逸到宮體》一書，言及田園詩後半部分的定義，對本文有很大的啟發。首先，其以景色、敘述內容、作者與身分為區塊，舉出「高雅的或卑俗的」、「快樂的或艱苦的」、「親身的或旁觀的」、「站在什麼角度」，可見唐代的田園書寫有多種面貌可以區分。於此之中，作者「站在什麼角度」的思考方式，便是促成本文選擇以主題方式，探討唐代詩人以「士」跨界到「農」的田園書寫作品的契機。

二、「歸田」之義界

　　唐詩中田園書寫作品，以「士」跨界到「農」的第一種主題即「歸田」，是一種身分的跨越。廖美玉言：

> 「歸田」意謂著謀生方式由仕宦轉向農耕，更重要的是把官場上的失意歸諸於個人，帶有強烈自省性，意識到個人與外在環境的落差，而且是明顯的不合時宜，才能下定心走一條完全不同的道路。陶淵明詩文中即一再提及「性剛才拙」與「物多忤」、「拙於人事」，強調與外在環境的格格不入，並沒有自我否定的意思，因此，即使在越界之後，也依然保留「士」的身分與思維方式。〔註59〕

以田園詩人陶淵明為例證，說明「歸田」是一種謀生方式的轉換。士人由熟悉的求官、任官且以道濟世的人生單行道上脫離，以付出勞力居多的農耕生活開始新的人生體驗。廖美玉且將歸田所擁有的特性列舉出來：官場的失意、與外在環境的格格不入，是士人在仕途上所遇見的問題。所幸，士人們在自省後並無否定自身價值，遂成就其於跨界之後，依舊保留「士」的身分與思維方式。如此的歸田方式，伴隨唐代的政治、社會與經濟因素不同，產生些許的改變。

　　唐代實施科舉制度，鬆動了伴隨國家而生的階層制度，讓「士、

─────────────────

〔註59〕見廖美玉：《中古詩人的生命印記》，〈杜甫士／農越界的身分認同與創作視域〉，臺北：里仁書局，2007年，頁265。

農、工、商」成爲社會上不同工作的名稱而已。再者，國家施行均田制，除了百姓可以擁有自己的土地之外，有官職在身的朝廷官員，也會配發職田，甚至論功賞賜的田地是可以成爲私人財產的一部分，即使死後也無需歸還國家。唐代的田制讓知識分子在歸田行動上更加適性，增加詩人在官場的失意，或是體認與外在環境格格不入，可以產生「歸」的動機。讀書人在釋褐之前，以耕種爲生，爲入仕作準備。其他，尚有等候守選，因而歸田者，亦不在少數。另一方面，唐代知識分子的「歸田」，除了以「農耕」爲其謀生方式之外，進一步有旁觀的角度，經營莊園的風格，士農雙棲等等的方式。

傅紹良在《盛唐文化精神與詩人人格》一書，明確指出唐代士人在人格上面的轉變，其言：

> 從政之前，他們基本上是以詩才的顯現爲主，通過卓越的詩才去追求其理想的政治目標；從政失敗後，詩才不再是他們獲取政治資本的手段，開元盛世中所形成的人生熱情，因此便化作憂慮和激憤。詩情的抒發也不再是從政的狂熱和對未來政治的美好幻想，而是充滿了深刻的政治理性和強烈的批判意識，使對自我命運的專注和對國家命運的憂心融匯於一體。〔註60〕

他認爲唐代詩人所擁有的詩才，在從政之前是爲了政治目標存在。從政失敗後，轉而爲了自己與國家存在。實際上，此種情形正好符合上述，跨界之後的士人，在「士」的身分與思維方式，只會更加濃厚與深刻，促使其「田園書寫」出現有別於魏晉南北朝的風格。

據上述梳理可知，唐代「歸田」的士人，必須先有意識地走在追求「仕」的道路上；在接觸政治後，發現所謂的政治理性〔註61〕，進

〔註60〕見傅紹良：《盛唐文化精神與詩人人格》，臺北：文津出版社，1999年，頁70。

〔註61〕依朱光潛〈美學中唯物主義與唯心主義之爭：交美學的底〉結語所云：「並存（對立）是轉化的基礎。認識不到自己思想中有唯心主義與唯物主義並存，就不可能發生自覺的轉化。」詳見氏著：《朱光潛

而面臨理想與現實產生衝突時，才會有「歸」的動作。

三、「憫農」之義界

　　唐詩中田園書寫的作品，另一種以「士」跨界到「農」的書寫爲「憫農」主題。它是一種由「歸田」情結轉化產生的菁英與庶民的對話。陳贇《天下或天地之間：中國思想的古典視域》提出：

> 人雖然具有超越他所在的地方的衝動，但他總是立足在某
> 個地方之中，因而他是在所在的地方給予他視角與限制中
> 領悟世界的。即使他超越了曾在的地方，他並沒有因此而
> 克服這種基於地方的有限本性……。〔註62〕

此段話套用在唐代跨界的士人身上，可以詮釋出兩個層面的意義。第一，爲了進入仕途的士人，接受儒家文化的薰陶並且深受影響，致使他們在選擇歸田之後，依舊無法脫離「士」的思維方式。第二，在「士」階層的時空裡，素來士人的視角是從「勞心」〔註63〕與「統治者」〔註64〕的角度出發，他們透過雙眼所看見的世界，充其量只能稱得上是一半的眞實。即便其眞正擁有政治抱負，也未必能夠滿足處於不同階層的百姓期望。無不可否認，由「士」跨界到「農」的行動，無法跨越「有限本性」的束縛。然而，此舉確實孕育出唐代士人觀看社會的不同視角。

　　其次，從上述的第一點延伸，離開政治中心的士人，即使身心完全離開「士」的階層，卻也無法就此融入其他階層，尤其是封閉的「農」階層裡，不輕言接納任何更動。廖美玉言：

美學文集》，上海：上海文藝出版，1989 年，頁 311。
〔註62〕見陳贇：《天下或天地之間：中國思想的古典視域》，上海：上海書
　　　店出版社，2007 年，頁 49。
〔註63〕《孟子・滕文公上》提到：「勞心者治人，勞力者治於人。治於人者
　　　食人，治人者食於人。」（頁 97）
〔註64〕文崇一提到在傳統中國社會的士與統治階層的價值觀念比較接近。
　　　詳見氏著：〈從價值取向談中國國民性〉，收錄於李亦園、楊國樞編：
　　　《中國人的性格》，臺北：中央研究院民族所，1972 年，頁 51。

> 在農民眼中，士就是士，即使士在鄉村住下來，實際從事
> 農耕的工作，也還不能真正成為農民的一員。不論是看得
> 見的城鄉差異，還是看不見的思維方式、價值觀等根本差
> 異，使得歸田的士在鄉村裡顯得色彩分明。〔註65〕

在農村裡，筆與鋤頭的差異，精神與勞力的付出，甚至生活作息都顯得格格不入，因此，士人的一舉一動都顯得特別。薩依德《知識分子論》中提到的情況：

> 流離失所意味著從尋常生涯中解放出來，……流亡意味著
> 將永遠成為邊緣人。〔註66〕

歸田的士人們，從仕途上流離轉徙，想要成為以土地為依歸的人卻難以如願，最終只會成為社會各階層的邊緣人，無法完整融入在某一群體。

再者，唐代士人帶著無法超越的本性，即「士」思維模式，從京城的固定場域、固定視角中解放，將本性置於「現在」所在的地方，遂新、舊的交流，讓士人滋生了雙重視野。如薩依德《知識分子論》言：

> 因為流亡者同時以拋在背後的事物，以及此時此地的實況
> 這兩種方式來看事情，所以有著雙重視角，從不以孤立的
> 方式來看事情。〔註67〕

唐代文人在「士」與「農」兩種身分中遊移，雖然不能完全被農民所接受，但在相互抵觸、相互參照也相互滋養之下，使得士人逐漸接觸到「舊所在地」無法提供的，有關真實社會的另外一部分碎片，並且將之拾起，拼湊。

綜合上述，唐詩中「憫農」的主題，是以耕、讀文化的演繹，衍生出關懷農民疾苦的諷諭手法，進而以「統治者」與「被統治者」雙

〔註65〕見廖美玉：《中古詩人的生命印記》，頁203。
〔註66〕見艾德華・薩伊德著，單德興譯：《知識分子論》，頁100。
〔註67〕見艾德華・薩伊德著，單德興譯：《知識分子論》，頁97。

重角度出發，呈現較爲完整的眞實社會。

第四節　研究範圍與研究步驟

由本章第三節部分對於「歸田」與「憫農」義界的說明，可知同樣探討唐代「田園書寫」類型的詩歌，本文與學界討論較爲熱烈的「田園山水」主題是有所區隔。本文以唐代「田園書寫」詩歌中的士、農跨界爲主軸，因而討論範圍主要爲三，茲分述如下：

其一，人類在建立國家之後，於社會中設置的各個階層〔註68〕，經過時間累積，各階層培養出專業技能後，逐漸區隔開來。士、農、工、商之間，豎立的無形的高牆，並且各自被禁錮在階層之中，難以流動，其中「士」與「農」之間，更有「勞心」與「勞力」的並存關係，因此，耙梳體制對於士、農階層的分工狀況，二者如何演變成爲對立關係。進而，有別於「勸農」、「勸學」的第三種思維方式，是如何出現並與前二者抗衡，成爲逐步瓦解士、農階層間無形高牆的力量，乃是本文所需注意的首要範圍。

其二，陶淵明與謝靈運是對於唐代「田園書寫」影響最爲深遠的二人。他們在此類型作品的創作中，各自扮演的「歷時性」角色爲何？在儒家文化所建立的金字塔體系中，統治者之下，依序爲「勞心」的士人與「勞力」的農民。兩人對於「士」、「農」的詮釋不一，又落實「歸田」的方式不同，不僅讓後代文人看見逃脫原本禁錮場域的可能性，甚至提供了不同跨界的方式。而通過他們的發聲與落實，爲「士」階層激起何種漣漪，是本文成立的關鍵，更是不能避免的討論範圍。

其三，進入唐代以後，有關「田園書寫」的詩歌作品如雨後春筍般湧現。孕育詩人創作此類詩歌風潮的背景爲何，是討論文本的重要基石。魏晉南北朝專屬於陶、謝二人的「歸田」主題，在時代抽換後，

〔註68〕此階層的設計，並沒有高低之分，僅是便於分工合作，使得國家運作更爲流暢而已。詳見本文第二章的論述。

能否依舊？影響所及，加入唐代獨特的環境因素後，唐代詩人在士、農跨界主題上，出現哪些改變與轉化？接著，唐代士人在場域及視角轉換後，如何反映在詩歌作品？皆有釐清的必要性。是故，本文將唐代詩人在「田園書寫」，有關士、農跨界書寫主題獨立出來，探討背景的影響之後，分別進入「歸田」與「憫農」主題討論。

針對上述所言的三項主要範圍，相對應的研究步驟，如下：首先，著重「田園書寫」的歷時性。在前人研究基礎上，對於中國政治體制確立，隨之出現的「士」與「農」階層分別作討論。仔細觀察在「勸農」與「勸學」的強化之下，「回歸躬耕」的思維如何異軍突起，打破國家組織的觀念，忽略種種制度限制，帶領士人跨出階層界線，將田園融入在自己的作品之中。

第二，將研究陶淵明與謝靈運二人，具有指標性的論述，分別與兩人的作品文本進行核對，找出兩人是「歸」非「隱」的線索。最重要的是，分析兩人對於「士」、「農」的詮釋有何異同？以致落實在各自生活領域中，有哪些特質存在？以上內容，一方面是進入唐代「田園書寫」類型詩歌的序幕，一方面也是凸顯唐代「田園書寫」特色，最直接且最有力的例證。

第三，本文在文獻回顧提到，有關於「田園書寫」跨領域研究在近年有豐富的研究成果，學者將此類詩歌作品當成史料，證明唐代與農業相關的政治、經濟政策，或者還原歷史事件對於農業的影響等內容。往往切入角度不同時，即使相同的主題，相同的證據，也能呈現出不一樣的內容。因此，在政治學、社會學、經濟學、歷史學等前輩學者之後，筆者試圖以文學的視角，以詩歌文本本身的討論為主，觀察「歸田」與「憫農」兩個田園書寫面向所含括的豐富內容為何。

據此，本文將依照本章第三節對於「歸田」與「憫農」的義界，逐一翻閱《全唐詩》以及《全唐詩補編》中的詩歌，盡可能明確判別與完整收集上述兩類主題的詩歌作品，成為本論文主要的文本範圍。再者，唐代的社會、經濟、氣候等人為或自然因素，與詩人創作詩歌

作品有密不可分的關係。因此，輔以《舊唐書》、《新唐書》以及各典章制度作爲旁證。期在檢視詩歌作品的同時，相互對應與「歸田」與「憫農」主題息息相關的社會制度、社會情況、經濟問題等，使得分析文本的過程，能夠洞澈且接近詩人創作的當下。

第二章　唐前勸農、勸學的雙線發展

　　從先秦時期的史料看來，統治階層是清楚地瞭解著，國家基礎需建立在農業活動，如《尚書・周書・無逸》：「君子所其無逸。先知稼穡之艱難，乃逸。」〔註1〕的紀錄。又，可以殷王中宗、高宗、祖甲懂得「保惠于庶民」，故在位時間長。其後的繼承者「立王生則逸。生則逸，不知稼穡之艱難，不聞小人之勞，惟耽樂之從。」（《尚書》，頁241）其後的繼承者，未能體認到農業的重要性，在位時間短則三、五年，長則不超過十年。由此得知，統治者必須瞭解農民的情況，並且作出有利於農民的決策，才能確保國勢的長久。

　　「士」階層是擔負金字塔的中流砥柱，由孔子提出「學而優則仕」（《論語・子張》，頁172）、「士而懷居，不足以為士」（《論語・衛靈公》，頁123）的生命詮釋，讓知識分子將「以道濟世」〔註2〕視為行動原則，欲達成維護社會秩序的任務。其後，孟子〈滕文公上〉進一

〔註1〕〔漢〕題孔安國（傳）、〔唐〕孔穎達（疏）：《尚書》卷17，臺北：藝文印書館（十三經注疏本），1982年，頁240～241。以下同出本書者，僅在文本後標示書名以及頁數，不另加註。

〔註2〕文崇一研究指出：「依照儒家文化理想建構的社會，是一種金字塔式結構，天子高居頂端，一般百姓形成塔的底部，知識分子位居其間，並以官職獲得『以道濟世』的機會，執行維護封建金字塔的任務。」詳見氏著：〈從價值取向談中國國民性〉，收錄於李亦園、楊國樞編：《中國人的性格》，臺北：中央研究院民族所，1972年，頁49～80。

步詮釋「士」與「農」，凸顯二者職責的特性，提到「勞心者治人，勞力者治於人。治於人者食人，治人者食於人」。〔註3〕其中，「勞心者」為士，擁有治權且不需要從事躬耕；「勞力者」為農，必須供養治理自己的人，但是不能插手天下之事，明顯地呈現出權力與義務的不平衡，以及勞力者居於劣勢的情況。

顯然，國家六職之中，士、農在階層上有明顯的界線，甚至成為社會兩種對應的角色與責任。影響所及，此現象所延伸的「勸農」與「勸學」，逐漸成為不斷被討論的議題。

第一節　政治體制下的各司其職

人類建立國家，組織體制的同時，為了管理方便，將百姓依專業分成士、農、工、商等各種領域，以分工合作的方式運行並維護社會安定。其中，「士」扮演著治人、勞心者的角色，是用道德加強政治的穩固性。而「農」則是治於人、勞力者的角色，支應國家對於物質的需求。廖美玉言：「官場與農田分別成了士、農的禁錮場所，兩者之間不具有常態的流動性。」〔註4〕在「士」與「農」階層有明確劃分之後，二者存在著看不見的界線，難以跨越。

一、政治體制下的「農」

農業的興衰，時常被視為國家治或亂的象徵。《尚書‧周書‧洪範》云：「天子作民父母以為天下王，……惟辟作福，惟辟作威，惟辟玉食。……歲月日無易，百穀用成又用明，俊民用章，家用平康。日月歲時既易，百穀不成又用昏不明，俊民用微，家用不寧。」（卷12，頁173～178）將農業豐收與否，與國君的賢昏、法紀嚴弛、政

〔註3〕〔漢〕趙岐（疏）：《孟子‧滕文公上》，臺北：藝文印書館（十三經注疏本），1982年，頁97。以下同出本書者，僅在文本後標示書名以及頁數，不另加註。

〔註4〕詳見廖美玉：〈「歸田」意識的形成與虛擬書寫的至樂取向〉，《成大中文學報》，第11期，2003年11月，頁53。

局安危等情況連結在一起。《管子・君臣下》云：

> 順大臣以功，順中民以行，順小民以務，則國豐矣。審天
> 時，物地生，以輯民力。禁淫務，勸農功，以職其無事，
> 則小民治矣。〔註5〕

其明白提出國家可分為大臣、中民、小民三個等級，各有不同的對待
方式。農民屬於小民群體，為了保持生產力，使國家糧食不缺乏，農
民必須專心致力於農事，禁止從事其他事務，體現了農民付出的勞動
與心力是多的，所得卻必須與其他階層平分。《詩經・豳風・七月》
寫實刻畫農民勞動生活的作品，詩云：

> 七月流火，九月授衣。一之日觱發，二之日栗烈；無衣無
> 褐，何以卒歲？三之日于耜，四之日舉趾。同我婦子，饁
> 彼南畝，田畯至喜。

> 七月流火，九月授衣。春日載陽，有鳴倉庚。女執懿筐，
> 遵彼微行，爰求柔桑。春日遲遲，采蘩祁祁。女心傷悲：
> 殆及公子同歸？

> 七月流火，八月萑葦。蠶月條桑，取彼斧斨，以伐遠揚，
> 猗彼女桑。七月鳴鵙，八月載績，載玄載黃，我朱孔陽，
> 為公子裳。

> 四月秀葽，五月鳴蜩。八月其穫，十月隕蘀。一之日于貉，
> 取彼狐狸，為公子裘。二之日其同，載纘武功，言私其豵，
> 獻豜于公。

> 五月斯螽動股，六月莎雞振羽。七月在野，八月在宇，九
> 月在戶，十月蟋蟀，入我牀下。穹室熏鼠，塞向墐戶。嗟
> 我婦子，曰為改歲，入此室處。

> 六月食鬱及薁，七月亨葵及菽，八月剝棗，十月穫稻。為

〔註5〕〔周〕管仲撰、〔唐〕房玄齡（注）：《管子》卷11，臺北：臺灣商務
　　　印書館（文淵閣《四庫全書》本），1983年，頁126。

此春酒，以介眉壽。七月食瓜，八月斷壺，九月叔苴。采荼薪樗，食我農夫。

九月築場圃，十月納禾稼。黍稷重穋，禾麻菽麥。嗟我農夫，我稼既同，上入執宮功。晝爾于茅，宵爾索綯；亟其乘屋，其始播百穀。

二之日鑿冰沖沖，三之日納于凌陰，四之日其蚤，獻羔祭韭。九月肅霜，十月滌場。朋酒斯饗，曰殺羔羊。躋彼公堂，稱彼兕觥：萬壽無疆。〔註6〕

首句用「無衣無褐」何以度過北方的冬天，點出對廣大的農民而言，「生存」是最重要的課題。因此，一年中每個月份都有應該要完成的任務，三月修治農具，四月翻土播種，七、八月收割，九月晒穀，十月才眞正擁有可食用且存放的稻米。除此之外，還有副食瓜果蔬豆的照顧，以及保存食品的加工工作。爲了製作衣服而採蘩、養蠶與獵取皮毛，但是品質好的必須留給王親貴族，自己則是使用次等的衣物。農忙結束後，還要盡人民的義務，軍事訓練、採茅、製繩，最後才是自己屋宇的修補。從早到晚，夜以繼日不停的工作，農民永遠將「公」事爲優先，獻上最好的產品服侍統治階層。就連統治階層春遊時看上了採桑的女子，也可以不顧當事人意願地要求「同歸」。同時也反映勞力者無止盡的辛勞與受限於層級的無奈，與後代士人所嚮往的「歸田」生活對照，顯然大不相同。

民間歌謠《詩經．魏風．伐檀》對於「不稼不穡」、「不狩不獵」的治人者提出質疑，認爲他們有權無責，並描寫君子「素食」、「素餐」、「素飧」的形象。〔註7〕反之，儘管生活在眾多不公平待遇之下，農

〔註6〕〔漢〕鄭元（箋）、〔唐〕孔穎達等（正義）：《詩經正義》，臺北：藝文印書館（十三經注疏本），1982年，頁263。以下同出本書者，僅在文本後標示書名以及頁數，不另加註。

〔註7〕原詩如下：坎坎伐檀兮，寘之河之干兮。河水清且漣猗。不稼不穡，胡取禾三百廛兮。不狩不獵，胡瞻爾庭有縣貆兮。彼君子兮，不素餐兮。坎坎伐輻兮，寘之河之側兮。河水清且直猗。不稼不穡，胡取禾

民依舊不辭辛勞的付出。農民身爲推動國家運作重要的一環，土地則是他們落實義務的主要資本〔註8〕，於統治者制定的國家規範底下，眞正能擁有土地的農民少之又少。《禮記・王制第五》云：

> 天子之田方千里，公侯田方百里，伯七十里，子男五十里，
> 不能五十里者，不合於天子，附於諸侯，曰附庸。天子之
> 三公之田視公、侯。天子之卿視伯。天子之大夫視子男。
> 天子之元士視附庸。〔註9〕

提到統治是依照封建制度劃分土地，因此身爲金字塔底部的農民百姓並沒有屬於自己的土地。對於國家所受的田地，農民僅有利用權而無所有權。

另外，爲了支應龐大的職官系統，平均每一位農民要負擔五到八位不等的人事經費，其云：

> 制：農田百畝。百畝之分：上農夫食九人，其次食八人，
> 其次食七人，其次食六人；下農夫食五人。庶人在官者，
> 其祿以是爲差也。諸侯之下士，視上農夫，祿足以代其耕
> 也。中士倍下士，上士倍中士，下大夫倍上士；卿，四大
> 夫祿；君，十卿祿。次國之卿，三大夫祿；君，十卿祿。
> 小國之卿，倍大夫祿。君十卿祿。（頁214）

因爲不同的地力，農民的收成會有等差。而官僚們的俸祿卻比照上農

三百億分。不狩不獵，胡瞻爾庭有縣特兮。彼君子兮，不素食兮。坎
坎伐輪兮，寘之河之漘兮。河水清且淪猗。不稼不穡，胡取禾三百囷
兮。不狩不獵，胡瞻爾庭有縣鶉兮。彼君子兮，不素飧兮。（頁189）

〔註8〕費孝通《鄉土中國》提到農民將土地視爲安身立命的根，不管統治階層的壓榨，不管天災還是人禍的衝擊，都默默地守著土地，用土地換得存在的價值。（詳見氏著：《鄉土中國・鄉土本色》，北京：北京出版社，2004年，頁3。）是謂農民對於土地特殊且深厚的情感，也是他們生存唯一的資本。

〔註9〕〔漢〕鄭玄（注）、〔唐〕孔穎達（疏）：《禮記・王制》，臺北：藝文印書館（十三經注疏本），1982年，頁212。以下同出本書者，僅在文本後標示書名以及頁數，不另加註。

夫當年的耕種收入，並依官職漸高以倍數的方式增加。如此龐大的人
事經費成爲農民極爲沈重的負擔，加上還要負擔起建築、軍事、公共
工程等等各種勞力工作〔註10〕，彷彿農民是統治者管轄下的勞動工
具，提供國家所有物質需求與享受。費孝通《鄉土中國》言：

> 農業和游牧或工業不同，它是直接取資於土地的。游牧的
> 人可以逐水草而居，飄忽無定；做工業的人可以擇地而居，
> 遷移無礙；而種地的人卻搬不動地，長在土裡的庄稼行動
> 不得，待候庄稼的老農也因之像是半身插入了土裡，土氣
> 是因爲不流動而發生的。〔註11〕

將土地視爲安身立命的農民，不管統治階層的壓榨，不管天災還是人
禍的衝擊，都默默地守著土地，用土地換得存在的價值。

二、金字塔結構中的「士」

《禮記‧坊記第三十》記載：「故君子仕則不稼」的分工模式
〔註12〕，而孔子也提出知識分子「焉用稼」的思考模式：

> 樊遲請學稼。子曰：「吾不如老農。」請學爲圃。曰：「吾
> 不如老圃」樊遲出。子曰：「小人哉，樊須也！上好禮，
> 則民莫敢不敬；上好義，則民莫敢不服；上好信，則民莫
> 敢不用情。夫如是，則四方之民，襁負其子而至矣，焉用
> 稼？」〔註13〕

〔註10〕詳見陳安仁：《中國農業經濟史》，臺北：華世出版社，1979 年，頁
27～31。

〔註11〕見費孝通：《鄉土中國》，頁 3。

〔註12〕原文如下：子云：「君子不盡利以遺民。」《詩》云：「彼有遺秉，此
有不斂穧。伊寡婦之利。」故君子仕則不稼，田則不漁；食時不力
珍，大夫不坐羊，士不坐犬。《詩》云：采葑采菲，無以下體，德音
莫違，及爾同死。」以此坊民，民猶忘義而爭利，以亡其身。（頁 870）

〔註13〕〔魏〕何晏等（注）、〔宋〕邢昺（疏）：《論語‧衛靈公》，臺北：藝
文印書館（十三經注疏本），1982 年，頁 116。以下同出本書者，僅
在文本後標示書名以及頁數，不另加註。

可以看出孔子將農事歸在「小人」階層，認為那是社會中第三類人的職分，而擁有統治者身分的「士」〔註14〕，需要保持距離，才可以專注在自己的義務。另外，也提到士應該「學而優則仕」，將禮、義、信的專業落實在仕途上，被統治的百姓自然「莫敢不敬」、「莫敢不服」、「莫敢不用情」，才可以真正從道德面鞏固國家政治體制。

　　余英時認為儒家文化在知識分子出現於中國社會的同時，已制定並且灌輸其應該有超越自己個體和群體的利害得失，並且將它擴大成為對整個社會的關懷的理想化情懷。〔註15〕如《論語·衛靈公》云：

> 子曰：「君子謀道不謀食。耕也，餒在其中矣；學也，祿在其中矣。君子憂道不憂貧。」（頁140）

可見，當中國知識分子出現在歷史舞台時，孔子已灌注他們一種理想主義精神，其指出「謀道不謀食」與「憂道不憂貧」是「士」的兩個立身準則。以耕稼不一定能溫飽作為對照，認為俸祿之獲可以從謀道中求得。對於士階層理想化的塑造，到孟子的時候，獲得更進一步的論述空間。《孟子·盡心上》云：

> 天下有道，以道殉身；天下無道，以身殉道。未聞以道殉乎人者也。（頁243）

更加積極且強烈地陳述「士治於道」的觀念。《孟子·滕文公下》反映出仕途即是士唯一能賴以生存的道路，其云：

> 士之失位也，猶諸侯之失國也。士之仕也，猶農夫之耕也。（頁109）

如同農民必須依靠躬耕、勞動才能生活一樣，士的工作即是「治人」。孟子這樣的說法並無把農民視為士階級之下的階層，僅是強調世上有

〔註14〕文崇一提到在傳統中國社會的士與統治階層的價值觀念比較接近，工與商則可以是為成是小市民，農民則是社會中第三類人。詳見前註2，頁51。

〔註15〕詳見氏著《中國知識階層史論（古代篇）》，臺北：聯經出版社，1997年，頁39。

百工之事〔註16〕，只有專業的分工並且能各司其職，才可以促成國家更順利的運行。

　　然而，儒家的說法與實際運行的社會依舊是有一段距離，《周禮·春官宗伯第三》云：「惟王建國，辨方正位。體國經野，設官分職，以爲民極。」（頁 259）強調建立國家的統治者，擁有支配全國人力與物產的權力，換言之，全國百姓與物品皆是統治者所有的資源。因此，從統治者的角度觀看，「士」與「農」的劃分，僅是管理策略的不同等級，二者在本質上皆是政治體制運作下的服務者角色。

　　以參與政治爲追尋的目標的「士」形象被塑造出來，但是國家政治是否釋出相等空間的舞台讓其一展抱負，卻值得討論。吳璧雍提到：從先秦時代，飄盪於各國的遊士情形看來，已透露的部分的訊息。〔註17〕實際上，統治者對於士的接納，來自於國勢、權力等角逐的需要。換言之，士人階層堅信的「道」若是和統治者權威相左時，將迅速墜入邊緣化的命運。就政治管理而言，雖然士與農在不同階層上，但本質都屬於國家運作的服務者，而士對於「道」可以表現的空間，

〔註16〕原文如下《孟子·滕文公上》：「陳相見孟子，道許行之言曰：『滕君則誠賢君也；雖然，未聞道也。賢者與民並耕而食，饔飧而治。今也，滕有倉廩府庫，則是厲民而以自養也，惡得賢？』孟子曰：『許子必種粟而後食乎？』曰：『然。』『許子必織布而後衣乎？』曰：『否，許子衣褐。』『許子冠乎？』曰：『冠。』曰：『奚冠？』曰：『冠素。』曰。：『自織之與？』曰：『否，以粟易之。』曰：『許子奚爲不自織？』曰。：『害於耕。』曰：『許子以釜甑爨，以鐵耕乎？』曰：『然。』『自爲之與？』曰：『否，以粟易之』『以粟易械器者，不爲厲陶冶；陶冶亦以械器易粟者，豈爲厲農夫哉？且許子何不爲陶冶，舍皆取諸其宮中而用之？何爲紛紛然與百工交易？何許子之不憚煩？』曰：『百工之事，固不可耕且爲也。』『然則治天下，獨可耕且爲與？有大人之事，有小人之事。且一人之身，而百工之所爲備。如必自爲而後用之，是率天下而路也。』」（頁 97）從引文可以看出孟子強調專業分工的生產效果比較具有經濟效益，沒有人可以兼顧百工之事，故產生「交易」的商業行爲。而士在「百工之事」的環節當中是屬於「治人」的角色。

〔註17〕詳見吳璧雍：〈人與社會──文人生命的二重奏：仕與隱〉，收錄於蔡英俊主編：《抒情的境界》，臺北：聯經出版社，1993 年，頁 171。

僅止於統治者設定的框架之內，並不能完全自由揮灑個人的才智情性。

第二節 回歸躬耕的思維

當「士」在約定的職位上無法伸展其志，隨之將面臨「倦」的困境，如何在嚴格規定的體制內，跨出下一步變得相當重要。而呂興昌〈人與自然〉則提出另一種「倦」的情形：

> 大部份的「工作」都具有「重複」、「單調」的性質，因此即使原先對「工作」充滿新鮮與衝勁的人，也會在彈性疲乏或職業倦怠的情況下，在漫漫的時間長流裏，發現生活的機械與板滯。〔註18〕

在各司其職的社會架構，理當所有人，包括知識分子都能夠發揮所長，並且和樂的生活。然而，實際運行的結果卻非如此，不禁讓人懷疑國家階層的劃分、制度設定是否真的正確。影響所及，為了不成為「工作」的奴隸，人們應該如何跳脫現實框架，也成為被思考的問題。

一、和諧的原始秩序

人類建立國家之初，除了豎立組織體系、區別職分權力以外，也提出國家社會運作最理想的典範，《禮記・禮運第九》云：

> 大道之行也，天下為公，選賢與能，講信修睦，故人不獨親其親，不獨子其子，使老有所終、壯有所用、幼有所長，鰥寡孤獨廢疾者皆有所養；男有分，女有歸，貨惡其棄於地也不必藏於己，力惡其不出於身也不必為己，是故謀閉而不興，盜竊亂賊而不作，故外戶而不閉，是謂大同。（頁413）

社會上不分你我，落實「人不獨親其親，不獨子其子」的關懷，每一

〔註18〕詳見呂興昌：〈人與自然〉，收錄於蔡英俊主編：《抒情的境界》，臺北：聯經出版社，1993 年，頁 139。

個人都能有所歸，使得「老有所終、壯有所用、幼有所長，鰥寡孤獨
廢疾者皆有所養」，是統治者的目標，是國家人民的期盼，也是儒生
們言「道」的目的。然而，對於莊子而言，此非自然之事，亦非自然
之世。〈盜跖〉篇云：

> 盜跖聞之大怒，目如明星，髮上指冠，曰：此夫魯國之巧
> 偽人孔丘非邪？為我告之：「爾作言造語，妄稱文武，冠枝
> 木之冠，帶死牛之脅，多辭繆說，不耕而食，不織而衣，
> 搖脣鼓舌，擅生是非，以迷天下之主，使天下學士不反其
> 本，妄作孝弟而僥倖於封侯富貴者也。子之罪大極重，疾
> 走歸！不然，我將以子肝益晝餔之膳！」〔註19〕

莊子假借盜跖之口批評孔子對於知識分子過度建構，認為孔子進一步
將士人塑造成為「不耕而食，不織而衣」的階層，一方面是要符合統
治者所建構的金字塔體系，另一方面則是要滿足士人追求一己之私，
完成自我定位的「兼善天下」大業。因此，莊子主張回歸原始的生活
模式，讓萬事萬物都回歸自然的型態，〈馬蹄第九〉篇云：

> 彼民有常性，織而衣，耕而食，是謂同德；一而不黨，命
> 曰天放。故至德之世，其行填填，其視顛顛。當是時也，
> 山無蹊隧，澤無舟梁；萬物群生，連屬其鄉；禽獸成群，
> 草木遂長。是故禽獸可係羈而遊，鳥鵲之巢可攀援而闚。（頁
> 334）

當所有人都保有本來面目，每個人、物都是平等的，都擁有自己的一
片天，獨立而自在。若人不互相干涉，也沒有將自然界的資源占為己
有的念頭，便個個活得自由、滿足而幸福。

儒、道二家是中國文化的二大傳統，在人生觀、價值觀等觀念上

〔註19〕〈盜跖〉歸於《莊子》一書雜篇，真偽雖屢受爭議。然，其為綴輯
秦漢之際莊學論述，則大抵可被採納。〔清〕郭慶藩輯：《莊子集釋》，
臺北：河洛圖書出版社，1974年，頁991～992。以下同出本書者，
僅在文本後標示書名以及頁數，不另加註。

有著基本的差異。在儒家對士人階層豎立的理想情懷之時，莊子認為除去制度、組織等外在的規範，世界依舊可以運轉，甚至是以更好的面貌運行，其〈在宥〉篇云：

> 聞在宥天下，不聞治天下也。在之也者，恐天下之淫其性也；宥之也者，恐天下之遷其德也。天下不淫其性，不遷其德，有治天下者哉！昔堯之治天下也，使天下欣欣焉人樂其性，是不恬也；桀之治天下也，使天下瘁瘁焉人苦其性，是不愉也。夫不恬不愉，非德也。非德也而可長久者，天下無之。（頁364～365）

莊子批評「治天下」的結果，使人不能順應天命，造成身勞神疲的惡性因果，因此國家的建立才會一代代相繼結束。又〈讓王〉〔註20〕篇云：

> 舜以天下讓善卷，善卷曰：「余立於宇宙之中，冬日衣皮毛，夏日衣葛絺；春耕種，形足以勞動；秋收斂，身足以休食；日出而作，日入而息，逍遙於天地之間而心意自得。吾何以天下為哉！悲夫，子之不知余也！」遂不受。於是去而入深山，莫知其處。（頁966）

天地之間本來就有運行的秩序，為何人類要另外建構國家體系，打破「日出而作，日入而息」的原本，故莊子認為回歸到原始的生活方式，尋找早已存在的自然之道，才是正確的選擇。

　　儒家文化主張在統治者建構的國家機制中，將「士」的定位做完整詮釋，讓士人階層發揮所長、盡其本分，使得社會能有秩序的運行。莊子則是強調天下乃是自在寬容，有其最原始的和諧，不需要任何統馭的行為。故當有人想要劃分或規範天下，實為破壞自然的平衡。二者的思考邏輯皆為正確，惟層次上面的不同。影響所及，有別於「鳥獸不可與同群」（《論語・微子》，頁165）的刻意區隔，莊子主張人

〔註20〕同前註。

回歸到原始秩序，消解過於崇高的知識分子建構，讓士人有機會接近眞正的和諧。

二、虛擬書寫的產生

莊子深知自身提出原始秩序的追尋，與儒家兼善天下的觀念有很大的落差，遂而以〈天地〉篇展開一場「仕」與「耕」的對話，再次確立自己的觀點，其云：

> 禹趨就下風，立而問焉，曰：「昔堯治天下，吾子立爲諸侯。堯授舜，舜授予，而吾子辭爲諸侯而耕，敢問，其故何也？」子高曰：「昔堯治天下，不賞而民勸，不罰而民畏。今子賞罰而民且不仁，德自此衰，刑自此立，後世之亂自此始矣。夫子闔行邪？無落無事！」俋俋乎耕而不顧。（頁423）

主政者禹無法理解子高爲何要放棄功名利祿，過著躬耕的生活。子高的回答極爲明確：他不想成爲刑法制度下的成員。主政者施行賞罰是爲了鞏固自身的統治權，以及掠奪更多的資源。在這樣的前提之下，惟有成爲體制內被操縱的無聲人偶，否則仕途將落入永無寧日的苦難。

然而，孔子曾經在與子貢的對話中，一口回絕士階層「歸耕」的可能性〔註21〕，故在儒家理想化的規畫裡，士從仕是唯一的路，也是不可分割的一體兩面。因此，史籍記載士人離官歸田的事並不多見，僅有范蠡與召平在仕宦不得意時，不讓自己被禁錮於官場，選擇在「歸田」中尋找成就感的少數例證〔註22〕，具有指標性的意義。漢代以後，

〔註21〕《荀子集解》卷下〈大略〉篇記載子貢告訴孔子：「賜倦於學矣」、「然則賜願息耕」的眞心，孔子引用《詩經·豳風·七月》提到「晝爾于茅，宵爾索綯；亟其乘屋，其始播百穀。」說明農事的專業技術與繁忙緊湊的行程不是其能消化，並且以「耕難，耕焉可息哉！」明確否決士人「歸耕」的可能性。詳見〔清〕王先謙輯：《荀子集解》卷下，臺北：藝文印書館，1994年，頁104～105。

〔註22〕《史記·越王句踐世家第十一》：「范蠡浮海出齊，變姓名，自謂鴟夷子皮，耕于海畔，苦身戮力，父子治產。居無幾何，致產數十萬。

在嚴密的「治人」體系與嚴格執行的農業政策，讓士跨越官場，流動至原始生活的可行性渺茫，甚至兩者只有在統制者進行宣示性的籍田儀式中，才能獲得短暫的交集。因此，要使「歸耕」成為可能，勢必得走上另一條思維的路線。

開啓歸田虛擬書寫的士人是東漢的張衡（79～139）〔註23〕。在張衡活動時間裡，經歷章、和、殤、安、順共五位皇帝，相繼有外戚弄權與宦官僭越禮制。張衡在朝為官的時間長達二、三十年，眼見國家不斷沉淪，於自我是嚴以律己的要求著，於仕宦之職則是「治威嚴，整法度」，結果受到「共讒之」的遭遇，讓他對於「仕途」感到倦怠〔註24〕；另一方面，其觀察到農民百姓只有在國家富足時，可以安居樂業。當天災發生，馬上就看出明顯的城鄉差距，不論「勞心」階層如何饑饉困頓，京城依然奢華如故。身為知識分子的張衡，對於無法落實儒家希望，對於整個社會的深厚關懷，僅能為統治者服務的情況甚為無奈，因而產生〈歸田賦〉的創作。這是他在士人身分，想起孔子真正提供的是「達則兼善天下，窮則獨善其身」二條進路，加以理

齊人聞其賢，以為相。范蠡喟然嘆曰：『居家則致千金，居官則至卿相，此布衣之極也。久受尊名，不祥。』乃歸相印，盡散其財，以分與知友鄉黨，而懷其重寶，閒行以去，止于陶，以為此天下之中，交易有無之路通，為生可以致富矣。」（〔漢〕司馬遷撰、〔劉宋〕裴駰集解：《史記》，臺北：鼎文書局，1975年，頁1752。）棄官歸田的范蠡與父親躬耕於海畔，不久擁有數十萬財產，是少數以農致富的例子。因此成為政治體系欲網羅的對象，未避開官場的禁錮，散盡其財，辭官離農。而《史記‧蕭相國世家第二十三》：「召平者，故秦東陵侯。秦破，為布衣，貧，種瓜於長安城東，瓜美，故世俗謂之『東陵瓜』，從召平以為名也。」（頁2017）從貴族降為布衣的召平，不讓自己執著於官場，種瓜於長安城東，成功培育出甜美的瓜，使「東陵瓜」成為傳世品牌。

〔註23〕同註4，頁37～78。

〔註24〕張衡〈四愁詩〉序云：「張衡不樂久處機密，出為河間相」、「時天下漸弊，鬱鬱不得志」、「思以道術為報貽於時君，而懼讒邪不得以通」詳見〔漢〕張衡：《張河間集》卷2，收錄於張溥輯：《漢魏六朝百三名家集》本，臺北：文津出版社，1979年，頁561。

性的採取道家「縱心物外」的心靈模式，進而消解儒家已被世俗化的「榮辱」價值觀。但是寫下此賦的張衡已是高齡六十一歲，實則無歸耕的行動，是以虛擬的方式作書寫。

〈歸田賦〉〔註25〕云：

> 遊都邑以永久，無明略以佐時；徒臨川以羨魚，俟河清乎
> 未期。感蔡子之慷慨，從唐生以決疑。諒天道之微昧，追
> 漁父以同嬉。超塵埃以遐逝，與世事乎長辭。

說明歸田之因，側重在自己沒有盡到知識分子「兼善天下」的責任，又當臣子在輔佐統治者也沒有建樹的自省層次。引用屈原的遠遊與漁父的濯足，讓自己在心境上從「都邑」的政治環境中退出，以虛擬的手法開展出田園之樂：

> 於是仲春令月，時和氣清，原隰鬱茂，百草滋榮。王雎鼓
> 翼，鶬鶊哀鳴。交頸頡頏，關關嚶嚶。於焉逍遙，聊以娛
> 情。

把農民開始播種的時節，轉化成寒冬融化，可以春遊原隰的時機點。當自然界為生活而忙碌，勞力者也正在秉耒執耜時，詩人則彷彿觀賞一幅富饒趣味的自然畫，並且使用大量《詩經》中的辭藻，塑造出高雅的文人品味：

> 爾乃龍吟方澤，虎嘯山丘。仰飛纖繳，俯釣長流；觸矢而
> 斃，貪餌吞鉤。落雲間之逸禽，懸淵沉之魦鰡。

其跨越孔子「鳥獸不可與同群」的說法，想像在大自然適性自在的龍吟虎嘯，也可以同山澤裡的動物共處的休閒式活動：

> 于時曜靈俄景，係以望舒。極盤遊之至樂，雖日夕而忘劬。
> 感老氏之遺誡，將迴駕乎蓬廬；彈五絃之妙指，詠周孔之
> 圖書。揮翰墨以奮藻，陳三皇之軌模；苟縱心於域外，安

〔註25〕〔清〕嚴可均編、陳延嘉等校點：《全上古三代秦漢三國六朝文》，
　　　　北京：中華書局，1991 年，頁 769。以下同出本書者，僅在文本後
　　　　標示書名及頁數，不另加註。

　　知榮辱之所如。

張衡筆下的田園，是值得花費生命，待上好一陣子的生活領域。希望可以回到三皇時代，人人自在自足，並且只需要擁有音樂與聖賢書爲精神糧食即可。這種有「情志」的歸田生活，顯然與《詩經》中描寫勞力者的生活不同，可以說是背離農民階層眞實生活情況。另一方面，和巖穴之士「貧賤肆志」的隱逸不同，不需要承受饑寒的生理問題，也不須面對孤寂的心理問題，「歸田」的樂境逐漸成爲士人的嚮往。

第三節　田園書寫的成形

　　由於張衡〈歸田賦〉在田園書寫中換得的「至樂」回饋，使得古來「仕」「隱」相生、共生關係之間，多出可被揮灑的空間。繼起，虛擬田園書寫與魏晉南北朝的時代背景相互作用，造成多種分化結果。〔註26〕直到陶淵明、謝靈運二人，讓「歸田」意識向前邁開大步，成爲眞正落實在生活的行爲。

一、久在樊籠裡，復得返自然

　　陶淵明（365～427）曾幾度出仕，最後因「質性自然」（《全上古三代秦漢六朝文・歸去來兮辭序》，頁1133）的本心，放棄仕途，歸於田園，躬耕以終。〈歸去來兮辭〉云：

> 歸去來兮，田園將蕪胡不歸？既自以心爲形役，奚惆悵而獨悲！悟已往之不諫，知來者之可追。實迷途其未遠，覺今是而昨非。舟搖搖以輕颺，風飄飄而吹衣。問征夫以前路，恨晨光之熹微。〔註27〕

〔註26〕霍建波《宋前隱逸詩研究》將魏晉六朝有關田園書寫的主題列出，有遊仙隱逸詩、招隱詩、山水隱逸詩、佛理隱逸詩以及田園隱逸詩。（詳見氏著：《宋前隱逸詩研究》，北京：人民出版社，2006年，頁81～177。）霍建波的論點是建基在「隱逸」的討論，與本文「田園書寫」的主題尚有區別，故筆者用「分化」一詞表示區隔。
〔註27〕逯欽立輯校：《先秦漢魏晉南北朝詩》，北京：中華書局，1983年，

由於「心爲行役」的選擇，陶淵明本落實身爲知識分子應該走上的仕途，過著「與園田疏」（《先秦漢魏晉南北朝詩‧始作參軍經曲阿》，頁982）、與心相違的日子。「歸田」之志蓄積已久的他，以《詩經‧邶風‧式微》的「胡不歸」（頁92）表達自己心意已決，宣示要從「迷途」中脫離，達到心、行一致。因此，陶淵明將張衡〈歸田賦〉猶在想像層面的至樂，努力實踐在生活裡。其〈丙辰歲八月中於下潠田舍穫詩〉一詩描述他農民的身分生活，從習慣勞心讀聖賢書到適應密集勞力工作的過程，詩云：

> 貧居依稼穡，戮力東林隈。不言春作苦，常恐負所懷。司田眷有秋，寄聲與我諧。飢者歡初飽，束帶候雞鳴。揚楫越平湖，汎隨清壑回。（《先秦漢魏晉南北朝詩》，頁 996～997）

不論是翻地、耕耘還是除草，早出晚歸是必要條件，稼穡艱難是原爲士人的陶淵明所難以想像的，親自躬耕才知道經營稼事需要耗費極大體力。就算不言播種的辛苦，待到秋收之前，其以「常恐負所懷」度日，害怕自己的努力不夠，也害怕不可抗拒的萬一發生。因此，在雞鳴之前已經整裝完成，冒著月色就向田舍出發，開始農民的一天。

　　陶淵明擁有「雙兼士農」〔註28〕的身分，即使勞力付出消耗時間與體力，其心智活動依舊頻繁地運作著，〈庚戌歲九月中於西田穫

頁987。以下同出本書者，僅在文本後標示書名及頁數，不另加註。

〔註28〕廖美玉言：陶淵明在〈癸卯歲始春懷古田舍〉自言：「先師有遺訓，憂道不憂貧。瞻望邈難逮，轉欲志長勤。」此後親執耒耜，躬犯霜露，午日暴背，夕露沾衣。農閒則讀書，如〈讀山海經〉所云：「既耕亦已種，時還讀我書。」故顏延之即稱他爲「爵同下士，祿等上農。」同時具有士、農身分。（見氏著：《中古詩人夜未眠》，〈漢魏晉宋詩人夜未眠的心智模式〉，臺南：宏大出版社，2002 年，頁 82～83。）王運熙言：陶淵明歸隱之後，雖躬耕田畝，惟其教育背景，文化承傳畢竟屬於文人是大夫階層，其詩中抒發的，只是一個棄官歸田者的個人經驗與感受。見氏著：《漢魏六朝唐代文學論叢》，〈陶淵明田園詩的內容侷限及其歷史原因〉，上海：上海古籍出版社，1981 年，頁 44～54。

早稻〉云：

> 人生歸有道，衣食固其端。孰是都不營，而以求自安！開
> 春理常業，歲功聊可觀。晨出肆微勤，日入負耒還。山中
> 饒霜露，風氣亦先寒。田家豈不苦？弗獲辭此難。四體誠
> 乃疲，庶無異患干。盥濯息簷下，斗酒散襟顏。遙遙沮溺
> 心，千載乃相關。但願常如此，躬耕非所歎。(《先秦漢魏
> 晉南北朝詩》，頁 996)

深受儒家思想影響的陶淵明〔註29〕，不否認實踐「道」的重要性，同
時點出滿足生理上基本衣食需求應該在首位。而「孰是都不營，而以
求自安」則是道出歷來對於勞心、勞力的不平等待遇，故其選擇自給
自足的生活。當陶淵明親自躬耕時，才發現農事的繁雜，需要龐大的
勞動力，收成卻不一定與付出的心力等量。不擅長農事的詩人，描寫
自身「四體誠乃疲」的疲累感，然與仕宦道路突如其來的「禍患」相
比，有家有酒的地方讓他很是滿足。

　　春耕、夏耘、秋收的長時間裡，農民們必須付出繁重且密集的勞
力，才能換得家庭生活的安頓。這般吃苦耐勞且知足安命的性格，並
不是後天轉換生存場域的「士」，可以快速培養出來的。因此，在農
民眼中，士就是士，即使士在鄉下住下來，實際從事躬耕的活動，也
難以真正成為農民的一員。不論是看得見的城鄉差異，還是看不見的
思維方式、價值觀等根本差異，使得歸田的士在鄉村裡顯得色彩分明
〔註30〕。陶淵明〈飲酒詩・清晨聞叩門〉即是描寫陶淵明有別於農人
的身分被看出的作品，其云：

> 清晨聞叩門，倒裳往自開。問子為誰歟，田父有好懷。壺
> 漿遠見候，疑我於時乖。襤縷茅簷下，未足為高栖。一世

〔註29〕　詳見王國纓：《古今隱逸詩人之宗：陶淵明論析》，臺北：允晨文化，
　　　　1999 年，頁 267～296。
〔註30〕　見廖美玉：《中古詩人的生命印記》，〈杜甫士／農越界的身分認同與
　　　　創作視域〉，臺北：里仁書局，2007 年，頁 201。

皆尚同，願君汩其泥。深感父老言，稟氣寡所諧。紆轡誠
可學，違己詎非迷。且共歡此飲，吾駕不可回。(《先秦漢
魏晉南北朝詩》，頁 999)

由於農業生產與時間、天氣息息相關，因此農民在天光乍明時就要開
始勞動。一方面讓作物可以更充分接受日晒，一方面則是避免在烈日
中工作而耗費多餘的體力。但是一向盡興的陶淵明，若置酒招之，勢
必造飲輒盡，自然時常錯過「晨興理荒穢」(《先秦漢魏晉南北朝詩·
歸園田居》，頁 992) 的功課，因此詩中的田父才會去敲陶家大門，
而陶淵明抗拒睡意，衣服顛倒穿上後應門，明顯地將歸田詩人與一般
農民的形象清楚地劃分且刻畫出來。究其原因，士、農的兩個階層各
有其專業面與生活方式，故「歸田」詩人在田園中是相當醒目的。王
國瓔《古今隱逸詩人之宗：陶淵明論析》云：

陶詩中那些日常生活的細節，尋常人生的點滴，不但將日
常生活「詩化」，同時也將詩「日常生活化」，因而擴大了
中國詩歌的內涵情境，增添了文人詩歌創作的生活氣
息……。〔註31〕

顯然陶淵明的「歸田」行動，跨越士、農專業層面的障礙，將田園染
上了士人的色彩。

透過陶淵明〈移居〉二首，更可看出士與農之間距離的拉近，其
云：

昔欲居南村，非為卜其宅；聞多素心人，樂與數晨夕。懷
此頗有年，今日從茲役。敝廬何必廣，取足蔽床席。鄰曲
時時來，抗言談在昔。奇文共欣賞，疑義相與析。

春秋多佳日，登高賦新詩。過門更相呼，有酒斟酌之。農
務各自歸，閒暇輒相思。相思則披衣，言笑無厭時。此理

〔註31〕見王國瓔：《古今隱逸詩人之宗：陶淵明論析》，臺北：允晨文化，
1999 年，頁 23。

將不勝，無爲忽去茲。衣食當須紀，力耕不吾欺。(《先秦
漢魏晉南北朝詩》，頁 993～994)

或許自謙、或許事實，陶淵明用「敝廬」形容自己的家屋。正因爲家
屋的寬闊，才能納入鄰曲、飲酒、農務、賦詩等，或農或士的日常空
間。許銘全《唐前詩歌中「抒情空間」形成之研究——從空間書寫到
抒情空間》認爲，如此質樸欣然的空間，讓人忘記其在隱居〔註32〕。
究其原因，陶淵明出仕時曾言「心念山澤居」，表達其對於歸隱的嚮
往。實際上當其眞正離開仕途後，試以「結廬在人境，而無車馬喧」
(《先秦漢魏晉南北朝詩・飲酒詩・結廬在人境》，頁 998) 的模式生
活，故近代學者傾向以田園詩人稱之〔註33〕。

二、身在官場，情歸山水

謝靈運 (385～433) 出晉代名門，仕歷晉、宋二朝。其家族在東
晉是一代世家大族，《宋書・謝靈運傳》云：

> 靈運因父祖之資，生業甚厚。奴僮既眾，義故門生數百，
> 鑿山浚湖，功役無已。尋山陟嶺，必造幽峻，岩嶂千重，
> 莫不備盡。登躡常著木屐，上山則去前齒，下山去其後齒。
> 嘗自始寧南山伐木開徑，直至臨海，從者數百人。臨海太

〔註32〕 詳見許銘全：《唐前詩歌中「抒情空間」形成之研究——從空間書寫
到抒情空間》，臺北：臺灣大學中國文學研究所博士，2009 年，頁
165。

〔註33〕 鍾嶸《詩品》言陶淵明爲「古今隱逸詩人之宗」，宋人胡仔以爲鍾嶸
評陶淵明過於簡陋，此說難以盡之。(詳見〔明〕胡應麟：《詩藪》
外篇卷 2，臺北：廣文出版社，1973 年，頁 151。) 近人蔡瑜在以身
體空間梳理陶淵明的作品，提到陶淵明與當時貴族、知識分子所喜
愛棲隱名山勝水、離群索居的生活模式不同。(詳見氏著：〈試從身
體空間論陶詩的田園世界〉，《清華學報》，第 43 卷第 1 期，2004 年
6 月，頁 151～180。) 本文認爲鍾嶸品詩之時，尚無適當含括陶淵
明之境的辭彙，故以當時最爲接近的辭彙稱之。然而，歷來研究者
爲多考究，直接沿用鍾嶸《詩品》之言，以「隱逸」看待陶淵明其
人與作品。本文認爲陶淵明之於田園非「隱」字，而是「歸」字更
加適當。

> 守王琇驚駭，謂為山賊，徐知是靈運乃安。又要琇更進，
> 琇不肯，靈運贈琇詩曰：「邦君難地險，旅客易山行。」在
> 會稽亦多徒眾，驚動縣邑。〔註34〕

因為父祖的關係，謝靈運繼承了良田、僮數千，財則以萬計。將登山視為挑戰體能之樂的他，甚至有一批專門鑿山開道的團隊，數量龐大，曾讓人誤以為是山賊出沒。謝靈運具優越的歸田條件，其書寫的歸居內容，必定有別於張衡與陶淵明的形式。

謝靈運自小即有強烈的政治抱負，然而事與志違，造成其一生三仕二隱〔註35〕，終身苦悶，以棄市結束徬徨矛盾的生命。既有志難伸，不滿現實，故以登山涉水為發洩的管道。〈過始寧墅〉云：

> 束髮懷耿介，逐物遂推遷。違志似如昨，二紀及茲年。緇磷謝清曠，疲薾慚貞堅。拙疾相倚薄，還得靜者便。剖竹守滄海，枉帆過舊山。山行窮登頓，水涉盡洄沿。岩峭嶺稠疊，洲縈渚連綿。白雲抱幽石，綠篠媚清漣。葺宇臨回江，築觀基曾巔。揮手告鄉曲，三載期旋歸。且為樹枌檟，無令孤願言。（《先秦漢魏晉南北朝詩》，頁 1159～1160）

謝靈運赴永嘉途中，回顧過往，對於自己「違志」的決定感慨萬千。言及少時懷耿介堅貞之志，踏入唯一能實現此志的仕途，卻屢遭排擠，外放他邑，非但沒能成為光耀家門的一員，還將歲月蹉跎。不同於陶淵明「質性自然」的回歸，謝靈運心中充滿苦悶、積鬱、不平，「拙疾相倚薄，還得靜者便」乃不得已做的次要選擇。後段為描寫沿路所見山水風光，色彩絢爛的景致，令人流連忘憂，故承諾自己此去三年任滿，就要離開違背心志的仕宦生涯，重拾家鄉成員的身分。到達永嘉後，謝靈運所寫〈登池上樓〉凸顯自己在進、退之間掙扎，其

〔註34〕〔梁〕沈約撰，楊家駱主編：《宋書》卷67，臺北：鼎文書局，1980年，頁 1175。
〔註35〕謝靈運歸隱第一次為：景平元年（423）～元嘉3年（426）；第二次為：元嘉5年（428）～元嘉8年（431）。

云：

> 潛虬媚幽姿，飛鴻響遠音。薄霄愧雲浮，棲川怍淵沈。進
> 德智所拙，退耕力不任。徇祿反窮海，臥痾對空林。衾枕
> 昧節候，褰開暫窺臨。傾耳聆波瀾，舉目眺嶇嶔。初景革
> 緒風，新陽改故陰。池塘生春草，園柳變鳴禽。祁祁傷豳
> 歌，萋萋感楚吟。索居易永久，離群難處心。持操豈獨古，
> 無悶徵在今。（《先秦漢魏晉南北朝詩》，頁 1161）

謝靈運既有進取之志，又有遠離禍患漩渦的歸隱之心，故詩歌前八句
是詩人反省自己正在面臨兩者俱無所獲的矛盾困境。話鋒一轉，詩人
描寫冬去春來的景象，池塘春草繁生，樹叢中的鳥鳴聲也已替換，充
滿蓬勃生氣。最後期許自己能夠將「潛龍在淵」需要耐得住孤寂的深
切體會，作為好的開始，期許能當一個「遯世無悶」的人。

　　謝靈運為後世傳頌的名篇〈山居賦〉，細膩的描寫謝靈運式的田
園書寫，是以「棟宇居山」定義山居，言「抱疾就閑，順從性情」為
開端，開始他的莊園式歸田生活〔註 36〕。全文極寫莊園四面山水景
致，宅園居室處在絕佳觀賞位置，兼顧麻麥粟菽等農業經營可以享受
豐收之樂，除此之外，置於山間的居所，可以提供「風生浪於蘭渚，
日倒景於椒塗。飛漸榭於中沚，取水月之歡娛」的風景，還有各式水
草、藥草、竹、木、游魚、飛鳥、走獸等動植物產盡入眼簾。其自言
「弱齡而涉道，悟好生之咸宜」，強調園中不設畋獵之具，乃是超越
有形的追求，純以「撫鷗鷮而悅豫」追求至樂生活。至於「既耕以飯，
亦桑貿衣。藝菜當肴，采藥救頹。自外何事，順性靡違。法音晨聽，
放生夕歸。研書賞理，敷文奏懷。」是將歸田生活導入知識分子的生
活情趣，使得士人在安貧固窮式的「獨善其身」之外，有新的選擇，

〔註 36〕謝靈運〈山居賦‧序〉強調「今所賦既非京都宮觀遊獵聲色之盛，
　　　　而敘山野草木水石穀稼之事」，可見其有意與當時流行的京城賦做區
　　　　隔。詳見〔東晉〕謝靈運著、李運富編注：《謝靈運集》，湖南：岳
　　　　麓書社，1999 年，頁 226～281。

且耕且讀，滿足心智還能維持生存條件。

白居易曾言「謝公才廓落，與世不相遇。壯志鬱不用，須有所洩處。洩爲山水詩，逸韻皆奇趣。」〔註37〕，描繪謝靈運在朝爲官時，事事難以順應心性，故其對於山水勝景的追求具有極致的冒險精神。謝靈運〈石門新營所住四面高山迴溪石瀨茂林修竹〉一詩則自言：

> 冒險築幽居，披雲臥石門。苔滑誰能步，葛弱豈可捫。裊裊秋風過，萋萋春草繁。美人遊不還，佳期何由敦。芳塵凝瑤席，清醑滿金罇。洞庭空波瀾，桂枝徒攀翻。結念屬宵漢，孤景莫與諼。俯濯石下潭，俯看條上猿。早聞夕飈急，晚見朝日暾。崖傾光難留，林深響易奔。感往慮有復，理來情無存。庶持乘日車，得以慰營魂。匪爲眾人說，冀與智者論。(《先秦漢魏晉南北朝詩》，頁 1166)

爲了體驗「早聞夕飈急，晚見朝日暾。崖傾光難留，林深響易奔」的美感生活，謝靈運不惜冒險犯難在幽僻的地方尋找容身之處。除了自然奇景讓他流連忘返，山林中的一切營造皆能如他所願，更是萬事兼備。又〈田南樹園激流植援〉一詩云：

> 樵隱俱在山，由來事不同。不同非一事，養痾亦園中。中園屏氣雜，清曠招遠風。卜室倚北阜，啓扉面南江。激澗代汲井，插槿當列墉。群木既羅戶，眾山亦對牎。靡迤趨下田，迢遞瞰高峰。寡慾不期勞，即事罕人功。唯開蔣生逕，永懷求羊蹤。賞心不可忘，妙善冀能同。(《先秦漢魏晉南北朝詩》，頁 1172)

首先，謝靈運描述樵夫、隱士與自己皆在山中，只是理由不同。謝靈運擁有經營農莊的天分，其懂得依循山勢將適合的樹木分層種植，不僅能減少人力的耗費，同時也有景觀的價值。於此，透過詩人自行分別與隱士的不同，可知謝靈運確有歸田意識。

〔註37〕〔清〕彭定求等編：《全唐詩》卷430，白居易〈讀謝靈運詩〉，北京：中華書局，1999年，頁4742。

一般學界將謝靈運之「情歸山水」歸屬在「山水」的範圍，而其〈齋中讀書〉一詩曾有「既笑沮溺苦」、「耕稼豈云樂」（《先秦漢魏晉南北朝詩》，頁1168）之語，是其取笑長沮、桀溺爲節身隱居之舉，可知謝靈運對於躬耕行動的排拒。或者，現存謝靈運的作品當中，其不曾如陶淵明一樣，言及自己「歸田」的決心。這些條件都是歷來證明謝靈運屬於「山水」的有力證據。然而，儘管謝靈運努力排斥著田園歸耕的生活，終究在其寄情山水，選擇莊園式跨界行動的同時，無可避免的與田園產生關聯。究其原因，自東漢中期以後，莊園經濟興起，此乃是結合山水以遊樂，田園以自足兩個條件的生活模式，讓士人可以思歸閒隱。緣此，謝靈運在依山傍水的莊園式歸居生活裡，絕對含括田、園的內容，其〈山居賦〉即是例證。

綜合上述，陶淵明因「質性自然」而歸田，歸田的模式是降低生活欲求，享受能力範圍內所能達成的至樂，至於謝靈運憤悶有志難伸而歸田，據萬貫家產的他，精心打造心中的樂園。不論陶淵明必然的回歸，或謝靈運偶然的投入，二者爲田園書寫開啓了另外一片天地。廖美玉《回車：中古詩人的生命印記》言：

> 同處晉宋之交的陶淵明與謝靈運，不約而同地提出仕宦爲職業的觀念：「投耒去學仕」、「卑位代躬耕」，把仕與耕都視爲滿足生活需求的行業。〔註38〕

讓士人從儒家所建構「學而優則仕」的理想化身分解套，同時也從官場的禁錮中脫離。他們將「仕途」還原到單純爲了解決生活需求的眾多行業之一，而非專屬於社會上某一階層可以走的道路，遂而詮釋了「進」未必能達成「兼善天下」的使命，「退」也並非是失意者一定要做出的選擇。

陶淵明與謝靈運二人，分別以不同形式將「歸田」意識映現在生活之中。並且，仔細書寫其跨界之後，各式各樣的改變與不變，精彩

〔註38〕詳見廖美玉：〈中古詩人如何走向「獨善」之路〉，《中古詩人的生命印記》，頁70。

萬分，令人後學者嚮往不已。影響所及，在唐代特定的社會、經濟條件之下，意外開啓一股田園書寫的潮流。惟唐代士人對於陶淵明的親身躬耕、返得自然的行徑是完全嚮往，並且於詩歌書寫裡，不斷地出現桃花源的意象。即使如此，當士人欲抉擇如何落實行動時，大抵是以能夠提供穩定經濟條件，以及悠然自得環境空間的莊園式歸田生活爲主。

第三章　唐代由歸田到憫農的視域轉變

　　在金字塔底端爲統治者服務的農民，在唐代的舞台擁有相較於唐前任何一個朝代都要多的活動空間。唐代前期實施均田制度，讓黎民百姓能擁有自己的土地，賦稅制度也有相當空間的彈性，繳納物品是因地制宜，在特殊情況下，勞役與物品之間也可互相抵免，提高百姓納稅方便性，甚至有生產盈餘的情況，讓個人的努力與奮鬥更有意義。此外，唐代政府不僅注重農業政策的改革發展，另一方面還大張旗鼓，廣納社會人才，將興起於隋代的科舉制度發揚光大，緣此，政治不再是掌握在少數世族大族手中，社會的每一份子，每一位讀書人都有展現自己抱負的可能。

　　唐代在中國歷史與文學史上，扮演許多承先啓後的地位，本文研究主題「田園書寫」亦是一例。與前面朝代相比，唐代落實的選才制度更加客觀，看似提供社會底層百姓扭轉命運的機會與管道，看似給予讀書人更多發揮才智的機會，實際上促成的是「歸田」情結的甦醒。另一方面，姑且不論唐代政府有意爲之，刻意鬆動社會各階層的眞正目的爲何，此種運作方式，讓唐代士人與前面朝代的「士」階層在本質有所差異，步行在志業仕途上，所能接收的風光與景色亦有不同，

甚至更為真實。

　　本章主在敘述唐代歌詩中「田園書寫」如何出現「歸田」與「憫農」兩種面向。第一節，就唐代對於「歸田」書寫最為重要的幾項制度面作整理、歸納與討論。第二節，探討淵源有自的田園書寫被唐代詩人繼承的有哪些？又在唐代社會中產生轉化與分流的內容是哪些？第三節，探尋由「歸田」發展成「憫農」的契機為何？並且有哪些唐代社會因素，深度影響詩人創作「憫農」主題的視角？期能以上述內容的梳理之後，讓分析作品時的背景內容更為清晰。

第一節　唐代士人「歸田」的背景討論

　　唐代政府治國最重要的兩個方針，一方面是注重農業的政策，一方面是廣納社會人才。百廢待興的初唐，由於賢明的國君熟知國之興亡，惟在百姓的事實。因此，在設計於百姓最為密切土地與稅制上，是以天下黎民的角度出發。另外一方面，唐代實施科舉制度，吸引眾多有才能、有抱負、有理想的百姓，拾起聖賢書，奮發進取，只為了一展所長，但是僧多粥少的問題，讓許多舉子只能在長安不斷徘徊。科舉考試及第者，必須通過吏部的銓選，幸運之人可以當年除授小官，更多的人只拿到「前進士」的名稱，遂而開始三年為基準的銓選等待，期望官職的降臨。朝廷設置層層關卡，表面是為了獲得菁英中的菁英，實際上是為了疏解官職不足的情況。上述種種的社會因素，都是促成唐代士人「歸田」的背景之一。

一、耕植可以自給的生活

　　對於農民與土地的分配比例，早在戰國時期即有所討論，《孟子・梁惠王上》言：

　　　五畝之宅，樹之以桑，五十者可以衣帛矣，雞豚狗彘之畜，

　　　無失其時，七十者可以食肉矣。百畝之田，勿奪其時，八

口之家可以無饑矣。〔註1〕

孟子假設社會上每個人都能擁有一塊土地，則人民會不顧一切的投入，積極發揮其勞動力，促進社會發展與穩定性。然而，在均田制實施之前，土地多爲君王與貴族占有，百姓僅以農耕爲職業，並無實際的土地所有權，故許多朝代的滅亡都與農民起義有關。儘管，董仲舒、王莽等在農業改革都曾提倡要將土地釋放給百姓，到最後政策乃淪爲口號爾爾。唐代以古爲鑑，在建國之初就相當重視農民與土地的關連性，《貞觀政要‧論奢縱第二十五》記載：「自古以來，國之興亡，不由蓄積多少，惟在百姓苦樂。」〔註2〕清楚地說明統治者瞭解國家興亡掌握在百姓手中，只有使百姓過著安平穩定的日子，社會才能順利運行，國家的基底才能扎根。因此，唐初統治者承續且修正隋制，推行均田制度，一方面達到「土不曠功，民罔游力」的成效，一方面讓農民眞正擁有自己的土地。

　　國家分配的土地有永業田及口分田二種，永業田爲百姓永久財產，可傳子；口分田在身死後必須歸還國家，僅有使用權無所有權。另一方面，爲了避免土地集中在富豪之家，故取消北魏、隋代授婦女與奴婢土地的規定，以實際躬耕的男丁爲主要授田對象。《唐六典‧尚書戶部》云：

　　凡天下之田，五尺爲步，二百有四十步爲畝，畝百爲頃。
　　度其肥瘠寬狹，以居其人。凡給田之制有差：丁男、中男
　　以一頃；老男、篤疾廢疾以四十畝；寡妻妾以三十畝，若
　　爲戶者則減丁之半。凡田分爲二等：一曰永業，一曰口分。
　　丁之田二爲永業，八爲口分。凡道士給田三十畝，女冠二
　　十畝；僧、尼亦如之。凡官戶受田減百姓口分之半。凡天
　　下百姓給園宅地者，良口三人以下給一畝，三口加一畝；

〔註1〕　〔漢〕趙岐（疏）：《孟子正義》，臺北：藝文印書館（十三經注疏本），
　　　　1982年，頁12。
〔註2〕　〔唐〕吳競撰：《貞觀政要》卷6，臺北：黎明文化，1990年，頁182。

　　賤口五人給一畝，五口加一畝，其口分，永業不與焉。凡

　　給口分田皆從便近；居城之人本縣無田者，則隔縣給授。

　　〔註3〕

文中明確地提到測量土地的準則，也是土地分配的基礎，詳加規定授田的年齡、身分差異，甚至所居之縣無地可授時，還會通過「隔縣給授」的方式，保證每個人都可以擁有自己的土地以及園宅用地。

　　唐代政府實施均田制度，希望營造人人都能為自己奮鬥，達到「耕者自給」的社會。因此，為了避免土地再次集中在豪門世族身上，禁止國內土地買賣的行為。除了以下幾種特殊情況，《通典・食貨二・田制下》云：

　　諸庶人有身死家貧無以供葬者，聽賣永業田，即流移者亦

　　如之。樂遷就寬鄉者，并聽賣口分。賣充住宅、邸店、碾

　　磑者，雖非樂遷，亦聽私賣。諸買地者，不得過本制，雖

　　居狹鄉，亦聽依寬制，其賣者不得更請。凡賣買，皆須經

　　所部官司申牒，年終彼此除附。若無文牒輒賣買，財沒不

　　追，地還本主。〔註4〕

中國人對於喪禮非常講究，希望死者入土為安，故國家允許沒有足夠金錢者，可以賣掉永業田，以安葬家人。另外，唐代政府鼓勵開發偏鄉荒地，故自願移居這些地方者則是可以賣出口分田，有關工商業投資需要資金，也可以成為賣口分田的理由。但是，所有土地的買賣，都需經由政府機關審核通過才得以成立，若私自買賣者，經查證後，全數買賣內容不成立，地的所有權將回到原位。主政者甚至考慮到工商業已有穩定的收入，故有「諸以工商為業者，永業口分田各減半給之，在狹鄉者並不給」（《通典・食貨二・田制下》，頁31）的減半動

〔註3〕〔唐〕李林甫等撰，陳仲夫點校：《唐六典》卷3，北京：中華書局，
　　　　1992年，頁75～76。以下同出本書者，僅在文本後標示卷、頁數，
　　　　不另加註。

〔註4〕〔唐〕杜佑撰，王文錦等點校：《通典》，北京：中華書局，1988年，
　　　　頁31。以下同出本書者，僅在文本後標示頁數，不另加註。

作，讓政府有更多的土地可以分配給眞正依賴土地的人。

　　假定以一畝產量一石五斗的情況計算〔註5〕，均田制所授的一頃土地與租庸調稅制配合，唐代百姓是會過著衣食無缺的日子。但是，韓國磐依據敦煌戶籍殘卷觀察之，發現當地只有達到永業田的基本滿足，多數農民普遍授田不足。口分田則不均等，有些甚至無田可授，推算每戶實際授田共五十畝。〔註6〕寧可、張安福則採保留態度，認爲五十畝是寬鄉的授田數，狹鄉的授田量大致三十畝，平均每戶可占田四十畝。〔註7〕以每戶四十畝的單位與每畝產量一石五斗計算，全年總收入量爲六十石。繳納租粟二石，僅占總產量的百分之三。又寧可《中國經濟通史》〔註8〕計其五口人食糧爲四十一石、地稅八斗、生產成本（種子、耕牛飼料）四石五斗，共計四十六石三斗，占總產量的百分之七十。換言之，每戶每年尙有百分之二十多的盈餘。如此，唐代所實施的田制與賦稅制度相互配合，使得國家能正常運作，又保障農民生活的水平，才會出現前期貞觀、開元時期繁榮的局面。

　　高適〈過盧明府有贈〉言「登高見百里，桑野鬱芊芊。時平俯鵲巢，歲熟多人煙。奸猾唯閉戶，逃亡歸種田。」〔註9〕說明黎民百姓積極於農事。又「野人種秋菜，古老開原田」（《全唐詩》卷214，高

〔註5〕寧可《中國經濟通史》比對唐代邊疆或貧瘠地區的1石生產量，以及土地肥沃、水利灌漑方變的農業地區的2石，取其中。詳見氏著：《中國經濟通史・隋唐五代經濟卷》，北京：經濟日報，2000年，頁32～33。

〔註6〕由於唐朝政府承認唐以前已存在的私有土地，因此，實施均田制時用以授田的土地，主要是戰亂後所收隋代官田和荒地，所以土地有限。依據敦煌戶籍殘卷的觀察結果。詳見韓國磐《北朝隋唐的均田制度》，上海：上海人民出版社，1984年，頁213～215。

〔註7〕見註5，頁27～31。張安福：《唐代農民家庭經濟研究》，北京：首都師範大學博士學位論文，2006年，頁65～69。

〔註8〕見註5，頁36。

〔註9〕〔清〕彭定求等編：《全唐詩》卷211，北京：中華書局，1999年，頁2191。以下同出本書者，僅在文本後標示卷、頁數，不另加註。

適〈淇上別業〉，頁2232）、「浮人若雲歸，耕種滿郊岐」（《全唐詩》卷168，李白〈贈徐安宜〉，頁1732）顯示唐代政府所落實的均田制度，讓百姓初嘗爲自己奮鬥的喜悅，使得逃戶、浮人一一回到土地上，願意再次落地生根。當人滿足了生理需求後，才會有更進一步追求自我實現的慾望產生。而唐代政府即順水推舟，大力提倡平民也能參加的科舉考試，使得「天下英雄競相入彀」。

二、入仕無門的歸耕謀食

先秦時期的政治是由貴族所壟斷，布衣卿相的情況屈指可數。西漢初期實行的「任子」和「貲選」制度，亦是世族子弟相對有力。漢武帝提倡察舉制度，國君詔令諸侯公卿和郡守舉薦賢良、文學、孝廉，並且設立太學，學成通過考試者授官。「舉薦」雖然有訂定標準，實際卻受人爲主觀的影響，加上世族大家勢力的發展，州郡的察舉和辟召也都被貴族所壟斷，相較之下普通士人的出路十分狹窄。魏晉南北朝建立的九品中正制，讓門第成爲進入官場的先決條件，造成「世冑躡高位，英俊沈下僚」〔註10〕的情況，國家以人之身分爲主要條件，不問「才之多少」〔註11〕的察舉方式，埋沒了許多英才。其實，世親世祿制度的弊病很多，但是在傳統中國朝廷的組成上，世族門閥是不可動搖的區塊，因此演變成爲「上品無寒門，下品無勢族」（《全上古三代秦漢三國六朝文》，劉毅〈上疏請罷中正除九品〉，頁1663）的情況。直至魏晉南北朝後期，伴隨著動亂使世家貴族衰落，讓庶民參與政治的臨門一腳，在隋、唐的統治者相繼大興科舉制度之上實現。

〔註10〕逯欽立輯校：《先秦漢魏晉南北朝詩》，左思〈詠史詩八首‧二〉，北京：中華書局，1983年，頁733。以下同出本書者，僅在文本後標示書名及頁數，不另加註。

〔註11〕〔清〕嚴可均編、陳延嘉等校點：《全上古三代秦漢三國六朝文》，鮑照〈瓜步山揭文〉，北京：中華書局，1991年，頁2695。以下同出本書者，僅在文本後標示書名及頁數，不另加註。

　　唐代統治者一方面爲打擊魏晉南北朝所留下的世族勢力，一方面也有收攏人心的意圖，將隋代首先開啓的通過考試，按才選官制度，於唐代確立，且大力鼓吹之。唐代科舉制度建立選官的客觀化標準，爲眾多社會底層的讀書人，提供了改變命運的機會，使「學成文武藝，貨於帝王家」成爲一條可以追尋的道路。《新唐書・選舉志上》歸納唐代的科舉科目，其云：

> 其科之目，有秀才，有明經，有俊士，有進士，有明法，
> 有明字，有明算，有一史，有三史，有開元禮，有道舉，
> 有童子。而明經之別，有五經，有三經，有二經，有學究
> 一經，有三禮，有三傳，有史科。此歲舉之常選也。其天
> 子自詔者曰制舉，所以待非常之才焉。〔註12〕

名法、名算等科目爲基層的公務人員，無法進入權力中心，爲群眾喉舌，非士人所關注的部分。因此，主要的類別有三：進士科、明經科、制舉〔註13〕。然而，不管是基層的官員，還是有機會拜相的進士科等，總言之，唐代提供讀書人許多進入仕途的機會。

　　於是，唐代大批的讀書人開始湧向科舉這條看似寬廣的道路。唐代每年參加科舉考試的人數，都超過千人。封演《封氏聞見記・舉貢》云：「玄宗時，士子殷盛，每歲進士到省者，常不減千餘人。」〔註14〕

〔註12〕〔宋〕歐陽修、宋祁撰：《新唐書》卷 44，臺北：鼎文書局，1981年，頁 1159。以下同出本書者，僅在文本後標示卷、頁數，不另加註。

〔註13〕有別於進士科與明經科爲固定性舉行的考試，制舉的特點是考試時間與內容皆缺乏固定性。考試時間一年四季皆可舉行，但並非每年都有舉辦。考試內容也全然取決於帝王的政治需求和個人興趣所訂定。由於制舉科設置的初衷是「待非常之才」，因此通過制舉的士人可以直接授官，相較其他兩類的考試，可以更快速的進入權力中心。除了想要證明自己爲「非常之才」的士人應試外，有些進士在等待吏部試的期間也會前去應舉。然而，制舉考試科目繁多難以準備，再者，需要官員薦舉，如果舉子考試成績太差，推薦者要降職以示負責，故影響制舉的風氣，最終面臨消亡的結果。

〔註14〕〔唐〕封演：《封氏聞見記》卷3，臺北：藝文印書館，1984，頁 1。

韓愈〈送權秀才序〉言：「余常觀於皇都，每年貢士至千餘人。」〔註15〕康駢述《劇談錄》也提到：「自大中、咸通之後，每歲試春官者千餘人。」〔註16〕身處不同時代人，異口同聲的描述進京應試的人潮，就不能把它看成誇張之辭。王保定《唐摭言》卷一「會昌五年舉格節文」提到：

> 公卿百寮子弟及京畿內士人寄客外州府舉士人等修明經、進士業者，並隸名所在監及官學，仍精加考試。所送人數：其國子監明經，舊格每年送三百五十人，今請送三百人；進士，依舊格送三十人；其隸名明經，亦請送二百人；其宗正寺進士，送二十人；其東監同華、河中所送進士，不得過三十人，明經不得過五十人。其鳳翔、山南西道、東道、荊南、鄂岳、湖南、鄭滑、浙西、浙東、廊坊、宣商、涇邠、江南、江西、淮南、西川、東川、陝虢等道，所送進士不得過一十五人，明經不得過二十人。其河東、陳許、汴、徐泗、易定、齊德、魏博、澤潞、幽、孟、靈夏、淄青、鄆曹、兗海、鎮冀、麟勝等道，所送進士不得過一十人，明經不得過十五人。金汝、鹽豐、福建、黔府、桂府、嶺南、安南、邕、容等道，所送進士不得過七人，明經不得過十人。其諸支郡所送人數，請申觀察使為解都送，不得諸州各自申解。〔註17〕

根據上述記載統計，學校與各地所提名的人數規定，明經科一千三百九十人，進士科六百六十三人，總數超過兩千人。參加科舉考試的人這麼多，但實際錄取的人數有限。

〔註15〕〔清〕董誥等編：《全唐文》卷556，北京：中華書局，1987年，頁5624。以下同出本書者，僅在文本後標示書名與卷、頁數，不另加註。

〔註16〕〔唐〕康駢：《劇談錄》，北京：中華書局，1991年，頁144。

〔註17〕〔五代〕王定保等撰：《唐摭言》，臺北：世界出版社，2009年，頁2。以下同出本書者，僅在文本後標示書名及卷、頁數，不另加註。

在眾多的考科中，又以進士科最受唐代士人青睞，王保定《唐摭言》云：

> 進士科始於隋大業中，盛於貞觀、永徽之際；縉紳雖位極
> 人臣，不由進士者，終不為美，以至歲貢常不減八九百人。
> 其推重謂之「白衣公卿」，又曰「一品白衫」；其艱難謂之
> 「三十老明經，五十少進士」；其負儻儻之才，變通之術，
> 蘇、張之辨說，荊、聶之膽氣，仲、由之武勇，子房之籌
> 畫，宏羊之書計，方朔之詼諧，咸以是而晦之。修身慎行，
> 雖處子之不若；其有老死於文場者，亦所無恨。故有詩云：
> 「太宗皇帝真長策，賺得英雄盡白頭！」（卷1，頁4～5）

明經科專考記誦，能「辨明義理」者少，以致「士鄙其學而不習，國
家亦賤其科而不取，故惟以攻詩賦人進士舉者為貴」〔註18〕。相較之
下，進士科考文學詩賦，讓士人可以展現自己的文學才華，久之，進
士科的地位逐漸上升，成為士人趨之若鶩的主軸考科，士人甚至認為
進士擢第才能使人生的美名完整，有就算死於文場也在所不惜的嚮
往。

影響所及，原本釋出名額數量就少於明經科的進士科，及第之位
更加難得，《全唐詩》裡記載有關落第的詩歌作品，每首都有聲地呈
現詩人當下的心情：

> 年年下第東歸去，羞見長安舊主人。（卷203，豆盧復〈落
> 第歸鄉，留別長安主人〉，頁2123）
>
> 落第逢人慟哭初，平生志業欲何如。（卷549，趙嘏〈下第
> 後上李中丞〉，頁6360）
>
> 牓前潛制淚，眾裡自嫌身。（卷479，李廓之〈落第〉，頁
> 5457）

〔註18〕　〔元〕馬瑞臨：《文獻通考・選舉考三》卷30，臺北：臺灣商務印書
　　　　館，1987年，頁281。以下同出本書者，僅在文本後標示卷、頁數，
　　　　不另加註。

十上十年皆落第，一家一半已成塵。(卷 600，公乘億闕題
詩句，頁 6944)

年年上京應試，最終只能成爲在仕途外圍徘徊的失意人不可勝數，不
僅無顏見家鄉父老，連多次應試居住的旅社老闆，都因爲年年相見、
熟識，進而產生羞愧之心。當詩人一人獨處時，其內心酸楚悲涼與自
卑心理，更是難以言喻。

　　依馬瑞臨《文獻通考》記載唐代科舉考試作統計，整個唐代科舉
考試共二百六十次，其中登第人數在三十五人以上有二十六次，在三
十人以上者，僅五十三次。又登第最多與最少者，皆在初唐時期出現，
分別爲咸亨四年（673）錄取最多七十九人，永徽五年（654）、調露
二年（680）和永隆二年（681）各錄取一人，到了中唐，登第人數大
抵落在二十名左右。又貞元十八年（802），唐德宗下詔：「自今以後，
每年考試所收之人，明經不得一百人，進士不過二十人。如無其人，
不必要滿此數。」（卷 29，頁 274～280）舉子錄取的機率等於是百分
之一、二，競爭非常激烈。但是，對於士人來說，科舉考試的設置，
讓他們有伸展己志的機會，還可以「一士登甲科，九族光彩新」（《全
唐詩》卷 297，王建〈送薛蔓應舉〉，頁 3371），儘管名額再少也都值
得一試再試。

　　唐代實施科舉制度，確實帶給全國百姓，尤其是下層士人無限希
望。然而，唐代考試採用試卷不糊名的方式，故舉子在考試之前會有
請託〔註19〕與行卷〔註20〕的行動，盡可能增加自身的曝光度，所需消

〔註19〕吳宗國《唐代科舉制度研究》一書解釋「請託」是一般沒有特殊關
　　　　係的士子，不爲「人知」，因此要奔走於達官顯貴人知間，上啓陳
　　　　詩，希望得到他們的賞識和提攜，向有關部門或人士進行推薦。詳
　　　　見氏著：《唐代科舉制度研究》，遼寧：遼寧大學出版社，1997 年，
　　　　頁 222。
〔註20〕程千帆《唐代進士行卷與文學》一書解釋「行卷」是應試的舉子將
　　　　自己的文學創作加以編輯，寫成卷軸，在考試以前送呈當時在社會
　　　　上、政治上和文學上有地位的人，請求他們向主司即主持考試的禮
　　　　部侍郎推薦，從而增加自己及第的希望的一種手段。詳見氏著：《唐

費都是必須且驚人的金額。即使縮衣節食，轉眼間也就將家鄉父母賣田籌措的考試經費消耗殆盡。所以，有些人是老死文場，也無踏入官場的一天；有些人沒來得及榮耀家門，反之將家財散盡；也有些人在面臨僧多粥少的現實情況，以及難以消化在京城生活的鉅額花費，選擇暫停或放棄科舉考試，轉而回到家鄉，重拾自給自足的農耕生活，當一個「不仕則農」的讀書人。

三、登科守選的階段性歸田

　　每年湧入京城躍躍欲試的讀書人數以千計，故科舉考試在錄取名額與應考的舉子比例上有著相當的懸殊，爲了緩解官職少而求職者多的情況，唐代的統治者，將成爲政府官員的考試分割成「舉」與「選」分割〔註21〕。影響所及，唐代舉子在貢舉及第之後，只是通過任官得資格考，還要參加吏部的考試，是爲「選」也。只有通過關試者，才能取得出身文憑，才被納入吏部選人的人選。

　　若無法通過，依舊會被擋在官場的大門之外，深受其苦的韓愈在〈上宰相書〉言：「四舉於禮部乃一得，三選於吏部卒無成」（《全唐文》卷551，頁5582）可知，身、言、書、判的面試難度，並不在禮部試之下，讓他在及第十年之間，依舊是布衣的身分。許渾〈講德陳情上淮南李僕射八首‧八〉曾云：

> 丹霄空把桂枝歸，白首依前著布衣。當路公卿誰見待，故鄉親愛自疑非。東風乍喜還滄海，棲旅終愁出翠微。應念無媒居選限，二年須更守漁磯。（《全唐詩》卷604，頁6984～6985）

代進士行卷與文學》，收錄在《程千帆選集》，瀋陽：遼寧古籍出版社，1996年，頁725。
〔註21〕王勛成《唐代銓選與文學》提到中國從漢代有「選舉」制度以來，都是「舉」與「選」不分，是故被舉薦的舉子，大都是即刻就選爲官。只有唐代情況特殊，舉士與選官分屬不同機構管轄。見氏著：《唐代銓選與文學》，北京：中華書局，2001年，頁1。

詩人透露自己雖已及第，卻苦無人舉薦汲引。可知，儘管是有才之人，也必須被動等待機會降臨，或者靜候「選限」的到來。此期間，部分唐代士人遂以「一壺濁酒百家詩，住此園林守選期」（《全唐詩》卷705，黃滔〈宿李少府園林〉，頁8116）的生活方式等待。

　　及第舉子們有了出身後，幾乎沒有機會立刻除官，多數人需守三到七年不等，才能獲得第一個官職〔註22〕。每任官滿後，亦需要在家等候若干年，才能選補下一任官。玄宗開元年間，在裴光庭的建議下，訂出一套屬於守選制度的實施規則，《通典‧選舉三》云：

> 至玄宗開元中，行儉子光庭爲侍中，以選人既無常限，或
> 有出身二十餘年而不獲祿者，復作「循資格」，定爲限域。
> 凡官罷滿以若干選而集，各有差等，卑官多選，高官少選，
> 賢愚一貫，必合乎格者，乃得銓授。自下升上，限年躡級，
> 不得踰越。（卷15，頁361）

不管選賢與能，唯才是舉的道理，生硬地將官吏應選規定成以資歷爲唯一條件。高官者或許能在三年內獲得下一任職位，身爲卑官的基層文官，等候的時間多超過三年。《新唐書‧選舉志下》云：

> 凡一歲爲一選，自一選至十二選，視官品高下以定其數，
> 因其功過而增損之。（卷45，頁1174）

可見，守選度是常態舉行，而每一任官職的空白時間，時間最短爲一年，最長可能需要十二年的時間，又以官職高位者向低者依序加長等

〔註22〕王勛成《唐代銓選與文學》提出唐代及第士人，不可能在當年即刻
　　　　任官。（頁34～45）而陳鐵民，李亮偉〈關於守選制與唐詩人登第後
　　　　的釋褐時間〉一文推翻王勛成言之必然的論述，並舉出十多條例證。
　　　　（《文學遺產》，第3期，2005年6月，頁107～119+160。）固然，
　　　　陳鐵民與林亮偉二人提出數條例證，但是，本文若著重整個唐代守
　　　　選制度的大方向，則王勛成言「及第舉子守選的時間多是三到七年
　　　　不等」是成立的。賴瑞和《唐代基層文官》（臺北：聯經出版社，2004
　　　　年。）與林燕玲《唐人之隱：一種文學社會學角度的觀察》（臺北：
　　　　花木蘭文化出版社，2010年。）提及銓選制度時，也多同意王勛成
　　　　的研究成果。

候時間，唯一彈性的是「因其功過而增損之」。唐武宗〈加尊號後郊天赦文〉曾提及在五選過後，依舊沒有當官機會的「前舉士」可以到吏部投牒，就任中下縣的主簿或縣尉。〔註23〕即使提供了第一次任官的機會，任滿之後的士人們，尤其是六品以下者，又必須回到等待的日子。

　　多數的舉子們只能苦等守選後釋褐，少數人則選擇再試。唐代統治者爲了免去因生硬制度，錯失人才的可能性，在常選之外，還有非常選之試的設置，是謂制舉與科目選。制舉因爲種種原因最終消亡，在本節第三部分已涉及，爲必繁瑣不再論之。由吏部管轄的「科目選」設有博學宏詞和書判拔萃等科，不論年、考，只要通過禮部測驗的士人，都有參加此考試的資格，如《舊唐書》〔註24〕記載：

> 李巽字令叔，趙郡人。少苦心爲學，以明經調補華州參軍，拔萃登科，授鄠縣尉。（卷123，〈李巽傳〉，頁2394）

> 盧邁字子玄，范陽人。……兩經及第，歷太子正字，藍田尉。以書判拔萃，授河南主簿，充集賢校理。（卷136，〈盧邁傳〉，頁2552）

> 年十八登進士第，以博學宏詞登科，授華州鄭縣尉。罷秩，……又以書判拔萃，選授渭南縣主簿，遷監察禦史。（卷139，〈陸贄傳〉，頁2577）

以上三人都是及第舉子，在等待守選的過程中，應試吏部另外舉行的科目選，登科，甚至陸贄等人還有兩次應考的紀錄。雖然通過科目選後，只能出任六品以下的職事官，卻可以縮減貢舉及第者或下層官員

〔註23〕原文如下：自今已後，有衣冠士流，經業出身，經五選如願授者，每年便許吏部投牒，依當選人例，下文書磨勘注擬。如到任清白幹能，刺史申本道觀察使。每年至終，使司都爲一狀申中書門下。得替已後，許使上縣簿尉選數赴選，與第二任好官。（《全唐文》卷78，頁819）

〔註24〕〔五代〕劉昫等撰：《舊唐書》，北京：中華書局，1975年。以下同出本書者，僅在文本後標示卷、頁數，不另加註。

待官的時間。將來官職任滿後，亦可減少守選的年限。除了參加制舉或科目選外，尚有入幕選項等〔註25〕，可以消耗及第舉子或下層待官人數。然而，最重要的根本問題依舊存在，唐代的官職需求量遠低於科舉制度推動後，所產出的求職者。

據上述可知，由統治者發起的科舉考試，固然提供百姓跨越身分限制的機會，實際上官員的職缺，並沒有多過其帶給唐代百姓的無限希望。在狹窄的門檻與守選制度之前，名登科第的士人僅能被動等待國家的分配，歸田成了守選期間的謀生選項之一。如果一個人在任滿之後，一直無法選上下一任官，甚至可以說他是被迫歸居、歸田。

四、入仕後的授田、假寧與別業

唐代士人有一舉及第的情況，但是更多士人是歷經漫漫長路，才得以通過科考。許棠應考二十多年，才在五十多歲時登第，其一番話道出辛苦與興奮之情，《唐語林》云：

> 許棠常言於人曰：「往者未成事，年漸衰暮，行卷達官門下，
> 身疲且重，上馬極難。自喜得第來筋骨輕健，攬轡升降，
> 猶愈於少年。則知一名，乃孤進之還丹。〔註26〕

士人們「十年辛苦涉風塵」（《全唐詩》卷 600，袁皓〈及第後作〉，頁 6942），踏入京城中心後，連年不斷在請託與行卷上奔波，將青春歲月都賠盡，才有換得一官半職的機會。許棠最終得到及第的好結果，高興得頓時回春，但有多少落第人的腦海中，滿是「下第惟空囊，如何住帝鄉」（《全唐詩》卷 572，賈島〈下第〉，頁 6631）的疑問。

唐代統治者是瞭解上述的情況，因而釋出最大誠意，使天下尚未得志的英雄豪傑們不輕易灰心。《新唐書‧食貨志一》紀錄有關士人稅賦的規定，其云：

〔註25〕詳見賴瑞和：《唐代基層文官》，頁 401～413。

〔註26〕〔宋〕王讜撰：《唐語林》卷 7，臺北：世界出版社，2009 年，頁 259。

自王公以下，皆有永業田。太皇太后、皇太后、皇后緦麻
以上親，內命婦一品以上親，郡王及五品以上祖父兄弟，
職事、勳官三品以上有封者若縣男父子、國子、太學、四
門學生、俊士，孝子、順孫、義夫、節婦同籍者，皆免課
役。凡主戶內有課口者為課戶。若老及男廢疾、篤疾、寡
妻妾、部曲、客女、奴婢及視九品以上官，不課。(卷51，
頁1343)

九品以上的官職皆免除課稅徭役以外，在職期間尚有俸祿，其他食
料、雜用等賞賜，讓士人的生活寬裕，以彌補其為了科舉考試盡白頭
的辛苦歲月。唐中葉實施稅制改革同時，讓科舉及第者擁有免除徭役
的特權。穆宗〈南郊改元德音〉云：

將欲化人，必先興學，苟昇名於俊造，宜甄異於鄉閭。各
委刺史縣令，招延儒學，明加訓誘。名登科第，即免征徭。
(《全唐文》卷66，頁704)

文人在名登科第之後，即可從鄉中賦籍除，享有免除差役的待遇。相
較之下，一般百姓整年為了繳納稅賦徭役而辛苦奔波，士人則多些許
空閒時間可以苦思勤讀，全心準備吏部的銓選。

　　當士人正式踏入官場大門的同時，不僅可以榮耀家門族人，也可
以享受專屬於官員優勢。唐代政府對於朝廷任職的官員提供豐厚的福
利政策，在田制分配上，官員的比例不同於一般百姓，可擁有的土地
更多，《新唐書・食貨志五》云：

親王以下又有永業田百頃，職事官一品六十頃，郡王、職
事官從一品五十頃，國公、職事官從二品三十五頃，縣公、
職事官三品二十五頃，職事官從三品二十頃，侯、職事官
四品十二頃，子、職事官五品八頃，男、職事官從五品五
頃，六品、七品二頃五十畝，八品、九品二頃。(卷55，頁
1394)

儘管最低階的九品官，尚有兩頃的永業田，與一般百姓的二十畝土地

相差十倍之多，除了滿足生理需求而耕種糧食之外，所剩的田地是可以自由使用。《舊唐書‧職官志二》云：「凡官人及勳，授永業田。」（卷43，頁1826）說明國家另外提供一般官員置辦別業的土地條件，加上原有的永業田，其擁有廣大的田地又無納稅的壓力，提供唐代士人實踐「歸田」至樂的空間，間接促成園林的發展〔註27〕。

　　除了上述免除徭役之外，還有令人稱羨的假寧制度。唐代政府對於官員休假期的相關規定，朝中官員固定十日一休的旬假外，凡官員家中有婚、冠、喪葬、祭祀、拜掃等事皆有給假，還有省親之假、功勳之假等額外增添的假期。依據《唐六典》記載，一年內規律性假期有：〔註28〕：

月份	日期						總結天數
正月	元正 （7天）	立春	初七	春社	十五	晦日 〔註29〕	12

〔註27〕侯迺慧〈唐代園林興盛的背景〉在討論唐代園林興盛的原因時，於經濟背景中提及經濟是社會生活的基本條件，而穩定的經濟來源也為唐代園林的建造提供了方便。見氏著：《詩情與幽靜──唐代文人的園林生活》，臺北：東大出版，1991年，頁53～65。

〔註28〕原文如下：謂元正、冬至各給假七日，寒食通清明四日，八月十五日、夏至及臘各三日。正月七日‧十五日、晦日、春‧秋二社、二月八日、三月三日、四月八日、五月五日、三伏日、七月七日‧十五日、九月九日、十月一日、立春、春分、立秋、秋分、立夏、立冬、每旬，並給休假一日。五月給田假，九月給授衣假，為兩番，各十五日。私家祔廟，各給假五日。四時祭，各四日。父母在三千里外，三年一給定省假三十五日；五百里，五年一給拜掃假十五日，並除程，五品已上並奏聞。冠，給三日；五服內親冠，給假一日，不給程。婚嫁，九日，除程。周親婚嫁，五日；大功，三日；小功，一日，不給程。齊衰周，給假三十日；葬，三日；除服，二日。小功五月，給假十五日；葬，二日；除服，一日。緦麻三月，始假七日；葬及除服皆一日。周已上親皆給程。若聞喪舉哀，並三分減一。私忌給假一日，忌前之夕聽還。五品已上請假出境，皆吏部奏聞。（卷2，頁35）除了《唐六典》所記載的假寧外，在《唐會要‧休沐》條列更詳細的紀錄，故在此不贅述。詳見〔宋〕王溥撰：《唐會要》卷82，上海：上海古籍出版社，1991年，頁1518～1521。

〔註29〕德宗時，因李泌之奏改二月一日為中和節，取代正月晦日。

月份	日期					總結天數
二月	初八	春分				2〔註30〕
三月	初三	清明〔註31〕（4天）				5
四月	立夏	初八				2
五月	初五	夏至（3天）	田假（15天）			19
六月	初伏	中伏				2
七月	初七	立秋	末伏	十五	秋社	5
八月	十五（3天）	秋分				4
九月	初九	授衣假（15天）				16
十月	初一	立冬				2
十一月						0
十二月	臘日（3天）	冬至（7天）				10

　　除去特殊的假寧，開元時期，每一位官員一年有一百一五天的固定休假，是一年的三分之一。〔註32〕這樣愜意的生活，與《詩經・豳風・七月》所刻畫的一年到頭，三百六十五天，時刻為解決生理需求而努力的農民們情況大不相同。是故，生於唐代，有「志」之士若能同時滿足進入仕途，為國家貢獻一己之力的夢想，一方面不必擔心稅賦、生計來源，還能夠擁有屬於自己的閒暇之間，乃一舉數得之事。另外，放假的日期與二十四節氣息息相關並且多是民間農忙的日子。不論在京城或是地方任職，一天的休假時間尚嫌短，因此官員會在家或前往近郊旅遊休憩，促成其與正在農忙的農民有更多接觸的機會。

〔註30〕2月8日和4月8日乃是「佛誕日」，因此天寶5年（746）因李希烈所奏，將每年2月15定為「道誕日」，放假一天。
〔註31〕大曆13年（778）改為5日，貞元中增為7日。
〔註32〕一個月三旬，故3*12＝36，36+79（國定休假）＝115。

第二節　唐代「歸田」情結的轉化與分流

　　唐代實施科舉制度，打破「士」階層等同於貴族世家的藩籬。當社會各階層的界線非牢不可破時，人民即有相對自由的選擇權。例如，許多出生貧寒家庭的文士，懷抱高尚的志氣，白手起家，亦能成功進入仕途。或者，有些士人在仕途不如想像順遂時，主動回歸躬耕生活。究其原因，唐代田制的特殊運行方式，使之對於土地有親切感，減緩儒家提到農業「耕難」的窘境。士人欲成為「仕」或「農」的選擇，是職業的選項，也可以理解為解決生理需求的方式，解除了傳統「士」階層與「道」、「自我定位」、「生命態度」與「生命價值」等牽絆一起的絕對關係。影響所及，唐代士人在繼承「歸田」情節的同時，產生了轉化與分流。

一、對陶、謝的繼承與疏離

　　陶淵明與謝靈運二人，前後相繼歸田，其落實歸田的方式大不相同，以致書寫內容上也有很大的差異。廖美玉〈陶潛「歸田」所開啟的生態視野與多元族群觀〉言：

> （陶淵明）躬耕以自給，依自然法則而耕種，比較貼近自然的荒野屬性，發展出田園美學，著重在親身生活體驗，……（謝靈運）大規模且多角化經營農業生產，發揮經濟長才，發展出園林美學，偏向客觀欣賞山水美景……。
>
> 〔註33〕

說明兩人分別是以「躬耕隴畝」與「經營莊園」兩種不同方式歸田。陶淵明的歸田著重在親身體驗，故田園作品有「種豆南山下，草盛豆苗稀」（《先秦漢魏晉南北朝詩》，〈歸園田居五首〉，頁 992）、「秉耒歡時務，解顏勸農人」（《先秦漢魏晉南北朝詩》，〈癸卯歲始春懷古田舍二首〉，頁 994）、「採菊東籬下，悠然見南山」（《先秦漢魏晉南北

〔註33〕見廖美玉：《中古詩人的生命印記》，臺北：里仁書局，2007 年，頁 157。

朝詩》,〈飲酒二十首〉,頁 998）等描寫實際躬耕或與農民互動的內容,詩作內容多是表現其找回真我,自得其樂的神情〔註34〕。另外,謝靈運的歸田方式,是將自己放置山水之中,體驗到自然能洗滌人類社會的一切〔註35〕。以自身行進的路線主軸鋪陳,在客觀的模山範水之中,融合景物情理的內容。其後,由於謝靈運繼承龐大的莊園土地與財產,其乾脆將自然之境結合農業生產,形成莊園式的歸田至樂。

因為個人的生活、經濟條件不同,使得陶、謝二人在歸田方式有所差異,世人分別以田園詩人與山水詩人稱之。而林文月《澄輝集》提到:

> 「田園詩人」四字並不足以盡陶淵明,「山水詩人」四字亦
> 不足以盡謝靈運……,他們的詩在田園山水之外更表現著
> 深刻的思想與豐富的感情,換言之,他們是藉著田園山水
> 而表現全人類的以及個人的感情思想。〔註36〕

其點出陶淵明與謝靈運的跨界書寫,並不只是自然背景的描述,最重要的是他們將自己放諸田園山水的場所後,內在感情思想的轉變。究

〔註34〕如〈和郭主簿〉云:藹藹堂前林,中夏貯清陰。凱風因時來,回飇開我襟。息交遊閒業,臥起弄書琴。園蔬有餘滋,舊穀猶儲今。營己良有極,過足非所欽。春秫作美酒,酒熟吾自斟。弱子戲我側,學語未成音。此事真復樂,聊用忘華簪。遙遙望白雲,懷古一何深。(《先秦漢魏晉南北朝詩》,頁978)陶淵明描寫自己以「士」的身分歸田,對於非自身專業的躬耕活動,僅以滿足最低的生理需要即可,其餘時間依舊可以閱覽書籍,對他而言是真正的至樂。

〔註35〕如〈從斤竹澗越嶺溪行詩〉云:猿鳴誠知曙,谷幽光未顯。巖下雲方合,花上露猶泫。逶迤傍隈隩,迢遞陟陘峴。過澗既厲急,登棧亦陵緬。川渚屢徑復,乘流翫迴轉。蘋萍泛沈深,菰蒲冒清淺。企石挹飛泉,攀林摘葉卷。想見山阿人,薜蘿若在眼。握蘭勤徒結,折麻心莫展。情用賞為美,事昧竟誰辨。觀此遺物慮,一悟得所遣。(《先秦漢魏晉南北朝詩》,頁 1166~1167)前面七段以記遊的模式書寫,客觀的呈現自然景色風貌,後半四段以景物延伸,寫下此行的感發與抒情。謝靈運以挑戰蜿蜒曲折的自然山水,克服仕途上不得志的抑鬱。

〔註36〕見林文月:《澄輝集:古典詩詞初探》,臺北:洪範出版社,1985 年,頁 72。

其原因，二人歸田的原因，是在官場失意後想要尋求自我，以及感受到自己與外在環境格格不入，因而選擇一條完全不同於「士」階層應該踏上的道路。在他們歸田生活裡，帶有強烈自我意識存在，在「仕」與「不仕」之間，幾度徘徊，在經歷自省、思考、確認自我的過程後，二人皆找到生命的安頓。因爲他們沒有否定自我價值，故他們也沒有拋棄「士」的身分，依然以「士」的視角與思維，觀看政治以外的大千世界。

陶淵明與謝靈運二人在自然之中尋找自身生命和諧與至樂的「歸田」行動，是唐代士人所嚮往的典範。然而，在時代背景的轉換，政治、經濟以及社會等因素皆不相同的情況之下，唐代士人不論在跨界的行爲，或者「田園書寫」詩歌的創作，都產生了些許變化。首先，陶、謝二人對於仕與耕的詮釋，成爲唐代士人在「歸田」情節上最重要的觀念繼承。本文第二章討論田園書寫時，曾提到陶、謝二人不約而同破除傳統中國社會的職分概念，挑戰儒家學說以「治人者」與「治於人者」的方式，強調「士」與「農」階層的分工與定位，把仕與耕視爲滿足生理需求的行業類別。而唐代統治者推行均田制度與科舉制度後，拓展各階層、各種職業的人與土地之間的關係〔註37〕，亦是間接剝離「士與仕」和「農與耕」的必然關係。兩種情形前後出現，讓唐代士人在對仕途產生「倦」的感覺時，能更加適性的跨越士、農的界線，在田園山水之中找尋自我的生命定位。

不論是陶淵明在自家園地的親自躬耕，還是謝靈運大規模開墾山居的莊園式歸田，兩人對於歸居場域的事物，一把土、一花草、一樹

〔註37〕費孝通《鄉土中國》言：農業和游牧或工業不同，它是直接取資於土地的。……而種地的人卻搬不動地，長在土裡的庄稼行動不得，待候庄稼的老農也因之像是半身插入了土裡，土氣是因爲不流動而發生的。（見氏著：《鄉土中國》，北京：北京出版社，2004 年，頁 3。）而唐代的均田制度是將田地發放給各種職業的人，姑且不論分配數量的多寡，都間接拉近一般人與土地間的情感，以及對於耕植活動的認識。

木或著稼穡等都是熟悉的，有特殊情感的。鄭騫〈陶淵明與田園詩人〉
文章中曾經討論，一般都將陶淵明的作品當成田園書寫的指標，他也
認爲陶淵明具有眞正田園詩人的特質，然古今中外也僅有陶淵明一人
符合，其言：

> ……要認清田園詩人的性質，首先要知道所謂田園詩不僅
> 是歌詠自然，嘯傲山水的遣興陶情之作。很多人以爲田園
> 詩祇是如此，田園詩人也不過就是樂天安命的避世者；那
> 是錯誤的，至少是過於狹窄的觀念。眞正的田園詩不止描
> 寫田園風景，還要描寫農夫生活；不能單寫耕田的快樂，
> 農夫的艱苦也要寫。尤其重要的是親切體驗。若祇是旁觀
> 的督課農桑，或者偶爾高興拿幾次鋤頭，未嘗親犯霜露，
> 飽嘗甘苦，都不能算眞正的田園詩人。

> （歷來被認定爲田園詩人的田園作品）寫田園風景的，寫
> 農民生活的，快樂、苦惱，各種描寫應有盡有；祇有一個
> 共同缺點，就是缺少內在的生命力。他們寫的無論怎樣精
> 彩，怎樣逼眞，總寫的是旁人而不是自己，寫的是由觀察
> 欣賞所得的外境，而不是從經驗體驗而來的內心。〔註38〕

鄭騫論述追隨陶淵明田園書寫的士人們，與其作品最大的差異，在於
他們非耕植稼作的當事人，固然詩歌作品依舊呈現農民各種情緒與煩
憂，再現的內容卻因爲不是本人的眞切感受，難以揮灑地淋漓盡致。
同理可證，即便是唐代建築莊園別墅，搭建庭園園林的風氣興盛，士
人們在多數只負責觀看、欣賞，因此唐代「歸田」作品裡的農民、農
事等，總是與實際情況存在一層隔閡。

　　綜合上述，若從陶淵明與謝靈運二人「歸田」行動出發，討論唐
代士人對於兩人的繼承與疏離，僅能觀察出唐一代繼承二人對於跨界

〔註38〕見鄭騫：〈陶淵明與田園詩人〉，《從詩到曲》，臺北：順先出版公司，
　　　　1976年，頁33～43。

的勇氣與行動力。在實際創作內容上，乃因其動機與落實的方式不同，已脫離二人最爲後世歌頌的「歸田」精神。

二、「樂園」的追尋與體驗

　　儒家文化是士人生命道路的明燈，期許著讀書人能夠志於道，積極入世，主張「知其不可而爲之」，惟天下無道的時候，才能以「獨善其身」的方式生活。因此唐代以前，促使士人離開仕途的原因，主要是政治黑暗，社會紛亂不安，主政者無德等無法挽回的社會情況，他們才會毅然決然選擇另一條歸居的道路。

　　由於唐代統治者一心想要有所作爲，因此三百年的政治、社會或經濟等環境，在在顯示當時是一個適合知識分子發揮的時代。儘管安史之亂之後，因統治者無法及時消化國家面臨的種種問題，以致帝國最終消亡。相較於四百多年魏晉南北朝的混亂無道，唐代稱得上是一個相當穩定的社會，還曾經出現貞觀之治、開元之治，兩個全面興盛的時期。並且，唐代政府提倡科舉制度，打破子承嗣父業的既定道路，在滿足基本的生理需求之後，每個人都有努力的機會，藉由不分身分地位的考試制度，進入國家體制，成爲君王的臣子，發揮自身的長才，提升更多百姓的生活，是一個值得知識分子期待的時代。然而，唐代歸居人數與魏晉南北朝相比，不減反增，如此特殊的風氣，瀰漫整個社會〔註39〕。

　　據以觀察，唐代士人追求的原始樂園，以陶淵明〈桃花源記〉提到的世界爲理想雛形。〔註40〕陶淵明〈桃花源記〉云：

〔註39〕一般以爲唐代歸居的風潮，唐詩田園書寫的興盛，與帝王熱衷於招隱士、征逸人，導致終南捷徑的出現有相當大的關聯，然而葛曉音〈盛唐田園詩和文人的隱居方式〉以唐書《隱逸傳》所載被帝王徵召過的隱者，以走終南捷徑出門的盧藏用，皆無田園書寫的詩歌作品，簡單回應了上述二者關聯性的問題。詳見氏著：〈盛唐田園詩和文人的隱居方式〉，《詩國高潮與盛唐文化》，北京：北京大學出版社，1998年，頁93。

〔註40〕連素屬《盛唐田園詩研究》（新竹：清華大學文學研究所碩士論文，

……復行數十步，豁然開朗。土地平曠，屋舍儼然，有良
田、美池、桑竹之屬。阡陌交通，雞犬相聞，其中往來種
作，男女衣著，悉如外人。黃髮垂髫，並怡然自樂。見漁
人，乃大驚。問所從來，具答之。便要還家，設酒殺雞作
食。村中聞有此人，咸來問訊。自云先世避秦時亂，率妻
子邑人，來此絕境，不復出焉，遂與外人間隔。問今是何
世，乃不知有漢，無論魏晉。此人一一爲具言所聞，皆歎
惋。餘人各復延至其家，皆出酒食。停數日，辭去。……

（《全上古三代秦漢三國六朝文》，頁 2098）

在陶淵明描寫的桃花源裡，人際關係相當單純，男女老幼各得其所，
家家都有肥沃的土地可以種植農作物，耕桑自給。最重要的是，因爲
沒有複雜且強權的政府組織，用徵兵徵稅等明目迫害百姓，才能保留
這樣的環境。然而，生活在魏晉時朝的陶淵明清楚地瞭解，他所描寫
的自給自足、安詳和諧，在現實世界幾乎不可能存在。是故，這座桃
花源裡的一切，是陶淵明所嚮往的、期盼的，是一個簡單且樸實，所
有人、事、物都回歸到原始的樂園。

　　唐代大興科舉制度，像是拓寬了知識分子長久以來追逐的求仕之
途，然而本章第一節已提到，當時政治環境所提供的官職，根本無法
滿足龐大的求仕人數。即使通過層層關卡，正式進入政治體制內，士
人這才體認到官員不過是國家運作的服務者，只能隨著統治者的喜
好，在宦海中浮沉不定，或成爲奉行僵化體制之人。影響所及，無法
恣意伸展己志的知識分子，離開中心，尋找一個真正各司其職的樂
園。如杜甫〈岳麓山道林二寺行〉提到：「桃源人家易制度，橘洲田
土仍膏腴。潭府邑中甚淳古，太守庭內不喧呼。」（《全唐詩》卷 223，
頁 2378～2379）陳述心目中找尋的樂園是一個生活簡單，土地豐腴，

1994 年。）與歐麗娟《唐詩中的樂園意識》（臺北：花木蘭文化出版
社，2007 年。）二篇認爲唐代士人屢屢提及的樂園主題，即是以陶
淵明〈桃花源記〉的文本建構而成。

風俗淳古的樂土，與陶淵明〈桃花源記〉裡描繪的情形相類似。

藉由陶淵明的桃花源雛形，唐代士人展開其對樂園的追求。茲以下列舉唐代有關樂園追尋的詩歌爲例：

> 笑謝桃源人，花紅復來覲。(《全唐詩》卷 125，王維〈藍田山石門精舍〉，頁 1247)

> 農務村村急，春流岸岸深。乾坤萬里眼，時序百年心。茅屋還堪賦，桃源自可尋。艱難賤生理，飄泊到如今。(《全唐詩》卷 228，杜甫〈春日江村五首・一〉，頁 2487)

> 居人散山水，即景眞桃源。鹿聚入田逕，雞鳴隔嶺村。(《全唐詩》卷 236，錢起〈初黃綬赴藍田縣作〉，頁 2621)

> 茅屋往來久，山深不置門。草生垂井口，花落擁籬根。入院將雛鳥，尋蘿抱子猿。曾逢異人説，風景似桃源。(《全唐詩》卷 310，于鵠〈南谿書齋〉，頁 3499)

脫離陶淵明的時代背景，由於唐代社會的穩定，讓士人在追尋樂園的態度上，多是積極且樂觀的，遂唐代士人們認爲〈桃花源記〉所描寫的那一片淨土，在現實的世界是存在的。第一首〈藍田山石門精舍〉提到山莊的景色猶如陶淵明文字描寫的樂園，美麗的風景隨四季更迭，而明年花朵盛開時，士人不害怕「迷而不復得」，已經相約再次到樂園欣賞美景。第二首，杜甫由自身對桃花源尋覓過程的體悟，發現身心的安定，即可達到「桃源自可尋」的境地。後面兩首詩歌作品，以尋找、比對現實社會中的桃花源爲主。綜合上述，陶淵明描述〈桃花源記〉是因其所處時代過於複雜，而以回歸原始爲主軸所創造的樂園。至於唐代士人的樂園雛形雖然來自於〈桃花源記〉，在抽離、替換時代背景後，士人從自身出發，做到「以我觀物」，著實產生了轉化。

唐代士人的歸田方式，多以莊園式爲主。關鍵在於國家實施均田制度，使得百姓都能擁有自己的土地。其次，唐代承認之前已經存在的私有土地，讓原繼承者能保留祖業，如孟浩然、祖詠、盧象、李頎

等，皆有家族傳下的素產、舊業，這些人在努力科舉考試時，往往都是隱身莊園，讀書山林。再者，唐代官員任職之後，所受的土地是永業田，並不需要繳回，可以留傳給子孫。因此多數士人擁有廣大土地，促進莊園式歸田的風氣〔註41〕。並且，在追尋原始樂園的過程中，避免巖穴之士所面臨的飢寒、孤獨之苦，以「田家復近臣，行樂不違親」（《全唐詩》卷131，祖詠〈清明宴司勳劉郎中別業〉，頁1336）的方式享受自然。

　　總言之，唐代士人追求「樂園」，是希望能夠回歸原始社會的各司其職，進而展現儒家加諸於知識分子身上的理想化功能。加上，唐代士人與自然的關係甚爲密切，其認爲親近自然可以「日與道相親」（《全唐詩》卷129，裴迪〈竹里館〉，頁1315），從自然萬物中「引領意無限」（《全唐詩》卷172，李白〈望終南山寄紫閣隱者〉，頁1767），擴展自己對於世界觀照的面向。究其原因，他們在找尋「樂山」、「樂水」（《論語・雍也》）、「山林歟，皋壤歟，使我欣欣然而樂歟」（《莊子・知北遊》）中人與自然的平衡，因而莊園成爲他們追尋與嘗試的場所。

三、仕農雙棲的生活模式

　　唐代君王治理國家的能力，以及社會整體的情況，能夠讓士人處於積極面，排除「無道則隱」（《論語・泰伯》）的選擇。王維〈暮春太師左右丞相諸公於韋氏逍遙谷讌集序〉云：

> 山有姑射，人蓋方外，海有蓬瀛，地非宇下。逍遙谷天都近者，王官有之，不廢大倫，存乎小隱。跡嶝峒而身拖朱綬，朝承明而暮宿青靄，故可尚也。（《全唐文》卷325，頁3294）

〔註41〕莊園式乃指選擇一塊土地搭建茅舍草堂，不必定劃界一個固定的範圍，與自然山水風景融爲一體者。其中，不乏財富充裕者，建構精心雕飾的大型莊園別業，但是一般收入者選擇簡單幾畦圃田、茂林，沒有太多人工成分的山居丘園，亦可以稱之。詳見李浩：《唐代園林別業考論》，西安：西北大學出版社，1998年，頁13～19。

身為士人的王維，謹記儒家學說賦予「士」階層的社會責任，因而認為士人若以不違背倫理為前提，雙棲生活是可以被接受的。以〈逍遙遊〉包裝內容，揭示莊子所提倡的和諧原始秩序，在莊園式歸田可以被落實。另外，透過小隱的方式，亦可調和出處的問題，成為兩全其美的生活方式。

　　學者討論唐代士人對於陶淵明與謝靈運的繼承時，多認為他們落實歸田行動皆不夠徹底。在謝靈運的繼承上，唐代士人無法暫時跳脫自身的情緒，多「以我觀物，故物皆著我之色彩」的方式，將自己設定為詩中的主角，其所描繪的山林田園僅是配角。究其原因，謝靈運的詩歌創作，乃是他在挑戰、征服每一座山水的紀錄〔註42〕，因而唐代士人選擇莊園式的歸田，與之行進、旅程中所見者，必定有所不同。是故，若以詩歌作品呈現的眼光與視野論之，唐代士人與謝靈運有相當大的不同。又林文月〈陶淵明‧田園詩和田園詩人〉云：

> （唐代詩人）都未曾像陶淵明那樣把自己澈底融入田園生活之中，而只是羨慕隱逸生活的恬淡優閒而已，所以他們所看到的只是田園的優美，體會到的只是隱逸生活的閒靜，他們的詩裡自然也就充滿了和平與歡愉了。〔註43〕

明白指出唐代士人的歸田只繼承了陶淵明田園書寫的一部份。究其原因，陶淵明的經濟條件並不優渥，任何農事生活都必須親力親為，一方面對於術業有專攻的體悟特別的濃厚，再者，在地方認同感的作用之下〔註44〕，更能深入描寫有關農家、農夫、農事的種種。然而，唐

〔註42〕高友工言：在謝靈運手裡，「山水詩」建立起它自己在形式與內容兩方面的特色。游歷在目的就是其本身，而非某一特定的目的地，因此旅途中的聲色之美也以它們自身為目的而被欣賞。詩的寫作不過是在呈現這些娛悅：詩本身成了以前進的旅程為軸而串起的一系列靜態畫面。並且在每一階段的細膩刻畫中也有與之呼應的樂趣，而已充滿愛意的用心來捕捉每一有意義的時刻。詳見高友工：〈律詩的美典〉，《中外文學》，18卷第2期，1989年，頁4～34。
〔註43〕林文月：《山水與古典》，臺北：三民書局，1996年，頁165～166。
〔註44〕《地方：記憶、想像與認同》提到：內在於一個地方，就會歸屬並

代士人的歸田條件充足，可以雇用作人從事稼穡之事，還有奴僕婢女幫他們打理莊園的一切，士人與眞實躬耕生活之間有一段距離。影響所及，陶淵明所能體會的情理，在唐代士人的作品中難以眞正被繼承。

　　唐代士人崇拜陶淵明與謝靈運二人，可以擺脫知識分子的束縛，將歸田化爲行動，眞正落實在生命當中。然而，不論是羨慕或是嚮往的情緒，終究只存在字裡行間。唐代士人順應其時代環境，塑造屬於當代的樂園，並且，始終耐心等待、尋找可以揮灑自己才智與生命的地方，用更加實際的視角看待仕宦與生活。韓愈〈後廿九日復上書〉云：

> 古之士，三月不仕則相弔，故出疆必載質。然所以重於自進者，以其於周不可，則去之魯；於魯不可，則去之齊；於齊不可，則去之宋之鄭之秦之楚也。今天下一君，四海一國，捨乎此則夷狄矣，去父母之邦矣。故士之行道者，不得於朝，則山林而已矣。山林者，士之所獨善自養而不憂天下者之所能安也。如有憂天下之心，則不能矣。（《全唐文》卷551，頁5585）

藉由先前歷史的經驗觀察，韓愈同意士人無法在社會行道時，邁開步伐，歸往山林的必然性。然而，其認爲士人若有「憂天下之心」，即使是不可爲之世，他們也難以拋諸腦後，逍遙山水田園之中。正因爲士人有此種憂心，開展出專屬於唐代的歸田方式——仕農雙棲生活。

　　白居易〈中隱〉勾勒雙棲生活的面貌，詩云：

> 大隱住朝市，小隱入丘樊。丘樊太冷落，朝市太囂諠。不如作中隱，隱在留司官。……人生處一世，其道難兩全。賤即苦凍餒，貴則多憂患。唯此中隱士，致身吉且安。窮通與豐約，正在四者間。（《全唐詩》卷445，頁4491）

認同於它，你越深入內在，地方認同感就越強烈。詳見〔美〕克瑞茲威爾著，徐苔玲、王志弘譯：《地方：記憶、想像與認同》，臺北：群學出版社，2006年，頁74。

詩人不在朝市，不入丘樊，選擇中隱，過於「冷落」或「囂諠」乃是表層的理由。在詩歌後半點明實際的原因，身爲知識分子的他，或是獨善其身、抑或明知不可而爲；或是賤即苦身，抑或貴則憂心，因而白居易認爲處世哲學太過困難，「中隱」的距離是其認爲最平衡不過的生活方式。又〈與元九書〉也提到：

> 古人云：窮則獨善其身，達則兼濟天下。僕雖不肖，常師
> 此語。大丈夫所守者道，所待者時。時之來也，爲雲龍，
> 爲風鵬，勃然突然，陳力以出；時之不來也，爲霧豹，爲
> 冥鴻，寂兮寥兮，奉身而退。進退出處，何往而不自得哉？
> 故僕志在兼濟，行在獨善。奉而始終之則爲道，言而發明
> 之則爲詩。（《全唐文》卷 675，頁 6891）

其進一步詮釋儒家文化對於進退二條道路的規範，固然走上仕途，奉獻己力是身爲知識分子的責任與榮耀，在白居易的眼裡，待時的日子並不難過，自身的價值與定位也不會從此消失。影響所及，進退出處對其而言，都不會感到不自在。後段「故僕志在兼濟，行在獨善。奉而始終之則爲道，言而發明之則爲詩」明白的揭示，白居易並不想要在「兼濟」與「獨善」之間作選擇。如同陶、謝二人，體現「士」階層可以從身分與職業的絕對關係中剝離，白居易認爲兼濟與獨善二者可以並行。不管身在何處，以身體力行的方式，落實「以道殉身」（《孟子・盡心上》）的生命態度，爲「獨善」解套。另外，不管影響力或大或小，盡可能用盡各種資源、能力，甚至朝廷的職位，扭轉需要被改善的問題，是其對「兼濟」的全新解釋。

自古存在「兼濟」與「獨善」的問題，能夠在唐代結束數百年的拉鋸，經過調節而達到平衡的原因，乃是白居易再次提出《詩經》中，有關於詩歌最初作用的說法，〈詩大序〉云：

> 詩者，志之所之也，在心爲志，發言爲詩。情動於中，而
> 形於言，言之不足故嗟歎之，嗟歎之不足故永歌之，永歌
> 之不足，不知手之舞之、足之、蹈之也。情發於聲，聲成

文謂之音。治世之音安以樂，其政和；亂世之音怨以怒，
其政乖；亡國之音哀以思，其民困。故正得失，動天地，
感鬼神，莫近於詩。先王以是經夫婦，成孝敬，厚人倫，
美教化，移風俗。〔註45〕

開頭清楚表明「志」可以透過詩歌體現，而心有所感發時，亦可以藉
由詩歌代言語表達出來。鄭毓瑜〈詩歌創作過程的兩種模式──「詩
緣情」與「詩言志」〉言：

「詩言志」必根於「詩緣情」，提到「詩言志」，則「詩緣
情」自己包含其中，所以，「詩言志」就廣義來中應可涵蓋
「詩緣情」加上「詩言志」的整個創作過程。如此一來，
經「詩緣情」所得的緣情詩，和經「詩言志」所得的言志
詩，其區別就不在本質上，而是在於創作過程中，「志之活
動」的有無了。〔註46〕

可見，詩歌作品的是爲了表達出心中的感情，而歷來討論言志與緣情
的功能，在本質上並無不同，皆爲觸動、感發，進而創作的過程，惟
「志之活動」的有無成爲關鍵。此「志」即爲對於公眾社會關心的情
志，同時也是白居易認爲可以奉而始終「道」的原因。影響所及，唐
代詩歌中田園書寫的內容，不再圍繞己身，而是擴大對於整個社會的
關注，成爲另一種士、農跨界的主題。

　　綜合上述，由於時代背景不同，唐代士人在歸田的行動上，以雙
棲生活爲實現的大宗。因此，陶淵明與謝靈運二人的歸田書寫，可以
說沒有人眞正完整的繼承。沒有完全親自躬耕的經驗，沒有踏遍與征
服各個自然景觀，使得唐代士人在「歸田」主題上無法超越前人。然
而，唐代士人緣情而作的田園書寫作品，卻開啓屬於唐朝田園書寫的

〔註45〕〔漢〕鄭元（箋）、〔唐〕孔穎達等（正義）：《詩經正義》，臺北：藝
　　　文印書館（十三經注疏本），1982 年，頁 13。
〔註46〕鄭毓瑜：〈詩歌創作過程的兩種模式──「詩緣情」與「詩言志」〉，
　　　《中外文學》第 9 期，1983 年 2 月，頁 4～19。

獨特視角。

第三節　中唐詩人「憫農」視角的開展

　　隨著政治安定、經濟繁榮、富足生活的消逝，唐代士人對於田園至樂的想像逐漸產生轉變。懷抱理想的士人，愈想獻上己力改變現狀，卻離權力中心愈遙遠。士人們在動盪不安的環境中顛沛流離、無所依歸，與農民在政治、經濟、自然災害之前無計可施的情況重疊。因此，傳統中國在士、農階層間豎立的距離好似不存在過，士人的跨界書寫，不過是爲一個與自己同病相憐的人發聲。另一方面，挑戰科舉落第，抑鬱不得志的讀書人，除非出身門名，能不必擔憂生計之外，多數來自平凡家庭的人，僅能回到土地的懷抱，以布衣身分繼續生活。然而，經過儒家文化的洗禮後，他們懂得思考，把雙眼見證的實際社會情況，隨筆墨躍於紙上，成爲菁英與庶民的對話，另一種跨界書寫的作品。

一、自然之降災，萬物何由甦

　　傳統中國以農立國，在歲時訂定的標準上，亦是以農業與天氣相互配合，繼而規劃出百姓整年的作息。〔註47〕事實上，農業生產相當依賴天候和勤勞的付出，中國農民與土地的情感與勤勞無庸置疑，但是天候的部分無法任由人爲改變，而是需要一點運氣。唐代是個同時承受多種自然災害的時代，據閻守誠《危機與應對：自然災害與唐代社會》統計唐代二百八十九年間，以旱災、水災和蝗災對農業影響最大嚴重，此三種災害在唐代的自然災害中佔總比例的一半以上，使得原本春耕、夏耘、秋收的農業作息產生變化：

〔註47〕蕭放《歲時——傳統中國民眾的時間生活》中提到二十四節氣勢農耕社會的時間系統，切實的提供農民每一個時段的氣象服務。詳見氏著：《歲時——傳統中國民眾的時間生活》，北京：中華書局，2002年，頁14。

自然災害	最高季節	百分比	次高季節	百分比
水災	秋	52.7%	夏	38.2%
旱災	夏	34.8%	春	24.9%
蝗災	秋	42.4%	夏	33.3%

依上表觀察〔註48〕，三種災害發生頻率最高的季節皆在秋季，其次是夏季，亦即一般農作物最重要的生長期與收成期。農民辛勤了將近一年的時間，很可能因為收成前襲來的自然災害，讓所有辛苦的化為灰土。

在《新唐書・五行三》紀錄了開元八年夏天所發生的水災，其云：

> （開元）八年夏，契丹寇營州，發關中卒援之，宿灅池之
> 缺門，營穀水上，夜半，山水暴至，萬餘人皆溺死。六月
> 庚寅夜，穀、洛溢，入西上陽宮，宮人死者十七八，畿內
> 諸縣田稼廬舍蕩盡，掌閑衛兵溺死千餘人，京師興道坊一
> 夕陷為池，居民五百餘家皆沒不見。（卷36，頁930）

水患的肆虐，已經不是妨礙作物的生長，甚至直接折損其生命。不止作物的毀損，來房屋也不能免其禍，死傷無數，就連堅固的京城、糧倉被水淹沒成為水中建築。還有，關於旱災的記載，《新唐書・五行二》云：

> 貞元元年春，旱，無麥苗，至於八月，旱甚，灞、滻將竭，
> 井皆無水。六年春，關輔大旱，無麥苗；夏，淮南、浙西、
> 福建等道大旱，井泉竭，人暍且疫，死者甚眾。（卷35，頁
> 917）

貞元元年的旱災是從春天開始，使得作物的幼苗連長成的機會都沒有。延續到夏天，需要水灌溉作物的時節，關中一帶重要的二條水源

〔註48〕此表乃參考閻守誠《危機與應對：自然災害與唐代社會》（北京：人民出版社，2008年。）一書與袁野《唐代的自然災害》（北京：首都師範大學碩士論文，2004年。）分別對於水災、旱災、蝗災統計資料製作。

──灞水、滻水面臨乾枯的狀態，這樣的情形即是預告當年的稼穡將欠收。貞元六年的旱災，除了麥苗無法生長外，連百姓的性命也岌岌可危，可見自然災害的威力。

再者，關於蝗災的記載，《新唐書‧五行三》云：

> 貞元元年夏，蝗，東自海，西盡河、隴，群飛蔽天，旬日不息，所至草木葉及畜毛靡有孑遺，餓殍枕道，民蒸蝗，曝，颺去翅足而食之。（卷36，頁939）

只要是蝗蟲過境之處，往往是「晦天蔽野，草木葉皆盡」的情況。蝗災多是秋季收成之前，若是氾濫將致使農民完全無法收成。加上去年冬天儲備的存糧至此時幾乎殆盡〔註49〕，因此，時常蝗災連帶而起的必定是飢荒，引文中的農民甚至以蝗蟲充飢。另外，有地區的農民在面對蝗蟲時，是以「燒香拜禮，社祭祈恩，眼看食苗，手不敢近。」（《舊唐書》卷96，頁3024）懼若鬼神。

對農民而言，一年三百六十五天，無論寒冬、炎夏都是揮汗如雨，不間斷地工作，每日每月都有相對應的任務需要完成。當天氣出現異常時，會馬上影響到他們的工作時程與日常生活。因而唐朝氣候異常的情況，讓農民實在力不從心。無法控制的自然災害，是如何勤能補拙都無法改變。若碰上天氣稍有異常則輕微的影響是稼穡欠收，若遇到氣候變遷，如水災、旱災、蝗災等自然災害，可能使農民的努力功虧一簣，一夕之間所有田地化為焦土、水池，而最可怕的災害莫過於蝗災，其過境之處即預告飢荒的發生，使得農民無法正常繳納租稅，進而可能危害生命。

當自然災害肆虐時，亦是考驗上位者與統治階層的治國能力，因為自然災害的發生固然無力阻止，在面對災害的損害上，統治階層若能夠恰如其分的處理，負起救濟和安置百姓的責任，使百姓能夠維持

〔註49〕韓鄂《四時纂要》云：「是時也，是謂乏月，冬穀既盡，粟麥未登。」詳見〔唐〕韓鄂：《四時纂要‧夏令》，卷3，臺北：藝文圖書出版社，1970年，頁114。

基本生活，並且在最短的時間內讓其恢復生產的工作，則可以降低百姓對於上天的恐懼感。反之，若統治階層沒能穩定住百姓的心，自然災害將會撼動社會秩序，進而可能危害國家的財政與政權。只可惜唐中葉以後，政府所頒佈應變災禍的政策，時常是無法真正落實在百姓身上。官吏一方面奪取來自中央的賑災物資，一方面為了保持其管轄區域安平的假象，更加使勁的壓榨農民。黃巢之亂，即為當政者無視「仍歲凶荒，人飢為盜」（《舊唐書》卷 200，頁 5391）的情況，不作災害的危機處理，反而繼續徵收稅賦，剝削百姓所造成。

二、一稅變二稅，收穫歸他人

　　唐代統治者延續前朝所實施的均田制度，將官方所擁有的土地與流亡農民結合，以期快速的恢復生產。影響所及，全國百姓都能擁有屬於自己的土地，進而讓個人的努力與奮鬥變得更有意義，帶動整個唐代社會的各項發展。

　　隨著制度實施的時間愈久，於紙上看似完善的規則不再完美。因為均田制的漏洞，反而讓農民的負擔與日遽增。中唐陸贄〈論兼并之家私斂重於公稅〉云：「富者兼地數萬畝，貧者無容足之居。依託強豪，以為私屬。貸其種食，賃其田廬。終年服勞，無日休息。」（《全唐文》卷 465，頁 4759）說明富者兼併土地，自耕農的數量減少，佃農人數增加，擴大貧富之間的差距。究其原因，來自於永遠都不滿足的統治階級，巧立名目的附加稅，在狹鄉受田不足的農民，或是勞動力不足的農民，或是分配到生產條件差的貧田，不論是生產或納稅都在危險的邊緣徘徊，禁不起一點意外的襲擊。若不幸遭遇天災人禍，必定無法按時納稅，為換得完成納稅的義務，農民不得已賣掉可以傳子的土地，變成佃農的身分。唐代的賦稅制度——租庸調法在實際運作時，必須要與均田制相互搭配，當土地兼併愈趨嚴重，一方面使得國家為民置產的美意失效，另一方面則是造成賦稅制度的骨架，逐漸被拆解。

　　於先秦即已成爲定局的是農民支應整個國家對於物質的需求，因爲思想與社會分工依舊，使得這樣供需的情況無法輕易變動。耿湋〈代園中老人作〉「林園手種唯吾事，桃李成陰歸別人」（《全唐詩》卷 269，頁 3003）、曹鄴〈四怨三愁五情詩十二首‧其四怨〉「手推嘔啞車，朝朝暮暮耕。未曾分得穀，空得老農名」（《全唐詩》卷 592，頁 6862）描寫失去土地的老農，終年辛勤的爲他人累積糧食、財富，只爲換得生存的機會。顯然，唐朝統治者在理智層面，努力想要達到輕繇薄賦、與民休息的理想境地，但是當國家需要花費、糧食、物品、勞力、戰士等人力和物資時，農民永遠是第一順位的選擇。元結〈漫歌八曲‧故城東〉云：

> 漫惜故城東，良田野草生。說向縣大夫，大夫勸我耕。耕者我爲先，耕者相次焉。誰愛故城東，今爲近郭田。（《全唐詩》卷 240，頁 2698）

非論貧瘠的地區，即使是易於耕種稼穡的良田，且無人願意耕耘。反而是身爲知識分子的元結向縣府提出此怪象，可見農民對於生活的絕望至深。

　　直至唐中葉，導致土地兼併嚴重的原因有四個，其一，統治者在訂定均田制的時候，所附上的但書。原本規定不能買賣的土地，因爲國家體貼百姓家庭經濟可能會有危急情況的美意，凡是當貧無以葬者，樂遷寬鄉者，無人守業者，受賜田者等情形出現時，永業田與口分田不僅可以買賣而且允許典貼，最終卻變成土地兼併的溫床。其二，均田制推行時，政府並沒有觸動早已存在的私有土地，故在唐前即擁有大量土地的官僚、地主、商人等〔註50〕，爲了在自己擁有的土地投入更多的勞動力，通過各種手段兼併土地，使得擁有零星土地者

〔註50〕 張澤咸《隋唐時期農業》提到，唐朝制定的土地政策中具有三大特點，其中維持早已存在的土地私有權，以及有關土地買賣的限制，初期是有加以限制，最終是完放任不管，從而促成土地集中加速的論述可以看出，土地勢必集中在少數人的身上。詳見氏著：《隋唐時期農業》，臺北：文津出版社，1999 年，頁 21。

僅能放棄自己的土地，再次成為佃農，為地主工作。其三，實施均田制時，規定「凡道士給田三十畝，女冠二十畝；僧、尼亦如之。」（《唐六典·尚書戶部》卷 3，頁 75～76）使得寺廟道觀集中大量的土地。正因為寺院擁有大量土地，故武宗毀佛時，竟能「收膏腴上田數千萬頃」。（《舊唐書》卷 18，頁 606）其四，安史之亂後，中晚唐內戰不斷，在土地毀損、丁男減少的情況下，賦稅卻更加繁重，還有自然災害的侵損，讓依靠著天地生活的農民，只能在生存的邊緣掙扎或者選擇暫時逃離制度，成為國家掌控之外的逃戶。

　　不論是上述何者原因，當農民脫離戶籍後，僅有二種生存方式，一是成為佃農與人佃耕，成為地主的依附人口。二是徹底將自己從土地拔起成為流民，造成唐代政府相當頭疼的社會問題。然而，淪為佃農者不但工作繁重，加上私租苛重，「官稅五升，而私家收租殆有畝至一石者，是二十倍於官稅也。降及中等，租猶半之，是十倍於官稅也。」（陸贄〈論兼并之家私斂重於公稅〉，《全唐文》卷 465，頁 4759）又逃離土地者何其多，但政府並沒有重新統計正確的戶數，因此在戶數減少而總稅額並不減少的情況下，依然留守土地的農民被迫攤派總稅額，使得生活處境十分艱苦。

　　唐代均田制度真正落實時，儘管政府授與百姓的土地並未如規定條文一樣多的數量，依舊使農民有百分之二十的盈餘，此乃透過稅制的配合，才能實現的輕徭薄賦。唐代政府初期實施租庸調法，稅賦主要是由正稅和附加稅所構成。正稅有：租庸調、地稅、戶稅與資課，以及運輸、修建糧倉等因需定收的附加稅。〔註51〕其中以租庸調稅制

〔註51〕《唐六典·尚書戶部》云：凡賦役之制有四：一曰租，二曰調，三曰役，四曰雜徭。課戶每丁租粟二石；其調隨鄉土所產綾、絹、絁各二丈，布加五分之一。輸綾、絹、絁者綿三兩，輸布者麻三斤，皆書印焉。凡丁歲役二旬，無事則收其庸，每日三尺；有事而加役者，旬有五日免其調，三旬則租、調俱免。凡庸、調之物，仲秋而斂之，季秋發於州。租則准州土收穫早晚，量事而斂之，仲冬起輸，孟春而納畢。（頁 76）

為主要稅收來源，並「按丁課稅」〔註52〕。租的部分，一律以粟繳交；調的部分，田家可根據當地物產決定實際上繳的物品；庸的部分，若不能參加徭役勞動，可以通過繳納相當數量的「調」替代，反之亦可用副產品取代徭役的部分〔註53〕，讓百姓可以全力衝刺自己的專業領域。而賦稅繳納的時間分為春秋兩季，還會依照作物收成的早晚作微調，也仔細計算過貨品運輸大致會花的時間，給予繳納的緩衝期。凡此種種，可以看出唐初期在賦稅制度規定，嚴格卻不失機動性。再者，政府「量入為出」的徵收準則，讓農民不需要擔心在二次的正稅繳納完畢後，還有源源不絕的納稅機會，最後也成功的促進初唐繁盛的局面出現。

然而，隨著人口增加，還有官僚、貴族、商人族群的擴大，讓社會底層的農民群體，開始受到土地被侵奪的威脅。耕地面積不變的情況下，無法負荷增長的人口，而「富者有資，可以買田；貴者有力，可以占田」（《文獻通考‧田賦》卷2，頁43），農民沒有資本也沒有能力與二者爭奪，失去土地可說是必然。安史之亂後，朝中為了平定叛亂造成國庫空虛、百姓精疲力盡。而地處黃河下游的河南、河北、山東等農業產量富庶的地方，在戰亂的摧殘之下，已經變得滿目瘡痍，一時難以恢復舊時的生產數量。《舊唐書‧楊炎傳》：「丁口轉死，非舊名矣；田畝移換，非舊額矣；貧富升降，非舊第矣。戶部徒以空文總其故書，蓋得非當時之實。」（卷118，頁3420）可以看出唐初實施稅制的必要條件——丁男的人口數已經崩壞。因此，為了使財政

〔註52〕 胡如雷《隋唐五代社會經濟史論稿》將歷來對於按丁課稅、按田畝課稅、按戶課稅的討論作詳細的論述，認為傳統中國的丁男即是代表戶，而田畝也是以丁男的勞動為主，因此三者的說法可視為同一種。在此依其結論。詳見氏著：《隋唐五代社會經濟史論稿》，北京：中國社會科學出版社，1996年，頁91～96。

〔註53〕 李錦繡《唐代財政史稿》提到，有關以役代庸的規定，大致上唐初以庸代役者尚少，但開元期間開始成為國家財政收入的大宗。詳見氏著：《唐代財政史稿》上卷，北京：北京大學出版社，2000年，頁424。

收入回復穩定，朝廷實行新的租稅制度。

另外，《舊唐書・楊炎傳》紀錄楊炎上疏德宗，其〈請作兩稅法奏〉云：

> 凡百役之費，一錢之斂，先度其數而賦於人，量出以制入。戶無主客，以見居爲簿；人無丁中，以貧富爲差。不居處而行商者，在所郡縣稅三十之一，度所與居者均，使無僥利。居人之稅，秋夏兩徵之，俗有不便者正之。其租庸雜徭悉省，而丁額不廢，申報出入如舊式。其田畝之稅，率以大曆十四年墾田之數爲準而均徵之。夏稅無過六月，秋稅無過十一月。逾歲之後，有戶增而稅減輕，及人散而失均者，進退長吏，而以尚書度支總統焉。（卷118，頁3421～3422）

兩稅法將納稅對象擴大，規定「戶無主客」使得貴族、官僚都成爲稅戶，不再只有依附土地的農民負擔，是爲優點。在稅制的規定上，廢除雜稅，只留下戶稅和地稅。戶稅按每戶的男丁數目和田產多寡訂定。地稅則以全國的田畝總數爲基礎，攤分到地方，再由地方按每戶擁有的田畝數目徵稅。另外，依照稅戶資產等級分別徵稅，也特別制訂了戶籍不定的商人繳納賦稅的方式。此種種規定，革除了租庸調法執行時，曾發生的各式問題。另外，徵收原則由原來的「量入爲出」變爲「量出爲入」，依照國家預算支出而確定每年徵收的稅額，一律以錢幣折算。

兩稅法實施初期，百姓尚可以將錢幣的稅額折回綾、絹、絁、穀、米等實物繳交，使得唐朝國庫收入有回穩的跡象，然而規定繳納的品項逐漸由初定時的錢輕貨重，發展爲錢重物輕的情況。到長慶年間，農民的負擔已經比建中初定兩稅時增加了兩三倍。秋夏之間爲兩稅法的收稅時節，不同於租庸調法可以使用徭役代替物品，反之亦可使用物品抵銷徭役，兩稅法硬性規定只能用錢幣繳稅。全年無法休息的繁忙農事，已經讓農民無法喘息，將農產品變賣換成繳納賦稅的貨幣

時，還要涉及自己不擅長的商業行為。而奸商富賈看出農民的需求，趁機壓低物價，最後吃虧的還是付出勞力的農民。杜荀鶴〈傷硤石縣病叟〉云：

> 無子無孫一病翁，將何筋力事耕農。官家不管蓬蒿地，須
> 勒王租出此中。（《全唐詩》卷693，頁7979）

又〈田翁〉云：

> 白髮星星筋力衰，種田猶自伴孫兒。官苗若不平平納，任
> 是豐年也受飢。（《全唐詩》卷693，頁7980）

二首作品皆是反映官府將國家所有的需求，毫不考慮的加諸在農民身上。繁重的社會負擔，讓黎民百姓在豐年也無可避免飢餓之苦。

三、貪吏高聲催，耕者日漸少

　　古今中外，戰爭似乎是統治者不可避免的事，而不同的戰爭，或主動、或被動，或對內、或對外，所造成的結果也不一樣。唐朝的君王是由馬上得天下，初期的戰爭多為致力於開疆拓土的過程。由於是開發新的土地，這一時期的戰爭大多發生在農業落後的邊疆地區，對於農業的破壞力小，甚至取得更多土地乃有助於均田制的推行，故戰爭的負擔分攤在農民身上是相對輕鬆的。而破壞盛世局面的安史之亂與之前的戰爭都不相同，一是發生在國家的核心地區：人口、勞力密集，土地開發完全，生產力較為發達，是唐朝財政的主要來源地。二是安史之亂歷時八年。雖然最終是平定叛亂的結果，但是在軍隊與叛軍拉距的時間中間，所波及的地區和傷亡的人口數，都是唐代其他戰爭無法相比的。

　　安史之亂對於黃河中下游人民而言，是一場巨大的災難。據《舊唐書》所載戶口，天寶十三載本有戶九百多萬，經歷安史之亂後，到元和二年已下降至二百多萬（卷14，頁424），減少了四分之三的人口，而大多都是勞動力的損失，故中原地區的經濟到處僅見荒田，農業生產幾乎是停頓的狀態。元結〈舂陵行〉云：

大鄉無十家，大族命單羸。朝餐是草根，暮食仍木皮。(《全
唐詩》卷 241，頁 2704)

唐代的「鄉」是國家組成的基本單位，卻在戰亂之中不復以往的規模。
孤弱的人口，殘破的家屋與土地，即使是存活下來，怕也是短暫的、
不幸的大幸。這些損失的人口中，一部分是安史之亂的叛軍南下，致
使河南、關內、淮南諸道百姓為了保護性命，逃離家園的人。另一部
分是死於兵禍，除了叛軍的殺戮外，還有外族趁唐朝內亂時侵擾。《舊
唐書・回紇傳》云：

初收西京，回紇欲入城劫掠，廣平王固止之。及收東京，
回紇遂入府庫收財帛，於市井村坊剽掠三日而止，財物不
可勝計。(卷 195，頁 5199)

唐朝統治者為了收復國土，求助於回紇軍隊。雖然國家順利的收復長
安與洛陽，反而造成國庫的損失，對百姓更是二次的傷害。又《舊唐
書・吐蕃傳》云：

日蹙邊城，或為虜掠傷殺，或轉死溝壑。數年之後，鳳翔
之西，邠州之北，盡著戎之境，淹沒者數十州。(卷 196，
頁 5236)

因為唐朝中央挪調河隴、隴石、朔方等軍隊討伐安祿山，吐蕃遂乘機
進擾。在內憂與外患同時發生的情況，使唐朝政府無力招架，國勢逐
漸衰落。當中央力量被削弱時，地方勢力則趁機竄起，藩鎮和藩鎮之
間連年不斷地內戰，使得中唐以後的人民遭受長期的兵禍之苦。是
故，唐代百姓除了要面對自然災害外，人為所引起的戰亂，也讓一度
繁盛的農業活動，只剩下「耕者日已少，耕牛日已稀」(《全唐詩》卷
241，元結〈酬孟武昌苦雪〉，頁 2709) 的景象。影響所及，頻繁的
戰爭不但破壞農業，不斷地折損著人口、土地以及大唐帝國的壽命。
杜甫〈甘林〉云：

時危賦斂數，脫粟為爾揮。相攜行荳田，秋花靄菲菲。子
實不得喫，貨市送王畿。盡添軍旅用，迫此公家威。主人

　　長跪問，戎馬何時稀。(節，《全唐詩》卷 221，頁 2347)
在國家面臨危及之初，善良的黎民百姓，將支持統治者，供應戰爭所
需的一切視為自己的義務之一。即使自己不能溫飽，也要提供前線作
戰的軍兵糧食及衣物，希望為國家拼鬥的戰士們，能夠一鼓作氣，節
節大敗敵軍。隨著戰爭時間越來越長，統治者決議政策的失當，使得
國家人民身肩的負擔越來越重，也越來越沒有道理可言。

　　唐中葉以後，兩稅法「量出為入」的原則，使得連年不斷地軍事
開銷反映在百姓賦稅的金額，增加了農民的負擔，甚至使其遺棄了自
己生存的土地。《舊唐書・李渤傳》記載其上疏：

> 渭南縣長源鄉本有四百戶，今纔一百餘戶，閿鄉縣本有三
> 千戶，今纔有一千戶，其他州縣大約相似。訪尋積弊，始
> 自均攤逃戶。凡十家之內，大半逃亡，亦須五家攤稅。似
> 投石井中，非到底不止。攤逃之弊，苛虐如斯，此皆聚斂
> 之臣剝下媚上，唯思竭澤，不慮無魚。(卷 171，頁 4438)

面對農戶放下鋤頭，逃離土地的問題。政府向下要求解決方法，官吏
唯一做得到是剝削基層的百姓。其將國家規定的稅收金額，平均分攤
尚未拋棄土地的農民身上。朝廷為了使國家能繼續運作，在租庸調、
戶稅、地稅之外，還以各種名目強迫人民繳納雜稅，使得人民苦不堪
言。在徵收時，各級胥吏又競相聚斂，層層加徵，一方面中飽私囊，
一方面則躲避責任歸咎的問題，選擇報喜不報憂。

　　安史之亂後，農業的勞動力銳減，生產遭到巨大的破壞。唐代統
治者愈想要改變現狀，其下頒的命令，落實在地方上卻都變調。《通
典・選舉三》記載：

> 大唐考課之法……諸州縣官人，撫育有方，戶口增益者，
> 各備見戶為十分論，每加一分，刺史縣令各進考一等。其
> 州戶口不滿五千，縣戶不滿五百者，各準五千五百戶法為
> 分。若撫養乖方，戶口減損者，各準增戶法，亦減一分降
> 一等。其勸課農田能使豐殖者，亦準見地為十分論，每加

二分，各進考一等。其有不加勸課以致減損者，每損一分，

降考一等。若數處有功，並應進考者，並聽累加（卷 15，

頁 370～371）

政府以升官當成誘因，希望地方官可以鼓勵百姓重拾信心，藉此提升
生育與生產力。因而，只要達到目標者，官吏個人當年考績就會額外
加分，反之，若沒有在標準值以下者，有可能會斷送自己的官涯。統
治者希望整個社會以良性循環的模式運行，可知，心術不正的官吏，
為了不影響自己的升遷，在上奏國君時，總以「人口增加」或「穀物
豐收」為內容。實際情況則是回到地方，壓榨勞動力，底層農民不僅
要辛苦的與天氣搏鬥，還要按時繳交超過負擔的租賦。

　　當越接近權力中心，就能越能感受到「伴君如伴虎」的危險，有
些士人選擇罷官歸田，也有些人選擇完成分內的職責後，將自己放逐
田園之中。而唐中葉以後有自動請調地方的官員，本意就是要避開朝
廷的紛擾。當他們抵達地方，目睹土地兼併嚴重，守本分的農民，為
了完成納稅義務，再次回到佃農的身分。再者，政府稅制改革，而「量
出為入」的作法，徒增底層農民的負擔。還有，官吏的壓榨剝削，自
然、人為災害的殘害等真實社會的情況，身為知識分子，儘管不能將
意見直達中央，他們也提筆書寫一連串的「憫農」詩作。

第四章　觀看與體驗
——唐代詩人歸田書寫的特色

　　孔子對於知識分子曾經有「達則兼善天下，窮則獨善其身」的論述，他提供士人的是「進」與「退」二條進路。達者可以參與政治，是為「治人」的進路，反之「窮者」可以選擇回到鄉野間，成為「士紳」的角色。然而，知識分子多期望自己能夠變成金字塔的中流砥柱，故「兼善天下」是後代的絕對主流。至於窮者在「獨善其身」的過程裡，將面對由「士」到「農」的自我定位問題，以及由「中心」到「鄉野」的生存場域轉換問題，產生特殊的跨界書寫。

　　陶淵明與謝靈運最先落實跨界的行動。二人身處在朝代更替頻繁、士人參政空間限縮的魏晉南北朝，不約而同以「士」的身分從事實際的歸田行動，又分別提出「投耒去學仕」、「卑位代躬耕」的觀念，鬆動士、農階層與「治人者」、「食人者」的生存的絕對關係中脫離。此外，兩人在落實跨界書寫的過程，沒有因為環境改變，抑或職業的變動而否定自我，依舊以「士」的思維與視角看待萬物，而唐代詩人對於陶淵明與謝靈運二人，「得返自然」、「情歸山水」之勇氣與行動是欽佩的，影響所及，多數詩人對於自然界的一切情有獨鍾。

　　唐代政府實施的均田制和科舉制度，直接由統治者發起，打破原本固定，難以更動的社會階層，加強陶、謝二人在田園書寫作品中，

已經展現的階層與職業分離。因而，詩人在仕途上不得志時，不需要和以往知識分子一樣，只能在「兼濟」與「獨善」之間擇一，或裹足不前。藉由政府的政策，讓完全退出政治場域的詩人，得以自給自足的歸田條件。抑或，詩人出身平凡家庭，「家貧不能有」〔註1〕的經濟重擔，讓他們無法離開「仕」的工作環境。緣此，此類詩人選擇利用唐代提供政府官員所享有的土地數量以及假寧天數，在休沐期間，脫離固定場域，將自己放逐到自然界中，追尋理想的樂園，享受精神自由，體會躬耕的滋味。

　　本章著重在唐代有「歸田」行動的詩人身上，從其創作的詩歌文本探析，以「觀看」與「體驗」為兩大主軸，呈現唐代詩人歸田書寫的三大特色。第一節，討論唐代歸田詩人的詩歌創作，囊括哪些田園畫面，而詩人眼中所觸及，所重視的人、事、物為何？第二節，把梳詩人歸田的時間與地點，探討詩歌書寫的內容，是否受到二者因素的影響。又詩人跨界之後，與農民的互動為何？以及親自躬耕之後所產生的感受？第三節，歸納唐代詩人在歸田書寫中所呈現的內容特質有哪些？茲分述如下。

第一節　歸田書寫中的田園風光

　　唐代詩人歸田書寫的創作環境，有相當數量是產生在別業。由群體詩人歌詠「丘壑夔龍，衣冠巢許」（《全唐詩》卷 88，張說〈扈從幸韋嗣立山莊應制（并序）〉，頁 963）的行動觀察，歷來不斷困惑且牽絆著無數詩人，有關「仕」與「隱」之間的矛盾，在唐代發展出一套平衡的機制。究其原因，唐代政府相當禮遇知識分子，為官之時，政府提供的俸祿與福利，讓他們生活寬裕無虞，甚至統治者時常領官員在休沐期間，前往郊區的山居莊園進行活動，表現出鼓勵的態度。

〔註1〕〔清〕彭定求等編：《全唐詩》卷 125，王維〈偶然作六首·四〉，北京：中華書局，1999 年，頁 1254。以下同出本書者，僅在文本後標示卷、頁數，不另加註。

在唐代詩人別業型的歸田場所，多擁有田疇畦圃，換言之，莊園是具有農業耕作的經濟效益。唐代選擇亦官亦隱的歸田者甚多，並非長年居住在別業中，透過國家提供的休沐、假寧，才會投入其中。大部分的詩人僱有佃農奴僕，不需要親事耕作，握斧執鋤是偶而爲之的雅興。假定是完全脫離官場者，亦可以使用此丘園田地，獲得生活所需的資源，達到自給自足的生活形態，還有機會落實「泛覽周王傳，流觀山海圖」〔註2〕的體驗。唐代詩人的歸田方式與前人大相逕庭，歸田詩人如何觀看「田園」，本文將透過詩歌文本一窺究竟。

一、春播秋收的農村景象

傳統中國是以農立國，許多節令活動與農業息息相關。尤其是唐代官員的假寧，如立春、春社、秋社等，還有十五天長假的田假與授衣假，其放假的日期與二十四節氣息息相關，並且多是民間農忙的日子，促成前往近郊旅遊休憩的官員，與正在農忙的農民有更多接觸的機會。影響所及，漢代豎立嚴格官制以後，只能透過籍田儀式，才有短暫接觸機會的士與農，無形間拉近彼此的距離。王維〈渭川田家〉是拜訪朋友丁寓田家時所作，詩云：

> 斜陽照墟落，窮巷牛羊歸。野老念牧童，倚杖候荊扉。雉
> 雛麥苗秀，蠶眠桑葉稀。田夫荷鋤至，相見語依依。即此
> 羨閒逸，悵然吟式微。（《全唐詩》卷125，頁1248）

透過詩人將其眼前所見，細緻描寫鄉村暮春季節的代表性時景。歷來詩評認爲，此首詩歌呈現眞正的田家本色。〔註3〕由「野老」等待「牧童」歸的畫面，說明農民職務代代相傳的特質。作品指出農家的生財之道，除了牧牛羊以外，還有雉雛與蠶蛹的培養，以及麥苗、桑的種

〔註2〕逯欽立輯校：《先秦漢魏晉南北朝詩》，陶淵明〈讀山海經〉，北京：中華書局，1983年，頁1010。以下同出本書者，僅在文本後標示書名及頁數，不另加註。

〔註3〕詳見陳伯海主編：《唐詩彙評》，杭州：浙江教育出版社，1995年，頁287～288。

植，全是經過歲月累積而成的智慧。詩人以羨慕的情感，「田夫荷鋤至，相見語依依」的景象，田夫工作結束後的交談，在其眼中是清爽的「閒逸」。農民維持生活的方式固然多元化，但是他們必須清楚瞭解、掌握動植物生長的季節與循環規律，予以完善的時間與人力分配，才能夠達到豐碩的收成。

以亦官亦隱爲歸田行動趨勢的唐代詩人而言，歸田書寫的田園風光，大多集中在春、秋二季。如歸居在輞川別業的王維，在〈春中田園作〉提到：

> 屋上春鳩鳴，村邊杏花白。持斧伐遠揚，荷鋤覘泉脈。歸燕識故巢，舊人看新曆。臨觴忽不御，惆悵遠行客。(《全唐詩》卷 125，頁 1248)

詩人憑藉一年之計在於春的生活經驗，以「覘泉脈」與「看新曆」的動作，描寫農民在迎接初春之際，爲農事作準備的若干細節。而鳥鳴、花白、歸燕展現田園生機勃勃的景象，塑造出一種對於全新開始的欣愉。最後二句，言「臨觴」、「惆悵」流露出士人慣有的傷春情緒，是證明詩人保有「士」思維的確切證據。詩人儲光羲親身參與農業勞動的時間、次數頗多，因此，善於細緻樸實地農村的生活。其〈田家即事〉云：

> 蒲葉日已長，杏花日已滋。老農要看此，貴不違天時。迎晨起飯牛，雙駕耕東菑。蚯蚓土中出，田烏隨我飛。群合亂啄噪，嗷嗷如道飢。我心多惻隱，願此兩傷悲。撥食與田烏，日暮空筐歸。親戚更相誚，我心終不移。(《全唐詩》卷 137，頁 1384)

前半部以老農「不違天時」的經驗談開啓詩歌內容，自然界以「蒲葉」與「杏花」的生長宣告春天的來臨，接收到訊息的農夫抖擻精神，開始春耕的準備。「田鳥隨我飛」的意境隨處可見，「蚯蚓土中出」一句細微的觀察，顯示詩人與土地有過親密接觸，曾親自體驗農民的生活。「群合亂啄噪」一句帶出後半部，主角一換，回到知識分子身分

的詩人，以憐憫的目光看待爭食的群鳥，甚至願意將自己的食物貢獻出來。此種惻隱之心，同時反映在其描寫民間疾苦的憫農作品。

　　對於歸田的詩人而言，他們眼中第一個農忙得時節是春天，其後他們想像農民的生活是「日長農有暇」（《全唐詩》卷238，錢起〈南溪春耕〉，頁 2651），只要等待秋收即可。影響所及，唐代詩人描寫田園間的農業活動，一面是初耕的投入，一面就是收穫的情形。李頎〈晚歸東園〉云：

> 荊扉帶郊郭，稼穡滿東菑。倚杖寒山暮，鳴梭秋葉時。回雲覆陰谷，返景照霜梨。澹泊眞吾事，清風別自茲。（《全唐詩》卷 134，頁 1361）

詩人走入郊野，描寫農家在秋收季節，深感滿足的情狀。事實上，隨著時節的到來，稼穡漸熟成的樣子，固然讓農民滿心雀躍，等待最恰當的收割時機，讓他們繃緊精神、不敢鬆懈，怕是遇見天災損害，破碎一整年度的心血結晶。此與詩人看待秋收時，以「倚杖寒山暮」、「澹泊眞吾事」的閒適心情，非常不同。韋應物〈授衣還田里〉云：

> 公門懸甲令，澣濯遂其私。晨起懷愴恨，野田寒露時。氣收天地廣，風凄草木衰。山明始重疊，川淺更逶迤。煙火生閭里，禾黍積東菑。終然可樂業，時節一來斯。（《全唐詩》卷 191，頁 1961）

詩人在詩題明言是利用授衣假，從事歸居的行動。九月的農村，在詩人眼中以及詩歌內容裡，一樣是「煙火生閭里，禾黍積東菑」的情形，卻帶著幾分凄寒。安史之亂爆發後，國家派到百姓身上的徭役賦稅無休無止。韋應物身爲地方官，直接觸及農民的生存壓力，這才體會政治、經濟等人爲因素，會使得收穫歸別人，降旱、下雨、害蟲等自然因素，對於農民而言，難以克服卻影響深遠。詩人一句「終然可樂業」道出農民整年戰戰兢兢，夙夜匪懈的行動，希望能夠迎接美好的成果。

　　終身未仕的盛唐詩人孟浩然，在〈過故人莊〉展示田園蓬勃旺盛、農民熱情的一面，以「開筵面場圃，把酒話桑麻」（《全唐詩》卷 160，

頁 1651），著重的是詩人與老友之間的歡敘，以「綠樹村邊合，青山郭外斜」紀錄農村的美好，未仕者眼光所即的田園風光。相較之下，有任官經驗的韋應物，其〈觀田家〉云：

> 微雨眾卉新，一雷驚蟄始。田家幾日閒，耕種從此起。丁壯俱在野，場圃亦就理。歸來景常晏，飲犢西澗水。飢劬不自苦，膏澤且為喜。倉廩無宿儲，徭役猶未已。方慚不耕者，祿食出閭里。（《全唐詩》卷 192，頁 1975～1976）

詩歌前半部依舊是描寫春播秋收的農家活動，後半內容言及「飢劬不自苦」、「倉廩無宿儲」、「徭役猶未已」等現實的農村狀況，展現農民「膏澤且為喜」不單純是收穫的喜悅，最重要的原因是完成「食人」的社會義務。影響所及，擁有或曾歷經官職的唐代詩人，自覺「方慚不耕者，祿食出閭里」、「自慚祿仕者，曾不營農作。飽食無所勞，何殊衛人鶴」（《全唐詩》卷 429，白居易〈觀稼〉，頁 4731），遂而開啟「惟歌生民病，願得天子知」（《全唐詩》卷 424，白居易〈寄唐生〉，頁 4663）的契機。

二、水田山花的鄉野風光

農村中的農業活動龐雜，影響所及，只要是家中的一份子，不論男女老幼都必須為家庭盡一份心力，每一個畫面都豐富著鄉野的風光。農村是以男耕女織為分工的重點，男子負責家庭主要的體力勞動，扮演耕、獵、漁、樵、牧等。婦女在農忙期間，以「婦姑荷簞食」（《全唐詩》卷 424，白居易〈觀割麥〉，頁 4656）活動，一般時間也非閒處在家，而是「婦姑采桑不向田」（《全唐詩》卷 382，張籍〈江村行〉，頁 4291～4292）、「月出砧杵動，家家擣秋練」（《全唐詩》卷 433，白居易〈秋霽〉，頁 4781）的情況，採桑、養蠶、撿絲、紡織、擣衣等，在在顯示她們是農業家庭不可或缺的輔助角色。

儲光羲〈田家雜興八首・一〉言「春至鶺鴒鳴，薄言向田野。不能自力作，黽勉娶鄰女。既念生子孫，方思廣田圃」（《全唐詩》卷

137，頁 1387），道出農家男女多成婚時間較早，有一部份原因是想要增添農業活動的人力。又如《詩經・周頌・載芟》描述祭祀活動，其云：

> 載芟載柞，其耕澤澤，千耦其耘，徂隰徂畛。侯主侯伯，
> 侯亞侯旅，侯彊侯以。有嗿其饁，思媚其婦，有依其士。
> 有略其耜，俶載南畝，播厥百穀，實函斯活，驛驛其達，
> 有厭其傑，厭厭其苗，緜緜其麃。載穫濟濟，有實其積。
> 萬億及秭。爲酒爲醴，烝畀祖妣，以洽百禮。有飶其香，
> 邦家之光。有椒其馨，胡考之寧？匪且有且，匪今斯今，
> 振古如茲。〔註4〕

這是一首在春天向掌管作物生長的神靈，祈求豐收的祭歌。詩中呈現的農業規模可觀，需要由族長率領一整批家庭成員分工合作才能完成。從除草、翻地到耕耘，不分性別，爲了家族的生存與傳衍，每個人都獻出自己最大的力量，也一起求神降福。如此辛勤忙碌，展現知恩惜福的農村畫面卻不經常出現在唐代詩人的歸田書寫當中。方瑜《唐詩形成的研究》討論田園書寫的內容，其認爲唐代詩人他們描寫充滿和平與快樂的山水田園，有一部份是摻雜心目中理想「桃源」的形貌，進而書寫成的鄉野風光，其云：

> ……王、孟、儲、韋描寫的山水田園，也並非全是現實存
> 在的山水田園，一大部分是他們心目中理想的「桃源」，這
> 派詩人幾乎都沒有親自耕種的經驗，因此筆下的田家生
> 活，充滿和平、快樂，忽略了終歲辛勤，衣食難周的痛苦。
> 他們的表現態度「個性」遠重於「時代性」，在「以我觀物，
> 物物皆著我之色彩」的眼光中，他們所見的山水田園，正
> 式心嚮往之的另一天地，另一世界。〔註5〕

〔註4〕　〔漢〕鄭元（箋）、〔唐〕孔穎達等（正義）：《詩經正義》，臺北：藝文印書館（十三經注疏本），1982年，頁588。

〔註5〕　詳見方瑜：《唐詩形成的研究》，臺北：嘉新水泥公司文化基金會，1972

方瑜強調唐代詩人「以物觀我」的色彩濃厚，以致田園書寫作品處處充滿「個性」，缺乏「時代性」。以下從唐代歸田書寫的詩歌作品，進一步討論此觀點。

唐代詩人王績，繼承祖傳「有田十六頃在河堵間」的家業，擁有「奴婢數人，種黍，春秋釀酒，養鳧鴈，蒔藥草自供」的條件歸田，因而，身爲莊園主人的他，手握著親自躬耕或他人代勞的選擇權。其〈野望〉云：

> 東皋薄暮望，徙倚欲何依。樹樹皆秋色，山山唯落暉。牧人驅犢返，獵馬帶禽歸。相顧無相識，長歌懷采薇。(《全唐詩》卷 37，頁 482)

依據詩歌內容，可知王績以觀賞的角度，將夕陽、牧人、畜口家禽的畫面停留在文字間。閒逸黃昏的情調中，散發出詩人惆然與苦悶的精神狀態。又〈晚秋夜坐〉云：

> 園亭物候奇，舒嘯樂無爲。芰荷高出岸，楊柳下敧池。蟬噪黏遠舉，魚驚鉤暫移。蕭蕭懷抱足，何藉世人知？(《全唐詩補編》卷 1，頁 646)

王績忽略農民秋收之後，等於卸下整年的擔憂，頓時倍感輕鬆的一面。只是專注描寫身處莊園的自己，對於當下良景的滿足感。詩中「芰」、「荷」的提出，說明其選擇植栽時，注重觀賞同時顧及經濟價值的作物。由視覺、聽覺，還有釣竿抽動的觸覺，可以說是詩人在原有的鄉野風景之上，一手經營以士人喜好爲主的莊園景色。

王維以旁觀者的角色走入田園，絕大部分是觀賞田家生活。專攻繪畫的他，以畫家感觸，靜觀村野，如〈贈裴十迪〉云：

> ……春風動百草，蘭蕙生我籬。曖曖日暖閨，田家來致詞。欣欣春還皋，淡淡水生陂。桃李雖未開，蓂蕚滿芳枝。請君理還策，敢告將農時。(《全唐詩》卷 125，頁 1239)

年，頁 95。

又〈山居即事〉云：

> 寂寞掩柴扉，蒼茫對落暉。鶴巢松樹遍，人訪蓽門稀。綠
> 竹含新粉，紅蓮落故衣。渡頭煙火起，處處采菱歸。(《全
> 唐詩》卷 126，頁 1277)

詩人眼見與呈現的不是黍、稷、禾粟、麥、稻等，農村主要糧食作物
的生長情況，而是舉出蘭蕙、桃李、松樹、綠竹、紅蓮，有觀賞價值
的經濟作物，可見其所處的莊園內部，充滿文人雅興的味道。

　　或者，元結主動避開官場裡，有關人際是非的種種，遂從政治中
退場，放逐自我。其〈漫酬賈沔州〉一詩云：

> ……自家樊水上，性情尤荒慢。雲山與水木，似不憎吾漫。
> 以茲忘時世，日益無畏憚。漫醉人不嗔，漫眠人不喚。漫
> 遊無遠近，漫樂無早晏。漫中漫亦忘，名利誰能算。……
> (《全唐詩》卷 241，頁 2710)

詩人認為山、林、水、木等大自然的景色，對於任何事物都有極大的
包容力，還能夠洗滌因俗事枯萎的心靈。有別於京城汲汲營營，努力
達成目標的激進生活，在山水田園之中漫遊的詩人，得到忘記心機，
忘記自我，久別的平靜生活。

三、觀看友人的鄉居況味

　　唐代官員的固定的休假為十日一休，尚有假寧的福利，一年有三
分之一的日子是休假日。〔註6〕影響所及，詩人利用休沐時間拜訪舊
友的情形，時常被紀錄在詩歌作品當中。若擁有官員身分的他們，探
望的對象正是落實歸居者時，不少人以旁觀者清的角度出發，寫下觀
看友人歸田的作品。身為「仕」，位於政治場域的他們，如何觀看親
朋好友，在野的「隱」，耐人尋味。如王維〈丁㝢田家有贈〉云：

> 君心尚棲隱，久欲傍歸路。在朝每為言，解印果成趣。晨
> 雞鳴鄰里，群動從所務。農夫行餉田，閨妾起縫素。開軒

────────────

〔註 6〕詳見本文第三章。

御衣服，散帙理章句。時吟招隱詩，或製閒居賦。新晴望
郊郭，日映桑榆暮。陰畫小苑城，微明渭川樹。揆予宅閭
井，幽賞何由屢。道存終不忘，跡異難相遇。此時惜離別，
再來芳菲度。（《全唐詩》卷125，頁1248）

作者來到已辭官歸田的友人別業拜訪。四到八句，第三人稱式的描
寫，顯示友人丁寓的歸田行動，不屬於親自躬耕的類型，而是以園主
的身分營造田園佳趣。莊園內的男女動物，早已在晨雞鳴時，開始一
天的活動，僅有丁寓本人，沒有農活的壓力，而是以「士」的身分，
解開書衣研讀文章，與王維共遊。十三至十八句，描寫丁寓歸居所享
有的鄉間佳景，而「桑榆」、「小苑城」、「渭川樹」等景色，無一處停
留在真正的田園。王維在詩歌中無意之間，透露唐代知識分子推崇的
歸田，是以愉悅為主的舒壓行動，因而自然景色往往多過於食人者付
出勞力的畫面。

　　李頎〈裴尹東溪別業〉一首，前半內容交代詩人趁著官員十日一
休的旬假，前往郊區拜訪友人的別業，詩云：

……岸雪清城陰，水光遠林首。閒觀野人筏，或飲川上酒。
幽雲澹徘徊，白鷺飛左右。庭竹垂臥內，村煙隔南阜。始
知物外情，簪紱同芻狗。（《全唐詩》卷132，頁1346）

友人帶著李頎觀賞莊園的人物景色，平靜且宜人的氣氛，放鬆且安詳
的生活態度，讓詩人「始知物外情」，進而思考著自己視為人生最重
要的仕途、官位，真的是自己所想要的嗎？還是他人加諸於己身呢？
或者，欲隱何嘗隱的劉長卿〈過前安宜張明府郊居〉云：

寂寥東郭外，白首一先生。解印孤琴在，移家五柳成。夕
陽臨水釣，春雨向田耕。終日空林下，何人識此情。（《全
唐詩》卷147，頁1490）

又〈題王少府堯山隱處簡陸鄱陽〉云：

故人滄洲吏，深與世情薄。解印二十年，委身在丘壑。買
田楚山下，妻子自耕鑿。群動心有營，孤雲本無著。因收

谿上釣，遂接林中酌。對酒春日長，山村杏花落。陸生鄱
陽令，獨步建溪作。早晚休此官，隨君永棲託。(《全唐詩》
卷149，頁1538)

詩人以羨慕、嚮往的筆觸描寫他對於友人歸田的感想。第一首詩的主
人翁，在仕途闖蕩一番後，白頭告老還鄉。其在鄉野間，逐一實現陶
淵明歸田行動得到的自適。此種生活，一令只有觀看尚未真正體驗歸
田的劉長卿，傾羨不已。第二首詩描寫的友人早先離開浮沈的仕宦生
活。初來拜訪歸田者時，詩人以「委身」透露自己替友人身棲丘壑感
到惋惜與不平。然而，實際接觸之後，劉長卿發現開墾拓土的勞動工
作，使得家庭成員之間的距離拉近。並且，相較於官宦生涯有限的實
現己志，絕大部分只能是統治者的傀儡而言，田莊裡的一切，全權由
自己作主的生活，越接觸越吸引人。最終，詩人以「早晚休此官，隨
君永棲託」表明自己想要跟進，回歸田園的意願。或者，錢起嚮往「亦
知生計薄，所貴隱身處」(《全唐詩》卷236，錢起〈谷口新居寄同省
朋故〉，頁2614)的狷介，一向對於歸田行動甚為推崇，因而〈題溫
處士山居〉以羨慕之情觀看友人的生活，詩云：

誰知白雲外，別有綠蘿春。苔繞溪邊徑，花深洞裏人。逸
妻看種藥，稚子伴垂綸。潁上逃堯者，何如此養真。(《全
唐詩》卷237，頁2625)

以「白雲」與「綠蘿」並論，表示「仕途」之外的歸居，亦是美好的
選項。在詩人看來，能夠擁有鄉野風光，還有妻小伴隨左右，是最好
的生存之道。

　　高適以遊記的寫作章法，寫自己在友人田莊受到熱情款待之情
景，其〈宋中遇林慮楊十七山人因而有別〉云：

昔余涉漳水，驅車行鄴西。遙見林慮山，蒼蒼戛天倪。邂
逅逢爾曹，說君彼巖棲。蘿徑垂野蔓，石房倚雲梯。秋韭
何青青，藥苗數百畦。栗林隘谷口，桔樹森迴谿。耕耘有
山田，紡績有山妻。人生苟如此，何必組與珪。誰謂遠相

訪，曩情殊不迷。簷前舉醇醪，灶下烹隻雞。朔風忽振蕩，
昨夜寒螀啼。遊子益思歸，罷琴傷解攜。出門盡原野，白
日黯已低。始驚道路難，終念言笑睽。因聲謝岑壑，歲暮
一攀躋。（《全唐詩》卷212，頁2202）

詩人詳細記錄過故人莊的原因、經過、感想。在鄠西途中邂逅故人，
受其邀約，高適進入地居深山的歸居之所，蒙友人醇酒烹雞相代，最
後告辭上路的過程。通過隔絕塵俗的野蔓後，才豁然開朗的莊園，有
秋韭與藥苗，有栗木與檜木林，有山田自給，有家人陪伴，看到此種
種的情景，讓詩人想起自己身處漁樵之間的過去，以「人生苟如此，
何必組與珪」祝福友人的生活。高適在後半部舉出「朔風」、「盡原野」
與「道路難」的田園風光，較少在其他詩人的作品出現，究其原因，
他出生貧寒家庭，此景色不一定是映入眼簾之景，乃是其經歷，抑或
真正百姓生活的環境。另一方面，高適對於功名的熱衷，讓他不沈溺
於當前的悠閒當中，因為只有更積極的取得仕宦俸祿，才可能擁有更
好的生活條件，最終詩人辭「謝岑壑」而去。相較於生長環境或歸田
條件較好的唐代詩人，早年過得辛苦的高適，是用務實的態度看待歸
田一事。

第二節　歸田書寫中的躬耕體驗

　　以往，討論唐代田園書寫者，以為亦官亦隱的歸田行動，是為待
賈而沽所創造出來的終南捷徑。近來學界逐漸釐清唐代銓選制度、守
選制度後，重新檢驗唐代詩人待時而行的舉動，證實多數人是因選官
制度而不得不暫時離開仕途。在生存空間被迫轉換的過程中，詩人對
於自己所信仰的道路，容易產生質疑的想法，進而選擇不同於「治人」
的生活模式。抑或，知識分子對於當前統治者感到不滿，轉換環境以
抒發鬱悶，不能志於世的心情。李頎〈東京寄萬楚〉「濩落久無用，
隱身甘采薇。仍聞薄宦者，還事田家衣。」（《全唐詩》卷132，頁1339）

明確指出知識分子在淪落失意，不受重視的情況之下，多數都會興起歸耕的念頭，而務實的唐代詩人在考慮家計問題後，會以折衷的方式，成為身披田家衣的薄宦者。本文透過詩歌文本歸納，上述兩種促成唐代詩人歸田行動的主要因素，以及零星的特殊歸田案例，分別在田園中親身體驗有哪些。

一、歸田的心情寫照

　　由於唐代官職的需求遠少於求職的知識分子數，通過銓選制度的士人，在等待數年之後得到的第一個官職，通常是擔任縣尉、校書、參軍一類官職。非論職位低，俗務羈束，根本無法兌現知識分子一展抱負的想法。開元十八年（730）到開元二十一年（733）間，唐代統治者更是一反過去「惟視其人之能否」的選官慣例，接受裴光庭的建議，以循資格執行守選制度，《文獻通考・舉官二》云：

> 始奏用循資格，各以罷官若干選，而集官高者選少，卑者
> 選多。無問能否選滿則注限年躡級，毋得踰越，非負譴者
> 皆有升無降。有庸愚沉滯者，皆喜謂之聖書，而才俊之士
> 無不怨歎。〔註7〕

此種著重官階與年資，不論知識分子才智能力的選官方式，如王維、儲光羲的閒居恰在裴光庭執掌選司期間，很可能受到此政治背景的影響。開元二十一年裴光庭的死後，接任者張九齡立即「去循資格，置採訪使。收拔幽滯，引進直言」（徐浩〈唐尚書右丞相中書令張公神道碑〉）〔註8〕，以行動推翻賢愚一貫的錯誤制度。在唐代政治裡，有關「循資格」的實施，僅是一次的失誤。相較之下，在守選制度裡，等待調任或待時出任的唐代詩人依舊比比皆是，乃極為普遍的現象。

　　固然唐代詩人不似陶淵明自知性剛拙，自發性的謀拙歸田行動，

〔註7〕〔元〕馬瑞臨：《文獻通考》卷37，臺北：臺灣商務印書館，1987年，頁349。

〔註8〕〔清〕董浩等編：《全唐文》卷440，北京：中華書局，1987年，頁4491。以下同出本書者，僅在文本後標示書名及卷、頁數，不另加註。

卻也在遭受不公平待遇之後，瞭解自身與現實環境格格不入，進而產
生歸田行動，如王維〈寓言二首‧一〉云：

> 問爾何功德，多承明主恩。鬥雞平樂館，射雉上林園。曲
> 陌車騎盛，高堂珠翠繁。奈何軒冕貴，不與布衣言。(《全
> 唐詩》卷 125，頁 1254)

雖然唐代統治者想要破除世家貴族的勢力，遂延續科舉制度，提攜新
人。而統治者的政治目的，是要換上一批屬於自己的人馬，終究不是
珍惜真正的人才，廣納真心的建言。緣此，就算科舉制度給了才智雙
全的士人機會，用人不公的現實，造成不遇者依舊不遇，影響所及，
田園山水成為詩人調節心理的場所。又杜甫〈贈比部蕭郎中十兄〉云：

> ……見知真自幼，謀拙愧諸昆。漂蕩雲天闊，沈埋日月奔。
> 致君時已晚，懷古意空存。中散山陽鍛，愚公野谷村。寧
> 紆長者轍，歸老任乾坤。(《全唐詩》卷 224，頁 2401)

詩人對於自身才能的肯定，與一事無成的現實狀況衝突，最終其用「謀
拙」二字解釋自己的抑鬱不得志。詩人們深知自身的不合時宜，卻不
具自我否定的意思。因此，當他們一旦選擇歸老或歸田時，依舊保持
自我，繼續尋求汲引，甚至在態度上，更加趨向凸顯自我獨特性的一
面。

　　唐代統治者燃起國家百姓想要謀取官職，成為金字塔結構裡，穩
固社會秩序的角色。儘管宦海浮沉，不得志或與世道格格不入者多，
青壯年的他們，將其認定是考驗，依舊耐住性子，不斷地嘗試展現自
己的能力。對於場域環境中「奔競」與「凌侮」，所造成的緊張關係，
他們選擇善用官員享有的休沐與假寧福利，「歸休乘暇日，餚稼返秋
場」(《全唐詩》卷 42，盧照鄰〈山林休日田家〉，頁 527～528)、「舊
交與群從，十日一攜手」(《全唐詩》卷 132，李頎〈裴尹東溪別業〉，
頁 1346) 達成放諸自然的目的。究其原因，他們都以「自從棄官來，
家貧不能有」(《全唐詩》卷 125，王維〈偶然作六首‧四〉，頁 1254)
的現實面考量為優先。據以觀察，這些在青壯年時期，以客人的身分

暫居他人別業，於其中感受到自然界提供的自適，紛紛在晚年選擇亦官亦隱或著完全退出政治場域。耿湋〈東郊別業〉云：

> 東皋占薄田，耕種過餘年。護藥栽山刺，澆蔬引竹泉。晚
> 雷期稔歲，重霧報晴天。若問幽人意，思齊沮溺賢。(《全
> 唐詩》卷 268，頁 2980)

告老還鄉的詩人，親自種植且引水灌溉，甚至以熟稔的口吻，道出農家有關天氣現象的經驗談。然而，從「護藥」、「澆蔬」之舉，可知他們非種植糧食作物，與真正的農家，為了餬口生存而進行躬耕的生活，尚有一段距離。

　　若有詩人在尋求展現自己抱負的年紀，又選擇歸田者，多有特殊原因。如詩人元結在盛年辭官，其〈漫酬賈沔州〉云：

> 往年壯心在，嘗欲濟時難。奉詔舉州兵，令得誅暴叛。上
> 將屢顛覆，偏師嘗救亂。未曾弛戈甲，終日領簿案。出入
> 四五年，憂勞忘昏旦。無謀靜兇醜，自覺愚且懦。豈欲阜
> 樞中，爭食麩與蕡。去年辭職事，所懼貽憂患。……人誰
> 年八十，我已過其半。家中孤弱子，長子未及冠。且為兒
> 童主，種藥老谿潤。(《全唐詩》卷 241，頁 2710)

元結與大多數的唐代知識分子一樣，懷抱雄心壯志，希望在仕途上完成儒家文化以道濟世的理想。然而，在經歷數年戰亂，統治者早已忘了民心所向、苦民所苦。影響所及，想要有所作為的詩人，根本無處伸展，只能過著「終日領簿案」，機械式生活，他心灰意冷，最終決定要急流勇退，開始自給自足的生活。另外，唐代官員的在守喪三年之際，需去職。白居易〈歸田三首‧其三〉寫作時間是元和七年(812)，是於母喪期間〔註9〕。詩云：

> 三十為近臣，腰間鳴佩玉。四十為野夫，田中學鋤穀。何
> 言十年內，變化如此速。此理固是常，窮通相倚伏。為魚

〔註9〕詳見〔唐〕白居易著、朱金城箋校：《白居易集箋校》，上海：上海古籍出版社，1998 年，頁 322～323。

有深水，爲鳥有高木。何必守一方，窘然自牽束。化吾足
爲馬，吾因以行陸。化吾手爲彈，吾因以求肉。形骸爲異
物，委順心猶足。幸得且歸農，安知不爲福。況吾行欲老，
瞥若風前燭。孰能俄頃間，將心繫榮辱。（《全唐詩》卷429，
頁4729～2730）

以唐代流傳的「三十老明經，五十少進士」而言，白居易三十歲就能
夠有機會在朝爲官，本是少年得志。其後，母親的逝世，讓他的人生
再一次轉彎。白居易對於突如其來的變化，本感到不能適應，卻在踏
入自然時，醉心不已，產生「何必守一方，窘然自牽束」的體悟，最
終他甚至感恩「幸得且歸農，安知不爲福」的發生。

二、躬耕的農務描繪

　　自古儒家文化的理想精神以「焉用稼」、「君子謀道不謀食」（《論
語・衛靈公》）的觀念鞏固國家體制，束縛著「士」階層。順著國分
六職的基礎，將士與農二者，劃分爲「勞心」與「勞力」的兩面，強
調「君子憂道不憂貧」（《論語・衛靈公》）的分工。直到陶淵明自覺
「質性自然」（〈歸去來兮辭・序〉），選擇歸於田園後，不斷地在詩歌
裡突出，「不謀食」僅「謀道」是難以實現的理想狀態。因此，他選
擇退而求其次，努力學習「晨興理荒穢，戴月荷鋤歸」（〈歸園田居五
首〉）的行動，滿足失去俸祿後的生理需求。究其原因，深受儒家思
想影響的陶淵明，並不擔心其士人的色彩，會在田園躬耕活動中消逝
殆盡。至於謝靈運的歸居行動，把「既耕以飯，亦桑貿衣。藝菜當肴，
采藥救頹。自外何事，順性靡違。法音晨聽，放生夕歸。研書賞理，
敷文奏懷」（〈山居賦〉）等田園生活的種種，導入知識分子的生活情
趣，使得士人在安貧固窮式的「獨善其身」之外，有了新的選擇，且
耕且讀，滿足心智還能維持生存條件。

　　唐代詩人王績出生於「六代冠冕」，「家富墳籍」儒學淵源之家庭，
對於農業活動一概不知，其〈秋夜喜遇王處士〉云：

> 北場芸藿罷，東皋刈黍歸。相逢秋月滿，更值夜螢飛。（《全
> 唐詩》卷37，頁485）

沒有相關經驗的他，不懂歲時、不會天象，只有憑藉其他農夫搶收的
動作，判斷出農業活動的下一個步驟，遂而趕緊跟進。儲光羲〈田家
即事答崔二東皋作四首‧一〉云：

> 玄鳥雙雙飛，杏林初發花。煦喻命僮僕，可以樹桑麻。清
> 旦理犁鋤，日入未還家。（《全唐詩》卷137，頁1394）

以動植物的生長活動作爲訊號，詩人以雀躍的心情命童僕開始一年的
農事活動。殊不知繁雜的事前準備工作，花費詩人一整天的時間，直
至黃昏還沒有辦法完成。又〈同王十三維偶然作十首‧一〉，是詩人
紀錄其轉換角色，參與躬耕活動的情形：

> 仲夏日中時，草木看欲燋。田家惜功力，把鋤來東皋。顧
> 望浮雲陰，往往誤傷苗。歸來悲困極，兄嫂共相餞。無
> 錢可沽酒，何以解劬勞。夜深星漢明，庭宇虛寥寥。高柳
> 三五株，可以獨逍遙。（《全唐詩》卷137，頁1384）

扮演農夫的詩人，在炎熱的仲夏天，以焦急的心情，擔心著稼作。在
鋤草時，頻頻抬頭顧望天上，有無陰雲靠近，無法專心反而誤傷禾苗。
葛曉音認爲，這是一個不易察覺的細節，生動地表現農夫久旱盼雨的
急切心情［註10］。其實，眞正的農家，早在烏雲靠近時，以風向的改
變、熱對流產生的悶熱等觸覺感受，判斷上天是否有機會降下甘霖，
可見儲光羲在農事上的經驗尚貧乏。無論如何，詩人親自躬耕，以行
動體驗到聽天的心理壓力，劬勞的生理苦累，依舊值得嘉許。

　　韋應物的詩歌作品「高雅閑澹，自成一家之體」（《全唐文》卷
675，白居易〈與元九書〉，頁6891）。其「拙直余恆守」（《全唐詩》
卷187，韋應物〈示從子河南尉班〉，頁1903），對「慕陶眞可庶」（《全
唐詩》卷192，韋應物〈東郊〉，頁1979）的歸耕生活亦大感興趣，

〔註10〕詳見葛曉音：《山水田園詩派研究》，瀋陽：遼寧出版社，1999年，
　　　　頁259。

屬於亦官亦隱的代表人物之一。韋應物〈種藥〉描寫他利用爲官的開暇時間，在郡齋內親自種藥草的情形。詩云：

> 好讀神農書，多識藥草名。持縑購山客，移蒔羅眾英。不改幽澗色，宛如此地生。汲井既蒙澤，插楥亦扶傾。陰穎夕房斂，陽條夏花明。悅玩從茲始，日夕繞庭行。州民自寡訟，養閒非政成。（《全唐詩》卷 193，頁 1993）

詩人本身喜歡閱讀神農書，對於藥草非常熟悉，僅停留在紙上的觀看無法滿足他，遂以國家配發的土地，實際種植藥草。深入林中向山貨者採購樹苗，並且在宅內營造相似的環境，以提高移植的效果。細心的澆水照料，還在植物的四周圍插模架，維持其生長的品質。韋應物在地方郡齋內，找到以心靈放逐自然的形式，建立起「郡齋詩〔註11〕」的詩歌類型。另一方面，詩人栽植的目的顯然與農民不同，「村人不愛花，多種栗與棗」（《全唐詩》卷 433，白居易〈登村東古冢〉，頁 4783），農民注重植物的實用性與經濟價值，詩人則追求植物對觀賞與經驗的價值。〔註12〕又其退居灃上所寫〈種瓜〉一詩云：

> 率性方鹵莽，理生尤自疏。今年學種瓜，園圃多荒蕪。眾草同雨露，新苗獨翳如。直以春窖迫，過時不得鋤。田家

〔註11〕 詳見蔣寅：《大曆詩人研究》，北京：北京大學出版社，2007 年，頁 98。由於地方官員在遷調方面非常頻繁，暫時派任到某州縣的機會很多。這時，知識分子多半不會在當地購屋置產，多居住在國家提供的郡齋。（詳見侯迺慧：〈唐代郡齋詩所呈現的文士從政心態與困境轉化〉，《國立政治大學學報》，第 74 期，1997 年 4 月，頁 1～37。）於郡齋之中，結合政治與生活兩方面的特質，進一步產生閒適、吏隱等詩歌內容的出現。

〔註12〕 如白居易〈東坡種花二首·二〉云：東坡春向暮，樹木今何如。漠漠花落盡，翳翳葉生初。每日領童僕，荷鋤仍鑿渠。□土壅其本，引泉漑其枯。小樹低數尺，大樹長丈餘。封植來幾時，高下隨扶疏。養樹既如此，養民亦何殊。將欲茂枝葉，必先救根株。云何救根株，勸農均賦租。云何茂枝葉，省事寬刑書。移此爲郡政，庶幾盯俗蘇。（《全唐詩》卷 434，頁 4803）表現其精心管理，細心呵護之貌。藉由種花的體驗，延伸出一套養民的哲學。

笑枉費，日夕轉空虛。信非吾儕事，且讀古人書。（《全唐
詩》卷193，頁1994）

畢竟花草樹木的種植，有別於眞正的糧食作物、經濟作物。儘管韋映
物還有西澗種柳的經驗，依舊不足以抵擋其學種瓜的挫折感。園圃中
永遠是雜草多於瓜苗，最後客居的雜草甚至湮滅主要作物。沒能成功
種瓜的詩人，還想要嘗試糧食作物的種植。詩人添上一句「田家笑枉
費，日夕轉空虛」，或是揭示士、農跨界的困難度；也是自嘲，指出
自己還是適合讀古聖賢書。

三、鄉居的生活網絡

　　依據上述歸田書寫作品觀察，唐代詩人的歸田地點多屬於莊園
式。他們憑藉自然界原有的山水田園風景，以文士特有的雅致，營造
自我理想中的生活環境，藉以抒發自身拙於人事，或有志無時的不平
情緒。換言之，詩人出走政治場域，並不等同於得到接觸眞實社會的
機會。究其原因，進入莊園落實歸田行動的詩人，其擁有的是得天獨
厚的土地，相較於一般百姓只能夠讓運氣決定分配到的土地價值，二
者是站在根本不相同的起跑點。影響所及，詩人視野觸及且停駐的農
村生活，僅是莊園內部的，過於片面的。儘管如此，詩人在歸田中描
繪許多與他人互動的情況。

　　與仕宦拘謹生活相比，王績更加喜愛與園林自然相處。因爲重視
家庭生活的他〔註13〕，在田園生活與其生命最重要的人相處的愉悅。
其〈春晚園林〉云：

　　不道嫌朝隱，無情受陸沉。忽逢今旦樂，還遂少時心。捲
　　書藏篋笥，移榻就園林。老妻能勸酒，少子解彈琴。落花
　　隨處下，春鳥自須吟。兀然成一醉，誰知懷抱深？（《全唐
　　詩補編》卷1，頁643）

〔註13〕詳見王輝斌，〈論王績的婚姻詩〉，《南陽師範學院學報》，第2期，
　　　　2009年，頁67～71。

詩人原本爲了理想與現實差距甚遠，長期處在天人交戰的拉扯中，三仕三隱的來回官場，最終他選擇謀拙歸田。原來心中充滿憤恨不平的情緒，逐漸適應田園生活的同時，其嘗到回歸初衷的快樂。「捲書藏篋笥，移榻就園林」陳述恣意又舒適享受著與自己相處的時光。「老妻能勸酒，少子解彈琴」言及農村使人放鬆的氣氛，讓王績與妻子能夠暢所欲言的坦白自己，也和孩子以琴相會，拉近家庭成員間的距離。杜甫〈江村〉云：

> 清江一曲抱村流，長夏江村事事幽。自去自來堂上燕，相親相近水中鷗。老妻畫紙爲棋局，稚子敲針作釣鉤。多病所須唯藥物，微軀此外更何求。(《全唐詩》卷 226，頁 2433
> ～2434)

農村田園風光裡，自由自在的飛燕，相親相近的水鷗，讓杜甫與家人之間也呼應著自然界，有良好的互動。有時與妻子在戶外，一時興起時，以臨時畫紙當棋盤，或同稚子在江水邊垂釣戲水，其樂融融。

〈酬諸公見過〉是王維時守喪官出在輞川別業，朋友來訪，與之在田園間的互動的紀錄，詩云：

> 嗟予未喪，哀此孤生。屏居藍田，薄地躬耕。歲晏輸稅，以奉粢盛。晨往東皋，草露未晞。暮看煙火，負擔來歸。我聞有客，足掃荊扉。簞食伊何，副瓜抓棗。仰廁群賢，皤然一老。愧無莞簟，班荊席薰。汎汎登陂，折彼荷花。靜觀素鮪，俯映白沙。山鳥群飛，日隱輕霞。登車上馬，倏忽雲散。雀噪荒村，雞鳴空館。還復幽獨，重欷累歎。
> (《全唐詩》卷 125，頁 1234～1235)

前六句描寫母、妻皆喪的王維，世間僅留在孤獨一人的自己，在田園中過著日出而作，日落而息的生活。從「我聞有客」一句開始點燃詩作的生命力，也爲詩人的生活添上一些色彩。詩人以家中的瓜棗盡力接待客人，並且帶領客人泛舟欹湖，感受田園山水的美好。末六句寫詩人在客人離去之後，悵然若失的心境。由此可見，王維愛好自然卻

不甘寂寞，才會幾次歸田都與友人相偕隱，或著選擇與京城依舊牽連的亦官亦隱方式享受自然。

　　反觀曾與王維偕行歸居的儲光羲，對於自然的適應程度頗高，其〈田家雜興八首・八〉云：

> 種桑百餘樹，種黍三十畝。衣食既有餘，時時會親友。夏來蓏米飯，秋至菊花酒。孺人喜逢迎，稚子解趨走。日暮閒園裏，團團陰榆柳。酤酊乘夜歸，涼風吹戶牖。清淺望河漢，低昂看北斗。數甕猶未開，明朝能飲否。（《全唐詩》卷 137，頁 1387）

前一年豐厚的收穫成果，讓詩人能夠主動的招待親朋好友。與王維的「剖瓜抓棗」相比，儲光羲招待客人的食物，還可以依據季節有所變化。向友人一一講解莊園的佈置，還能趁興貪杯，共賞涼風、佳餚、美景。從詩歌第七句開始，處處展現詩人在歸田在莊園的情況，妻兒不需要同一般的農村家庭織布、牧牛羊，只要來回招呼客至即可。「閒」與「酤酊」之舉，一般農家只在豐收且繳納完成賦稅後，才能有的片刻歡樂，在儲光羲的歸田生活中處處可見。

　　相較王維在田園中，對於寂寞的強烈感知，儲光羲在歸田生活的適應良好。再者，杜甫親身經歷、體驗農事，對於躬耕有一番心得。其〈有客〉描寫偶而有客來訪的情景，詩云：

> 患氣經時久，臨江卜宅新。喧卑方避俗，疏快頗宜人。有客過茅宇，呼兒正葛巾。自鋤稀菜甲，小摘為情親。（《全唐詩》卷 226，頁 2432）

又〈客至〉云：

> 舍南舍北皆春水，但見群鷗日日來。花徑不曾緣客掃，蓬門今始為君開。盤餐市遠無兼味，樽酒家貧只舊醅。肯與鄰翁相對飲，隔籬呼取盡餘杯。（《全唐詩》卷 226，頁 2438）

第一首是遷居之後有客至，杜甫以親自耕種獲得的園蔬，高規格的招待貴客。第二首言及詩人居住地是偏僻的鄉野，可以享受離世獨居，

並發揮士人的品味，把簡陋粗疏的物色，點染成為富饒詩意的園地。二首詩歌寫出詩人安於自給自足，享受也樂於分享田園生活。「肯與鄰翁相對飲，隔籬呼取盡餘杯」一聯寫出詩人與鄰人之間的關係親善，故臨時邀請鄰翁共享歡樂時光。又〈寒食〉云：

> 寒食江村路，風花高下飛。汀煙輕冉冉，竹日靜暉暉。田父要皆去，鄰家問不違。地偏相識盡，雞犬亦忘歸。(《全唐詩》卷226，頁2441)

由於杜甫卜居之處較為偏遠，家家戶戶之間都往來相識，而「田父要皆去，鄰家問不違」一句，同樣顯示出詩人以外來者的身分，在此區域建立良好的地緣關係，經常在田父的熱情招邀之下，度過酒足飯飽的時光。

第三節　歸田書寫的抒情特質

不論是漢代的張衡，魏晉南北朝的陶淵明與謝靈運，抑或歷朝歷代隱逸傳記載的歸田士人們，素來都是在意識到自己與外在環境的落差後，在「兼濟」與「獨善」之間拉拔，最終選擇落實歸田行動。據本文的觀察，唐代詩人歸田的動機，固然保有「性剛才拙，與物多忤」〔註14〕的歷時性因素，卻在以「農耕」為謀生的單一方式之外，產生新的歸田模式。究其原因，唐代詩人選擇性接受儒家文化中，「士之為仕」的觀念，以知識分子的身分重生，讓仕途與「道」的實現，不再密不可分，加上種種唐代社會情況，遂產生亦官亦隱、雙棲生活等歸田模式。

唐代詩人的歸田行動中，尋求自然的慰藉，抒發「以我觀物」〔註15〕的感想。唐代歸田書寫作品以自身出發，體現濃厚「士」的

〔註14〕〔清〕嚴可均編、陳延嘉等校點：《全上古三代秦漢三國六朝文》，陶淵明〈與子儼等疏〉，北京：中華書局，1991年，頁2097。以下同本書者，僅在文本後標示書名及頁數，不另加註。

〔註15〕王國維於《人間詞話》第三則提出：有我之境，以我觀物，故物皆

思維方式與農村生活的互動，以及士人村居品味的開展。另一方面，歸田書寫作品中，有關「志之活動」者則少矣，最大的原因在於莊園式歸田所塑造的圍籬，隔閡詩人與眞正農村社會。

一、上古時代的嚮往

自古士人在「獨善」與「兼濟」之間徘徊，儒家給予「任重道遠」的責任太過程沈重。孟子言：「天下有道，以道殉身；天下無道，以身殉道。」（《孟子・盡心上》）實際上，在體制嚴格，機會甚少的政治場域中，即便天下有道，或不得志。呂正惠〈初唐詩重探〉一文提到：

> 唐代自然詩主要是效法陶潛的田園詩和謝靈運的山水詩，
> 而陶、謝所以寄情於田園、山水，基本上是因爲在政治上
> 不能實現自己的理想，或著在政治上失意。由此我們不難
> 想像，盛唐詩人喜好大自然跟他們在政治上的狹窄的出路
> 關係──寄意山水是他們心理上的一種轉化作用。他們的
> 政治環境雖然和陶潛、謝靈運不同，但他們縱情山水、寫
> 作田園山水詩的潛意識的心理和陶、謝相似。〔註16〕

唐代詩人將「士」與「仕」確實分開，一爲社會身分，一爲職業選項。因此，自認身爲知識分子的他們，若無法在仕途發揮，在歸田之際，也不忘保持「士志於道」的想法，因而儲光羲「中園時讀書」（《全唐詩》卷 138，〈閒居〉，頁 1406）、白居易「屋中有琴書，聊以慰幽獨」（《全唐詩》卷 459，〈春日閒居三首・一〉，頁 5215）等行動，究其

著我之色彩。無我之境，以物觀物，故不知何者爲我，何者爲物。古人爲詞，寫有我之境者爲多，然未始不能寫無我之境，此在豪傑之士能自樹立耳。（王國維著，徐調孚校注：《校注人間詞話》，臺北：頂淵文化出版社，2007 年，頁 1～2。）有我之境者，是以凝神注視後，滋生移情作用，故作品中處處皆「我」。反之，在客觀觀照下、靜中得之的妙境，可謂無我之境。

〔註16〕詳見呂正惠：《抒情傳統與政治現實》，臺北：大安出版社，1989 年，頁 53。

原因，文人「詩書喜道存」（《全唐詩》卷 320，權德輿〈暮春閒居示同志〉，頁 3609），認爲讀書才是維持善道的正確方法。

　　唐代詩人在鍾情於「圖書紛滿床，山水藹盈室」（《全唐詩》卷83，陳子昂〈秋園臥病呈暉上人〉，頁 901）之舉，希望透過書籍貫穿古今的特性，暫且回到上古淳風的年代。同時，詩人將其對於現實情況感到不滿之處，在歸田書寫中，藉由描寫失落的上古，排解心理難以壓抑的不平，以產生特殊的抒情區塊：

> 野老不知堯舜力，酣歌一曲太平人。（《全唐詩》卷 51，宋
> 之問〈寒食還陸渾別業〉，頁 626）

> 秦人辨雞犬，堯日識巢由。歸客衡門外，仍憐返景幽。（《全
> 唐詩》卷 135，蔡毋潛〈題沈東美員外山池〉，頁 1371）

唐代知識分子經過千辛萬苦得以進入仕途，本想將職業與志業合而爲一，最終多半以適應不良，無法發揮爲結局收場。因而，詩人在歸田行動中，以身心感受到自然界恬淡無爭的步調，彷彿回到不知不識、無爲自然的上古社會。再者，一部分的唐代詩人以陶淵明〈桃花源記〉提到的上古遺民爲追尋的對象，如王績〈遊仙四首・三〉云：

> 結衣尋野路，負杖入山門。道士言無宅，仙人更有村。斜
> 溪橫桂渚，小徑入桃源。（《全唐詩》卷 37，頁 483）

詩人對於桃源的嚮往之情深切，遂起身行動入山門，想要找尋「先世避秦時亂，率妻子邑人，來此絕境，不復出焉，遂與外人閒隔」（《全上古三代秦漢三國六朝文》卷 111，陶淵明〈桃花源記〉，頁 2098），屬於原始樸素的人、事、物。或者，詩人在歸田行動中，仿造〈桃花源詩〉提到「荒路曖交通，雞犬互鳴吠。俎豆猶古法，衣裳無新製。童孺縱行歌，斑白歡遊詣。草榮識節和，木衰知風厲。雖無紀曆誌，四時自成歲」，於自己能夠掌握的家園中營造率眞、自由的國度。期許自己的歸田生活，會有「怡然有餘樂，于何勞智慧」（《先秦漢魏晉南北朝詩》，陶淵明〈桃花源詩〉，頁 986）的體驗。初盛唐社會情況

穩定，讓詩人在追尋樂園的態度，趨於樂觀的面向〔註17〕，甚至，他們積極嘗試在現實世界中，重建一座桃花源。如王績〈田家三首·二〉云：

> 家住箕山下，門枕潁川濱。不知今有漢，唯言昔避秦。琴伴前庭月，酒勸後園春。自得中林士，何忝上皇人。（《全唐詩》卷37，頁478～479）

首聯描寫詩人的莊園，處在依山傍水的地域位置，「不知今有漢，唯言昔避秦」一句顯示其與外界隔絕的特性。對詩人而言，惟有杜絕京城先進文化的影響，才能夠不傷害人類本心。

王維〈偶然作六首·二〉描寫其官於淇上，於山水田園間遇見一位年邁農民的情況，詩云：

> 田舍有老翁，垂白衡門裏。有時農事閒，斗酒呼鄰里。喧聒茅簷下，或坐或復起。短褐不爲薄，園葵固足美。動則長子孫，不曾向城市。五帝與三王，古來稱天子。干戈將揖讓，畢竟何者是。得意苟爲樂，野田安足鄙。且當放懷去，行行沒餘齒。（《全唐詩》卷125，頁1253）

詩歌前半內容是陳述老農夫的生活，他的住處簡陋，生活不富裕，卻能享受生活。若有農閒時間，就結伴鄰居飲酒作樂、引吭高歌。既使一輩子弊衣疏食也能感到心滿意足，唯一追求是子子孫孫能夠綿延不斷。從「五帝」一句開始，寫出老農夫雖不問世事，但見聞廣，對於五帝三王得位的是非對錯，有其獨立思考的能力。然而，是非是不易弄清的，甚至會影響樸質的本心，因此老農夫選擇安於原始的鄉野生活，順應自然的情志，度完餘年。據以觀察，後半部的詩歌中，老農夫思考的活躍，乃是王維藉其生活行動、思維方式，抒發自己的感情。所謂「得意苟爲樂，野田安足鄙。且當放懷去，行行沒餘齒」，都明白指出詩人對於上古社會精神自由、眞實自然的嚮往。柳宗元〈且攜

〔註17〕詳見本文第三章。

謝山人至愚池〉云：

> 新沐換輕幘，曉池風露清。自諧塵外意，況與幽人行。霞
> 散眾山迴，天高數雁鳴。機心付當路，聊適羲皇情。(《全
> 唐詩》卷352，頁3946)

詩人想要暫時擺脫世俗的煩憂與干擾，遂帶著「機心」與謝山人一同
欣賞山水田園的鄉野風光。深幽的環境，讓詩人一時片刻像是處在無
憂無慮的上古時代，欣然自得。

二、純樸自在的生活樂土

    唐代政府提倡科舉制度，打破子承嗣父業的既定道路。於社會裡
的每個人，在滿足基本的生理需求之後，都有擠身「士」階層的機會。
影響所及，唐代的平民百姓，紛紛拾起聖賢書，奮發進取，一心期許
自己能夠光耀門楣。終究，僧多粥少的名額限制，造成入轂無門；或
者，舉子登科之後，等待守選制度的過程；抑或，任職為官之後，在
政治權利的爭奪中保護自己。以上有關於仕途的爭與取，都是費盡心
思，熬盡心力的。王志清《盛唐生態詩學》曾言：

> 一個人往往在人生的某一時刻放棄先前執著的價值信念，
> 轉而追求相反的價值與信念，或放棄先前的生活方式，轉
> 而追求相反的生活方式。[註18]

唐代詩人在十五志於學之後，在追求仕宦的到路上，展開長期的奮
鬥。在終點之前，才發現狹窄的出路，甚至在進入統治者設置的框架
之中，才瞭解到自己能夠揮灑空間的種種限制。緣此，與環境格格不
入者，在放棄汲汲營營的求取生活後，轉而追求心靈平靜，精神自由
的樂土。

    儲光羲〈田家雜興八首・二〉明白指出，自己對於官場權勢利益
的爭奪不感興趣，亦難以適應，詩云：

[註18] 詳見王志清：《盛唐生態詩學》，北京：北京大學出版社，2007年，
頁36。

> 眾人恥貧賤，相與尚膏腴。我情既浩蕩，所樂在畎漁。山
> 澤時晦暝，歸家暫閒居。滿園植葵藿，繞屋樹桑榆。禽雀
> 知我閒，翔集依我廬。所願在優游，州縣莫相呼。日與南
> 山老，兀然傾一壺。（《全唐詩》卷137，頁1387）

詩人在首聯提及自己與官場經營者的想法大相逕庭。他人認為貧賤的田園生活，對他來說才是真正蘊含人生樂趣的地方。抑鬱不得志的詩人以「我情既浩蕩，所樂在畎漁」暗示，京城拘束的仕宦生活，根本無法滿足他，只有自然界的寬大氣度，才可以使他發揮所長。因此，詩人以士人的品味，塑造專屬於他的園地，恣意優遊其中。而田園純樸生活，使儲光羲「兀然傾一壺」，開放真實的自我。杜甫〈屏跡三首〉描寫其歸蜀地三年的心得，詩云：

> 用拙存吾道，幽居近物情。桑麻深雨露，燕雀半生成。村
> 鼓時時急，漁舟箇箇輕。杖藜從白首，心跡喜雙清。
>
> 晚起家何事，無營地轉幽。竹光圍野色，舍影漾江流。失
> 學從兒懶，長貧任婦愁。百年渾得醉，一月不梳頭。
>
> 衰顏甘屏跡，幽事供高臥。鳥下竹根行，龜開萍葉過。年
> 荒酒價乏，日併園蔬課。猶酌甘泉歌，歌長擊樽破。（《全
> 唐詩》卷227，頁2455）

原是自身「謀拙」之因，不得以選擇從京城官場中告退，卻在躬耕生活中，找到屬於自己且真正自在的生活，一種貼近於自然樸質的生活模式。杜甫此次歸田地點在成都，天府之國擁有良好的地理環境與氣候，提供各種稼作生長的條件，甚至是動物們繁殖的理想環境。無事一身輕的詩人，享受著農民們歡欣鼓舞的村社活動，對於此生有機會感受如此悠閒自在的時刻，正滿懷興奮的享受著。第二首描寫身心都放鬆的詩人，沒有需要掛心之事，無須刻意操勞營求。對於功名、讀書的熱忱，或有志不能伸展的苦悶，在自然界的安撫之下，銷匿的無影無蹤。此生無所求的詩人，遂仿效竹林野色不受剪伐一般，過著有

酒即飲，恣意散髮，做自己的生活。第三首認定今生就此與世相違背，決心要高臥草堂，與竹根萍葉，烏龜鳥群共享純樸樂土，過著自給自足的簡單生活。

白居易盛年提倡中隱，以緩解「丘樊太冷落，朝市太囂誼」與「不勞心與力，又免飢與寒」（《全唐詩》卷445，〈中隱〉，頁4491）優缺不能兩全的大、小隱生活。其後，在大和七年（833），以病痛為由，歸洛陽履道里第，作〈詠興五首〉，陳述自己與自然合而為一的過程。其「出府歸吾廬」一詩云：

> 出府歸吾廬，靜然安且逸。更無客干謁，時有僧問疾。家僮十餘人，櫪馬三四匹。慵發經旬臥，興來連日出。出遊愛何處，嵩碧伊瑟瑟。況有清和天，正當疏散日。身閒自為貴，何必居榮秩。心足即非貧，豈唯金滿室。吾觀權勢者，苦以身徇物。炙手外炎炎，履冰中慄慄。朝飢口忘味，夕惕心憂失。但有富貴名，而無富貴實。（《全唐詩》卷452，頁5107）

在政治場域中，凡是一舉一動都必須詳加思考、小心謹慎。在統治者設定的框架裡如何實現「道」，或者遊走在底線邊緣，才能真正達到盡忠以輔之的責任，這些都身為知識分子一定要做的事，卻也都是不易完成的任務。詩人因為生計的問題，被禁錮官場些許年，終於在年顏老後，解印出公府，回歸到純樸樂土的懷抱。相較於京城綁手綁腳的束縛，詩人在歸田行動是以自己為優先，邀約與赴約全看心情。又以「慵發經旬臥，興來連日出」、「出遊愛何處，嵩碧伊瑟瑟」勾勒其任由興致帶領行動，並且享受自然的驚喜。第十三句到第二十四句，以感性的口吻吐露，「身閒」而後「心足」，即為世上最富裕之人。又其他詩篇云：

> 飽於東方朔，樂於榮啟期。人生且如此，此外吾不知。（《全唐詩》卷452，「解印出公府」一題，頁5107）

> 熏若春日氣，皎如秋水光。可洗機巧心，可蕩塵垢腸。（《全

唐詩》卷 452，「池上有小舟」一題，頁 5108）

人魚雖異族，其樂歸於一。且與爾爲徒，逍遙同過日。（《全
唐詩》卷 452，「四月池水滿」一題，頁 5108）

小庭亦有月，小院亦有花。可憐好風景，不解嫌貧家。《全
唐詩》卷 452，（「小庭亦有月」一題，頁 5108）

詩人卸下生計壓力，在廬舍自給，衣儲自充，當一個自足自樂，無欲
無營的原始人。平日或歌或舞，頹然自適，感嘆世人不懂如此樂土與
美景。

三、山野草澤的物我欣豫

唐代詩人認爲環境容易影響人的視聽耳目，因此，「君子愼居處，
謹視聽焉」（《全唐文》卷 368，賈至〈沔州秋興亭記〉，頁 3738）在
選擇居住地域、環境時，格外相當重視。又獨孤及〈盧郎中潯陽竹亭
記〉云：「君子居高明，處臺榭。後代作者，或用山林水澤魚鳥草木
以博其趣」（《全唐文》卷 389，頁 3953）明白指出，自古崇高明睿之
人多「居高明」、「處臺榭」，久而久之，二者成爲象徵君子的條件之
一。影響所及，後繼者多以自然界的山水田園、魚鳥草木，培養「士」
的氣息。而葛曉音〈開元前期的山田園詩的合流〉提到，唐代詩人在
歸田地域的選擇上有規律可循，主要集中在終南山、嵩山、淇上、潁
水、越中、廬山、襄陽等地〔註 19〕，印證前者以山林水澤經營自身品
德的社會共向。

據以觀察，除了地域的選擇之外，歸田詩人的卜居條件多具有山
野草澤、深邃幽居的特性，如祖詠「寥寥人境外」（《全唐詩》卷 131，
〈蘇氏別業〉，頁 1333～1334）、杜甫「幽棲地僻經過少」（《全唐詩》
卷 226，〈有客〉，頁 2432）、裴度「紅塵飄不到」（《全唐詩》卷 355，
〈溪居〉，頁 3756）、白居易「幽獨抵歸山」（《全唐詩》卷 443，〈宿

〔註 19〕詳見葛曉音：《山水田園詩派研究》，頁 188。

竹閣〉，頁 4956）、白居易「亂藤遮石壁，絕澗護雲林。若要深藏處，無如此處深」（《全唐詩》卷 456，〈香山卜居〉，頁 5170）等選擇。誠如侯迺慧在《詩情與幽靜——唐代文人的園林生活》提到：「選擇幽寂之處，是保有園林幽邃品質的直接、簡便方式。〔註 20〕」地處偏僻的空間，首先是反映詩人與當代政治的環境格格不入，總是處於邊緣位置的窘境。另一方面，園林即代表詩人本身，故保有品質的同時，詩人最想保護的，其實是自己狷介的本質與本心。

王建〈山居〉描寫，但與鳥獸花草同歡樂，亦滿足之貌，詩云：

> 屋在瀑泉西，茅簷下有溪。閉門留野鹿，分食養山雞。桂熟長收子，蘭生不作畦。初開洞中路，深處轉松梯。（《全唐詩》卷 299，頁 3391）

由首聯可以肯定詩人歸田的地點，在高且深的溪水源頭處，而「初開洞中路，深處轉松梯」一聯，表現出幽閉且曲折的環境布置，是深知自己拙於人事，刻意避開塵俗，不與他人來往。或者，戴叔倫〈山居即事〉云：

> 巖雲掩竹扉，去鳥帶餘暉。地僻生涯薄，山深俗事稀。養花分宿雨，翦葉補秋衣。野渡逢漁子，同舟蕩月歸。（《全唐詩》卷 273，頁 3076）

告別政治場域的詩人，選擇在高處、地僻、山深的地點開始閒居的生活。在養花、翦葉、野渡、舟遊的荒疏環境下生活，反而獲得舒朗明暢之感。又孟郊〈北郭貧居〉云：

> 進乏廣莫力，退爲蒙籠居。三年失意歸，四向相識疏。地僻草木壯，荒條扶我廬。夜貧燈燭絕，明月照吾書。欲識貞靜操，秋蟬飲清虛。（《全唐詩》卷 376，頁 4219）

詩人的居所被山林樹木層層的垂覆，植物自然的掩蔽，將屋舍與世塵區隔開來。在如此靜謐的環境之中，使其將注意力從繁雜的人際相處

〔註 20〕詳見侯迺慧：《詩情與幽靜——唐代文人的園林生活》，頁 421。

上收束回來，重新面對生命的本質，思考身為知識分子的初衷，以及仕途的非必然性。又柳宗元參與王叔文永貞革新之後，遂墜入貶謫的人生，久貶南荒的他，把自己放諸於山水田園之中，以緩鬱結的心情。其〈溪居〉云：

> 久為簪組累，幸此南夷謫。閒依農圃鄰，偶似山林客。曉耕翻露草，夜榜響溪石。來往不逢人，長歌楚天碧。（《全唐詩》卷352，頁3946）

與統治者或掌握權力的寵臣想法相左者，僅能以貶謫的方式，退出京城主要場域。〔註21〕「久累」可見詩人在官場上受盡委屈，京城中「不逢人」是危險，非友即敵的生活。反觀，在田園山水之中，所見、所作、所成都是依照自己的意思，沒有框架與束縛，故詩人對於身處山野草澤以「幸謫」一語作結。

〔註21〕中唐以後的詩人，於主動與被動之上，都無法像初盛唐詩人一般，恣意的棄官歸鄉里。廖美玉言：比較而言，盛唐以前士子多少還是仕與不仕的選擇權。名者如陶淵明與謝靈運在仕隱間的幾度掙扎，自我的意識是決定的關鍵，盛唐的終南捷徑也說明了朝廷對士子的包容與禮遇，而張九齡還可以有「今我遊冥冥，弋者何所慕」的自主權，以及杜甫的棄官浪跡西南天地間等等，都可見盛唐以前的相對自由。隨著宮怨詩的寫作，唐人出現了沒有不做官的自由，如長信宮的禁錮后妃一般，失意的臣子以貶謫的方式被限制居住地，乃至倫理廢絕，吳武陵為柳宗元而作〈遺孟簡書〉，即以嚴詞抨擊謫宦的不人道說：「古稱一世三十年，子厚之斥十二年，殆半世矣。霆砰電射天怒也，不能終朝：聖人在上，安有畢世而怒人臣邪！」帝王一人同時宰制了才子與佳人的自由，是古老社會的悲劇根源。宋朝更是變本加厲，以「不許歸田」箝制士人的仕宦自主權。詳見氏著：《中古詩人夜未眠》，臺南：宏大出版社，2002年，頁265。

第五章　即事與超越
——唐代詩人憫農書寫的特色

　　唐代政府實施科舉制度，打破身分階層的限制，讓眾多社會底層的讀書人有改變命運的機會。這樣由統治者發起，跨越身分限制的機會，可謂創舉。影響所及，鬆動的階層關係，讓許多出身平凡，擁有才智與抱負者，能夠藉由勤讀苦思改變身分，「士」從階層中逐漸獨立出來，成為知識分子。然而，不可否認的事實是，官員的職缺難以滿足來到京城應試的貢生人數，因此有人徘徊在京城，最後戰死文場；有人屢屢不能及第，最終回歸躬耕。他們終身抑鬱不得志，唯一得到的是，脫離鄉愿看待事物的方式。

　　順利進入仕途的唐代詩人，部分熱衷於追求陶淵明與謝靈運二人的「歸田」行動，結合當時的田制、官員的休沐制度、土地使用方式等，產生雙棲生活的型態，以及獨特的士、農跨界書寫作品。隨著唐代詩人愈接近真實的田園，愈是親身體驗到《詩經》中敘述籍田的儀式，與國風裡描寫農業活動相差甚遠的情況。因而，如同國風〈七月〉平鋪直白的描述真實農業活動，逐漸被納入跨界書寫中，如儲光羲、韋應物、高適等盛唐詩人多有田園即事的作品。

　　隨著安史之亂的爆發，戰亂平定後，藩鎮割據繼起，還有回紇、吐蕃外族的入侵，社會情況逐漸複雜化。知識分子親眼看見情勢紛

亂，親身經歷動盪漂泊的日子，當他們以爲統治者與他們一樣，想要改革現狀，擁有還原盛唐氣象的企圖心之時，統治者根本無法下定決心，以大刀闊斧之姿改正種種缺失。此時，唐代詩人減少描繪自然之美的詩歌，轉而用詩歌將存在於社會的各項問題揭發，透過自身所擁有的力量，欲促使統治者正視人民的聲音，緣此，唐代「歸田」情節轉化，跨界書寫逐漸走向菁英與庶民的對話。

　　本章著重在唐代士、農跨界的憫農詩歌文本。隨著唐代詩人跨界視野的開闊，他們的詩歌創作由「即事名篇，無復倚傍」爲開展，超越個人情志的抒發，以反映社會多數人的聲音，詩人用各種方式感受眞正的社會情形，並且利用詩歌紀錄，凸顯其「緣情」與「言志」的功能。第一節，探討唐代詩人在以「士」的身分接近並揣摩「農」的困境？第二節，分析唐代詩人在創作中反映出社會底層的農民所面臨的種種問題？第三節，歸納唐代詩人在憫農主題的田園書寫中，呈現的內容特質。茲分述如下。

第一節　憫農書寫所反映的農民困境

　　傳統中國社會的農民，素來都是無聲的族群。究其原因，國家分工之初，「農」是以「食人」的角色存在，支應國家對於物質的需求。一年三百六十五天，毫無休息的農業活動，讓農民根本沒有時間與機會，主動學習能夠爲自己發聲的工具。直到唐代，詩人在歸田行動的轉變，以致歸田情節的轉化，讓他們超越原來儒家文化所給予的視角與限制。影響所及，士人由作品中占多數的「惜春」、「傷春」、「悲士秋」等感慨不遇的抒情面向〔註1〕，逐漸轉回《詩經》中反映春播夏耕秋收冬藏等攸關生存的農業活動。

　　唐代詩人以客觀、白描的手法，眞實的農村生活與農業活動，如

〔註1〕詳見呂正惠：《抒情傳統與政治現實》，臺北：大安出版社，1989年，頁285～312。

錢起〈觀村人牧山田〉除了看到《詩經》已提及的農忙，其透過觀察，瞭解「貧民乏井稅，堉土皆墾鑿」的勉強，「秋來積霖雨，霜降方銍穫」的無奈之情（《全唐詩》卷 236，頁 2615）。進一步，中唐詩人寫下「方慚不耕者，祿食出閭里。」（《全唐詩》卷 192，韋應物〈觀田家〉，頁 1976）、「臣積苟有罪，胡不災我身。」（《全唐詩》卷 399，元稹〈旱災自咎貽七縣宰〉，頁 4470）等語，可見詩人自愧、自責其並未扮演好「治人」的角色。影響所及，開啟中唐詩人以跨界的雙重視角看待社會種種，並且加強發揮詩歌「言志」的功能。

一、飢寒交迫的貧苦生活

（一）權利義務的不平衡

自古以來，由於國家分工的關係，農民辛苦收穫的糧食作物、經濟作物，甚至是農業的副產品，都必須與其他階層共享。賈誼〈說積貯〉言：「一夫不耕，或受之飢。一女不織，或受之寒。」〔註2〕，顯示農民織婦囊括全國人民的衣、食需求。究其原因，他們付出所有的心血結晶，只為了能夠成為國家的一分子，成為「治於人」者。本來唐初實行均田制，讓農民可以為了自己的幸福奮鬥。隨著中唐田制的破壞，土地兼併、私有風氣逐漸興盛之下，農民再次回到「林園手種唯吾事，桃李成陰歸別人」（《全唐詩》卷 269，耿湋〈代園中老人作〉，頁 3003）、「未曾分得穀，空得老農名」（《全唐詩》卷 592，曹鄴〈四怨三愁五情詩十二首·其四怨〉，頁 6862）的日子。

李紳〈古風二首〉云：

> 春種一粒粟，秋成萬顆子。四海無閒田，農夫猶餓死。
>
> 鋤禾日當午，汗滴禾下土。誰知盤中餐，粒粒皆辛苦。（《全唐詩》卷 483，頁 5494）

〔註2〕見〔清〕嚴可均編、陳延嘉等校點：《全上古三代秦漢三國六朝文》卷 16，北京：中華書局，1991 年，頁 215。

農業活動的勞動量，沒有身體力行，親身經歷者，根本無法體會。他們辛苦躬耕，細心照料，卻還是落得衣不蔽身，經常挨餓的日子。究其原因，憨厚的農民終究以盡義務爲優先，故按時將稅額繳納完畢後，一年的辛苦也隨之殆盡，他們的倉庫根本沒有新的糧食可儲存。

白居易〈采地黃者〉描寫一位農民在年初遇到乾旱，秋收又碰上降早霜，以致收成不好，詩云：

> 麥死春不雨，禾損秋早霜。歲晏無口食，田中采地黃。采之將何用，持以易餱糧。凌晨荷鋤去，薄暮不盈筐。攜來朱門家，賣與白面郎。與君啖肥馬，可使照地光。願易馬殘粟，救此苦飢腸。（《全唐詩》卷424，頁4665～4666）

或許農夫並非心甘情願將收割的心血，先一步繳納稅額，最終他還是完成身爲國家一分子，必須要付出的義務。然而，國家的統治者，並未給予這群默默爲社會付出的群眾一絲權利。詩人側寫才剛結束收成活動的農民依舊早起，他們到田地周圍採集藥用的地黃，不是爲了滋補身體，是要到富貴人家交換馬匹吃剩的粟粒以果腹。元結〈春陵行〉也寫農民努力滿足國家各種名目的賦稅，自己則是過「朝餐是草根，暮食仍木皮」（《全唐詩》，卷241，頁2704）的生活。

柳宗元〈田家三首·一〉描寫農民日復一日、年復一年，世代爲了完成國家賦予的義務努力，詩云：

> 蓐食徇所務，驅牛向東阡。雞鳴村巷白，夜色歸暮田。札札耒耜聲，飛飛來烏鳶。竭茲筋力事，持用窮歲年。盡輸助徭役，聊就空自眠。子孫日已長，世世還復然。（《全唐詩》卷353，頁3954）

辛勤的農民，天未亮就已經整裝出發，開始一天耕耘稼穡的活動，直至日暮。農村中的每位農民將自己種在土裡，窮其一生與「耒耜聲」爲伍。對他們來說，完成國家賦予的義務是首要責任，其餘，身溫飽、衣蔽體即可。詩人最後提到「子孫日已長，世世還復然」，是無怨之怨，再次凸顯農民理所當然爲國捐軀的認知。相較之下，國家所任命

的官吏，是以「公門少推恕，鞭朴恣狼籍」（〈其二〉）的態度對待這群默默付出的百姓。對於農民來說，若是勞動的辛苦、生活的艱難，都是可以忍耐的，惟來自官府日漸加劇的索討，讓他們難以負荷。

（二）稅農不稅商的偏頗政策

傳統中國的發展是以農爲本、以農立國。《尙書‧周書‧無逸》云：「君子所其無逸。先知稼穡之艱難，乃逸。」〔註3〕認爲國家建立的基礎，維繫在農業活動的開展。而農業生產又屬勞力密集工作，因此爲了維護農業發展，商業活動在歷朝歷代多是被壓抑的。唐代繼承傳統中國「重農抑商」的政策，高祖明訂「工商雜類，不得預於士伍」〔註4〕。貞觀時期，有政策云：「工商雜色之樓，假令術逾儕類，止可厚給財物，必不可超授官秩，與朝賢君子比肩而立，同坐而食。」〔註5〕皆說明唐代商賈在活動空間被嚴格的管制。然而，政府實施抑商政策觀察，亦無法阻止唐代商賈活動活絡的情況。

初期政治的穩定，農業改良，和租庸調的納稅方式，促使農民在糧食生產以外，也經營農副產品、手工業產品等。當生產過剩時，以「己之有」易「己之無」的小型商業活動逐漸產生。唐中葉以後，兩稅法的沈重負擔，讓農民辛苦的勞力付出，在完成納稅後獲利甚薄。壬寅中，元結告老還鄉，過著修耕釣以自資的生活，而〈漫歌八曲‧故城東〉描述其觀察到「良田野草生」（《全唐詩》卷240，頁2698）的社會現象，原因爲何？白居易〈進士策問五道〉明白指出：「懋力者輕用而愈貧，射利者賤收而愈富」（《全唐文》卷669，頁6811）將商業與農業活動相互比較，可見經商的利潤豐厚，遂產生「百姓日蹙而散爲商以遊，十三四矣」（《全唐文》卷634，李翺〈進士策問二道〉，

〔註3〕〔漢〕孔安國（傳）、唐‧孔穎達（疏）：《尚書》，臺北：藝文印書館（十三經注疏本），1982年，頁240～241。

〔註4〕〔五代〕劉昫等撰：《舊唐書》卷48，北京：中華書局，1975年，頁2089。

〔註5〕〔清〕董誥編：《全唐文》卷177，北京：中華書局，1987年，頁4607。以下同出本書者，僅在文本後標示書名以及卷、頁數，不另加註。

頁 6399）的情況，越來越多人棄農從商，投身於商業活動之中。

由於商賈的高獲利，加上國家稅收明顯倚重農業，讓農民產生「農夫何為者，辛苦事寒耕」（《全唐詩》卷 354，劉禹錫〈賈客樂〉，頁 3874）的疑惑，進而造成捨農從商的風氣大開，嚴重改變社會結構。張籍〈賈客樂〉云：

> ……年年逐利西復東，姓名不在縣籍中。農夫稅多長辛苦，
>
> 棄業長為販賣翁。（《全唐詩》卷 382，頁 4287）

兩稅法即是戶稅與地稅，戶稅按每戶男丁數目和田產多寡訂定，地稅則是以全國的田畝總數為基礎，依照各地不同攤分稅額。然而，商賈東南西北奔波的性質，不適用上述的方式，因此，楊炎提出兩稅法時已經注意到此事，以「不居處而行商者，在所郡縣稅三十之一，度所與居者均，使無僥利。」（《全唐文》卷 118，楊炎〈請作兩稅法奏〉，頁 3421～3422）原依人口比例算出的三十之一，與商賈行商所獲得的高額利潤，根本是九牛一毛。

姚合〈莊居野行〉云：

> 客行野田間，此屋皆閉戶。借問屋中人，盡去作商賈。官家不稅商，稅農服作苦。居人盡東西，道路侵壟畝。採玉上山顛，探珠入水府。邊兵索衣食，此物同泥土。古來一人耕，三人食猶飢。如今千萬家，無一把鋤犁。我倉常空虛，我田生蒺藜。上天不雨粟，何由活烝黎。（《全唐詩》卷 498，頁 5661）

詩人陳述一向以農業為根基的社會結構，因農業的重稅負擔，商業活動的豐厚利潤，促成農民紛紛投入採玉探珠等具有商品價值的工作，或者直接加入商賈的行列做起生意來，逐漸影響著社會結構。詩人探討這樣的情形並非農民所願意，而是在考量現實層面：從商既是有利可圖，還可免於稅賦的重擔，致使農民紛紛放下鋤頭從商去，造成原應該興農耕之樂的農村，出現家無鋤犁、倉廩常空、田滿蒺藜的情形。又劉駕〈反賈客樂〉云：

　　無言賈客樂，賈客多無墓。行舟觸風浪，盡入魚腹去。農
　　夫更辛苦，所以羨爾身。(《全唐詩》卷 585，頁 6775)

詩中以商賈、農民作為對照，表面上是刻畫商賈牟利背後的辛酸，包括與惡劣天氣對抗、客死他鄉無人知曉，道破真實的商賈生活並不如意。而詩人透過商賈辛苦的目的，意在反襯出農民生活更加艱難的社會問題。

二、求助無門的多數弱勢

（一）官府強豪的欺壓

　　國分六職，農民不僅清楚瞭解自己的義務，也認清近乎世襲的階層限制，故「子孫日已長，世世還復然」（柳宗元〈田家三首·一〉，《全唐詩》卷 353，頁 3954）的教育著整個家族。張籍〈野老歌〉云：

　　老農家貧在山住，耕種山田三四畝。苗疏稅多不得食，輸
　　入官倉化為土。歲暮鋤犁傍空室，呼兒登山收橡實。西江
　　賈客珠萬斛，船中養犬長食肉。(《全唐詩》卷 382，頁 4280)

貧農雖然有田地三、四畝，卻都是貧瘠的山地，根本不適合種植糧食作物，因此老農再怎麼努力耕耘，總是沒有好的成果。儘管土地收成不好，賦稅卻不會因而減少，農夫一家人必須餓著肚子，才能繳出令官府滿意的糧食數量。然而，官倉裡的糧食卻因陳年積壓，霉爛變質，再次化成大地的一部份。詩人以雙重視野看待官府的貪心，以「苗疏稅多不得食」吐露農民的負擔，一方面用「輸入官倉化為土」呈現官府索取無度。作品後面四句，張籍同樣以商賈與農民相比較，農家收割完卻「空室」，對比商船上的「珠萬斛」；農夫呼兒到山上採橡實，雖然營養價值不高還能勉強果腹，與後句「船中養犬長食肉」相較之下，希望凸顯社會中真正的弱勢族群。

　　張碧〈農夫〉同樣提出農民竭盡所能完成職分內的義務，卻無法獲得安穩生活的社會現象，詩云：

　　運鋤耕斸侵星起，隴畝豐盈滿家喜。到頭禾黍屬他人，不

知何處抛妻子。(《全唐詩》卷 469，頁 5338)

收穫時「豐盈」的成果，馬上成為「他人」倉庫的庫存。農民不擔心自己，只怕到頭來會妻離子散。究其原因，土地私有的擴大，失去自己田地的農民，僅能為豪強地主工作，所得多數落入地主手中。另外，中唐以後，實施兩稅法，以「量出為入」為由，估計最大限度的財政支出，遂從「食人」者身上獲取。國家本應該要在農民完成義務後，相對盡到用體制、法治保護人民的責任，現實情況卻大相逕庭：

> 官倉老鼠大如斗，見人開倉亦不走。健兒無糧百姓飢，誰遣朝朝入君口。(曹鄴〈官倉鼠〉，《全唐詩》卷 592，頁 6866)

> 父耕原上田，子斸山下荒。六月禾未秀，官家已修倉。(聶夷中〈田家〉，《全唐詩》卷 636，頁 7300)

> 去歲初眠當此時，今歲春寒葉放遲。愁聽門外催里胥，官家二月收新絲。(唐彥謙〈採桑女〉，《全唐詩》卷 672，頁 7280)

曹鄴以《詩經‧國風‧碩鼠》〔註6〕的典故為底，描寫鼠輩根本無視開倉送糧食的人類。詩人以骨瘦如柴的納稅人，比對肥碩的官倉鼠的真實案例，以達到「誰遣朝朝入君口」的提問機會。第二首〈田家〉用「賦」的手法，寫官府「未雨綢繆」的作法，是家中有在多男丁躬耕也擔負不起的。第三首作品，描寫官家不只催促著糧食作物的生產，對於絲織品的進度，也是一時半刻也不能等。

面對官府索取無度的行為，有些農民「努力憫經營」(柳宗元〈田家三首‧二〉，《全唐詩》卷 353，頁 3954)以免遭受牢獄之災，而邵

〔註6〕原文如下：碩鼠碩鼠，無食我黍。三歲貫女，莫我肯顧。逝將去女，適彼樂土。樂土樂土，爰得我所。碩鼠碩鼠，無食我麥。三歲貫女，莫我肯德。逝將去女，適彼樂國。樂國樂國，爰得我直。碩鼠碩鼠，無食我苗。三歲貫女，莫我肯勞。逝將去女，適彼樂郊。樂郊樂郊，誰之永號。〔漢〕鄭元（箋）、〔唐〕孔穎達等（正義）：《詩經正義》，臺北：藝文印書館（十三經注疏本），1982 年，頁 28。以下同出本書者，僅在文本後標示書名以及頁數，不另加註。

謁〈歲豐〉描寫另一種心境的農民，詩云：

> 皇天降豐年，本憂貧士食。貧士無良疇，安能得稼穡。工
> 傭輸富家，日落長歎息。爲供豪者糧，役盡匹夫力。天地
> 莫施恩，施恩強者得。（《全唐詩》卷605，頁6995）

上天憂「貧士食」、「貧士無良疇」，因而降下適度的水與陽光，希望
農民可以有一個好年歲，農民卻婉拒上天的好意。究其原因，他們深
刻的瞭解，即使再多的收成，也難以滿足官府「量出爲入」的估計值。
最後，他們只能賤賣自己的勞力與汗水，作福官府與豪強。

（二）貪吏的巧取豪奪

農民努力耕耘，僅求保全家人與生活的工具，就能感到心滿意
足。王建〈田家行〉云：

> 男聲欣欣女顏悅，人家不怨言語別。五月雖熱麥風清，簷
> 頭索索繰車鳴。野蠶作繭人不取，葉間撲撲秋蛾生。麥收
> 上場絹在軸，的知輸得官家足。不望入口復上身，且免向
> 城賣黃犢。回家衣食無厚薄，不見縣門身即樂。（《全唐詩》
> 卷298，頁3382）

固然頭頂炙熱的陽光，加上五月吹來的信風又悶又熱，正在田裡農作
的農民們，無分男女老幼，各個臉上卻掛著幸福的微笑。因爲他們知
道，此時的烈日與麥信是豐收的預兆。爲了支付龐大的義務，農民面
對沈重的稅額負擔，日夜擔心家庭會因爲不堪重擔而支離破碎。是
故，前四句如此暢快的語調，表現出農民獲得能夠完成當年輸稅的責
任，心理壓力頓時排解不少。末句「回家衣食無厚薄，不見縣門身即
樂」，是詩人在農民身上看到過於簡單的幸福，以及完全的社會弱勢。

元結在〈賊退示官吏〉一詩，憶及唐代前期的盛世太平年，認
爲均田制度與租庸調法的實施，可以達到與民休息的境界。接著，
一場安史之亂帶來連年戰事，平定之後，還有繼續發生的零星叛亂，
詩云：

  ……城小賊不屠，人貧傷可憐。是以陷鄰境，此州獨見全。

  使臣將王命，豈不如賊焉。今彼徵斂者，迫之如火煎。誰

  能絕人命，以作時世賢。……（《全唐詩》卷 241，頁 2705）

盜賊傷憐貧村已經家徒四壁的農民百姓，故鄰境已經淪陷，此地猶「健全」。晚一步到達的使臣，完全忘記知識分子應該是以道濟人，假藉王命對百姓進行掠奪，與盜賊不能相比。《文獻通考・田賦》記載：

  貞元三年，時歲事豐稔，上因畋入民趙光奇家。問：百姓

  樂乎，對曰：不樂。上曰：時豐，何故不樂。對曰：詔令

  不信。前云兩稅之外悉無他徭，今非稅而誅求者，殆過於

  稅，詔書優恤徒空文耳。〔註7〕

透過唐德宗與農民的對話，明白揭示唐代官府官吏執行詔書時，僅擷取對自己有利者，就算明令「稅外加一物，皆以枉法論」（《全唐詩》卷 425，白居易〈秦中吟十首・重賦〉，頁 4674），這些國家官員依舊作威作福，做著比盜賊更過份的事。司馬扎〈鋤草怨〉再現一位農民透露的心理掙扎，詩云：

  種田望雨多，雨多長蓬蒿。亦念官賦急，寧知荷鋤勞。亭

  午霽日明，鄰翁醉陶陶。鄉吏不到門，禾黍苗自高。獨有

  辛苦者，屢為州縣徭。罷鋤田又廢，戀鄉不忍逃。出門吏

  相促，鄰家滿倉穀。鄰翁不可告，盡日向田哭。（《全唐詩》

  卷 596，頁 6901）

農民知道納稅是義務，但是一年三百六十五天都不敢懈怠的他們，最終還是要倚重上天降下的雨水、陽光等促成稼穡生長的因素，才能有「果實」可收穫。官吏卻年年、天天上門討取稅賦，而且愈是按時繳稅者愈是聲聲催。影響所及，望著鄰家盈滿的倉庫，辛苦的農民邊鋤草邊想「罷鋤田又廢」，但是他們與土地的情感太過深厚，根本「戀鄉不忍逃」，無法真正化為行動。

〔註7〕〔元〕馬瑞臨：《文獻通考》卷3，臺北：臺灣商務印書館，1987 年，

   頁 49。以下同出本書者，僅在文本後標示書名以及頁數，不另加註。

貪官污吏們狐假虎威，以「懷中一方板，板上數行書」欺騙善良的百姓，而且是「縣官踏餐去，簿吏復登堂」（《全唐詩》卷 391，李賀〈感諷五首·一〉，頁 4411）的共犯結構，農民百姓根本應付不及，杜荀鶴〈田翁〉：「官苗若不平平納，任是豐年也受飢」（《全唐詩》卷 693，頁 7980）道出農民的弱勢。白居易〈杜陵叟〉描述元和三年（808）發生的旱災，詩云：

> 杜陵叟，杜陵居，歲種薄田一頃餘。三月無雨旱風起，麥苗不秀多黃死。九月降霜秋早寒，禾穗未熟皆青乾。長吏明知不申破，急斂暴徵求考課。典桑賣地納官租，明年衣食將何如。剝我身上帛，奪我口中粟。虐人害物即豺狼，何必鉤爪鋸牙食人肉。

詩中的農民擁有百畝土地，三月，稻苗正需要水滋潤的時節卻遇到旱災，禾苗水分不夠致使枯黃；九月，稼穡收割前最重要的是陽光充分照射，卻碰到降霜早寒的天氣變異。「長吏明知不申破，急斂暴徵求考課」一句，凸顯地方官吏最瞭解災情的嚴重程度，卻爲保持政績，不向朝廷奏報欠收的情況。緣此農民僅能「典桑賣地」以繳交官租，忍無可忍之下，農民才道出自己被豺狼虎豹「奪身上帛」、「奪口中粟」的委屈。

> 不知何人奏皇帝，帝心惻隱知人弊。白麻紙上書德音，京畿盡放今年稅。昨日里胥方到門，手持尺牒牓鄉村。十家租稅九家畢，虛受吾君蠲免恩。（《全唐詩》卷 427，頁 4704）

有人不忍奏中央，統治者得知地方的疏失，在瞭解災情之後，下詔免除當地百姓的賦稅。然而，白居易記錄後半部的作爲，並非歌頌聖君。反之，據「十家租稅九家畢，虛受吾君蠲免恩」一句，可知詩人側重在諷刺朝廷對於官員的一再縱容。

綜合上述，中唐以後，黎民百姓在面對不公平田制與稅制之餘，還要費心克服來自上天的常暘、水潦與生物災害。除此之外，從安史之亂開始大量投入戰事，以致國庫虧空。爲了使國家正常運作，政府

與官吏交相賊，奪取人民的收成。抑或，貪官污吏爲滿足私欲，以國家之名欺騙善良百姓，一筆筆的人爲災禍都被紀錄在中唐詩人的詩歌作品當中。

三、無依婦女的絕對弱勢

　　傳統中國以農立國，而家庭的結構以男耕女織爲分工模式。女子平時主內務，打理家中的大小事，一方面還以紡織、女紅貼補家庭的經濟，如鮑溶〈采葛行〉：「葛絲茸茸春雪體，深澗擇泉清處洗。殷勤十指蠶吐絲，當窗嫋嫋聲高機。織成一尺無一兩，供進天子五月衣」（《全唐詩》卷487，頁5538）。在春播秋收的農忙期間，也必須協助幫忙。農業社會的女子，雖然是「婦姑采桑不向田」（《全唐詩》卷382，張籍〈江村行〉，頁4291～4292），工作性質沒有男性來得粗重，但是一樣頭頂太陽，只爲了侍奉桑蠶，期能吐出愈多愈好的桑織，才能保證織物的品質。王建〈簇蠶辭〉描寫一次收穫的經驗，詩云：

> 蠶欲老，箔頭作繭絲皓皓。場寬地高風日多，不向中庭燃
> 蒿草。神蠶急作莫悠揚，年來爲爾祭神桑。但得青天不下
> 雨，上無蒼蠅下無鼠。新婦拜簇願繭稠，女灑桃漿男打鼓。
> 三日開箔雪團團，先將新繭送縣官。已聞鄉里催織作，去
> 與誰人身上著。（《全唐詩》卷298，頁3379）

農家飼養的桑蠶，終於到了吐絲結繭的階段。女子聽見風聲籟籟，擔心害怕雨一落，蠶絲的品質就會受到影響，因而上壇祭祀，希望上天在這段時間內降雨，希望蠶神保佑一切順利，沒有鼠輩害蟲的侵害。所幸，農家又是「灑桃漿」，又是「打鼓」的祈禱儀式奏效，團團雪白絲繭讓農家感到欣慰。如前所述，農家在享有豐收結果之前，總是先想到納稅的義務，而貪官污吏更是不斷提醒著他們，最後四句，一個「送」字一個「催」字，詩人點出農家的憨直以及官府的可惡。

　　王建〈簇蠶辭〉描寫的婦女，尚有丈夫陪伴左右，兩人同心協力，再苦的日子也都勉強能過。而李嘉祐〈題靈臺縣東山村主人〉一詩云：

處處征胡人漸稀，山村寥落暮煙微。門臨莽蒼經年閉，身
逐嫖姚幾日歸。貧妻白髮輸殘稅，餘寇黃河未解圍。天子
如今能用武，祗應歲晚息兵機。（《全唐詩》卷207，頁2163）

前半提及家中丁壯，因戰亂尚未平息，依舊在遠方戰場保衛國家。守
著寒家的婦女日夜奔波頭髮白，只為打不完的戰爭，以及怎麼也繳納
不完的稅額。再者，「山村寥落暮煙微」揭示此非僅一家的特殊情況，
而是整片村落婦女都遇到的不幸。末句言「天子如今能用武，祗應歲
晚息兵機」，眼見上述情況的詩人，自發地替婦女發聲，懇求統治者
停止戰爭，保護自己的百姓。又元稹〈酬樂天東南行詩一百韻〉一詩，
描述中唐時期力役頻繁，破壞農村的安寧，而「防戍兄兼弟，收田婦
與姑」指出婦女為了生活，在女紅之外，只好代為耕田。無依的婦女
也想過「拔家逃力役」，卻擔心「連鎖責連誅」（《全唐詩》卷 407，
頁4531），四鄰親友可能因此成為攤逃政策下的受難者。

　　元稹〈織婦詞〉一口氣描寫三位女子的心聲，詩歌前半部述說丈
夫征戰前線，在家等候的婦女不得閒的情況，詩云：

織婦何太忙，蠶經三臥行欲老。蠶神女聖早成絲，今年絲
稅抽徵早。早徵非是官人惡，去歲官家事戎索。征人戰苦
束刀瘡，主將勳高換羅幕。繰絲織帛猶努力，變緝撩機苦
難織。……（《全唐詩》卷418，頁4607）

丈夫不在身邊，不僅家庭生活不完整，經濟重擔全壓在婦女的身上。
官府徵絲稅的辦法，有「今年絲稅抽徵早」、「去歲官家事戎索」的對
照，揭示官吏根本沒有按照律令，每年都不一樣。究其原因，今年提
早徵絲稅，是前線國家要擢升戰場主將的官階以酬勞軍功，官府正在
奔波準備要給他的賞賜。詩人首先以「征人戰苦束刀瘡」提問，此刻
調至戰場的丁壯，大敗了嗎？不辛苦嗎？沒有受傷嗎？話鋒一轉，以
「繰絲織帛猶努力，變緝撩機苦難織」明白指出，少數人的勢威是建
立在一個個破碎的家庭之上。杜甫曾更加直白揭露，詩云：

……鄴中事反覆，死人積如丘。諸將已茅土，載驅誰與謀。

（杜甫〈遣興三首・二〉，《全唐詩》卷 218，頁 2286）

戰事大小不停，犧牲者的人數不斷攀升，將士們的官爵卻屢屢加級。升官的將士們調回中央，造成家屬想要找到自己的家人，卻無人可問的情況。

杜荀鶴〈山中寡婦〉云：

> 夫因兵死守蓬茅，麻苧衣衫鬢髮焦。桑柘廢來猶納稅，田園荒後尚徵苗。時挑野菜和根煮，旋斫生柴帶葉燒。任是深山更深處，也應無計避征徭。（《全唐詩》卷 692，頁 7958）

詩歌描述戰爭無情奪走了婦人的丈夫，失去家中支柱的寡婦，躲到深山之中，卻還是躲避不了各種苛捐雜稅。家中已無人力可以墾田種樹，寡婦衣衫破爛，甚至連養活自己都很困難，根本無法繳納任何的稅賦，因此只能在每一次官府徵稅時，往山的更深處藏身。又有其他詩人之作：

> 復有貧婦人，抱子在其傍。右手秉遺穗，左臂懸敝筐（《全唐詩》卷 424，白居易〈觀刈麥〉，頁 4656）

> 處處魯人髽，家家杞婦哀。少者任所歸，老者無所攜。（《全唐詩》卷 608，皮日休〈卒妻怨〉，頁 7019）

> 山前有熟稻，紫穗襲人香。細獲又精舂，粒粒如玉璫。持之納於官，私室無倉箱。如何一石餘，只作五斗量。狡吏不畏刑，貪官不避贓。農時作私債，農畢歸官倉。（《全唐詩》卷 608，皮日休〈橡媼歎〉，頁 7019）

以上三首作品的共同點，在詩歌內容中，皆未言及家庭中的主要勞力——男丁，而側重在描寫無依婦女。第一首詩的貧婦先因為賦稅繁重，不得不將賴以維生，有深厚情感的土地變賣，換得應付一次納稅的機會。不論婦人的丈夫在戰場或是外出做生意，就是不在她的身邊。因而，她只能攜子來到他人正在收割的田邊，撿拾掉落的稼穡。第二首〈卒妻怨〉從詩歌名稱到內容，在在提醒著統治者，經年著征

戰不是爲民，農村的男女比例失衡，乃至消耗國家最重要的勞動力。又〈橡媼歎〉描寫情況看似好些的婦人，經過整年的努力不懈，能夠聞到撲鼻的香氣，眼見雪白的米粒。終究，婦人還是先將熟稻送往官府，哪知官吏使詐，以大斗收進，使得農婦一粒米也嚐不到。

據以觀察，對於無依婦女的書寫，集中在安史之亂之後。大型戰爭的摧殘，使得農村男女比例失衡，勞力分配因而改變。對於婦女而言，不管氣候異常，賦稅繁重，抑或飢寒交迫的日子，只要能夠與家庭、與丈夫共同攜手，就有一座安穩的靠山，步履蹣跚也能夠走下去。影響所及，失去一家之主的陪伴，事倍功半的人生，是憫農詩歌極爲關注，中唐社會的絕對弱勢。

第二節　憫農書寫所反映的農民問題

不論是儒家文化灌輸的理想化情懷，還是京城場域所禁限的視角，隨著唐代詩人將職業與志業分開以後，逐漸展現不同於以往的面貌。在「勸學」與「勸農」的雙向發展，或著「治人」與「治於人」、「食於人」與「食人」階層分工的性質中，士人與農民的關係，從來被塑造爲相對的二方。乃至唐代，詩人的歸田書寫，促使農民被納入他們的作品之中，如儲光羲〈田家即事〉描寫一位願意「撥食與田烏」（《全唐詩》卷 137，頁 1384）的農夫，詩人雖然以即事爲主軸，對於「農」生活困苦的處境，卻無深切瞭解，故意境太過淺薄，與現實不符。

惟經常接觸自然之後，唐代詩人爲了進一步細緻描繪田園，探尋著農村、農家、農民的一切，在過程中發生「惻惻與心違」（《全唐詩》卷 136，頁 1373）的感觸，讓詩人們的「歸田」情節產生轉換。唐代詩人打破「拙於人事」的拘泥，開啓許多菁英與庶民的對話，賦予詩歌「根情，苗言，華聲，實義」（《全唐文》卷 675，白居易〈與元九書〉，頁 6888）的社會意義，用之反映唐代社會中，農民被迫面臨的難題。

一、氣候異常導致勞而無獲

（一）有關旱災

根據《新唐書・五行二・常暘》〔註8〕的記載，發生旱災的年份，共有七十一年。統計列表如下：

武德	三年（620）、四年（621）、七年（624）
貞觀	元年（627）、二年（628）、三年（629）、四年（630）、九年（635）、十二年（638）、十七年（643）、二十一年（647）、二十二年（648）
永徽	元年（650）、二年（651）、四年（653）
顯慶	五年（660）
總章	元年（668）、二年（669）
咸亨	元年（670）
儀鳳	二年（677）、三年（678）
永隆	二年（681）
永淳	元年（682）、二年（683）
永昌	元年（689）
神功	元年（697）
長安	二年（702）、三年（703）
神龍	二年（706）
太極	元年（712）
開元	二年（714）、十二年（724）、十四年（726）、十五年（727）、十六年（728）、二十四年（736）
永泰	元年（765）、二年（766）
大曆	六年（771）
建中	三年（782）
興元	元年（784）

〔註8〕〔宋〕歐陽修、宋祁撰：《新唐書》卷 35，北京：中華書局，1975
　　　年，頁 915～917。以下同出本書者，僅在文本後標示書名以及頁數，
　　　不另加註。

貞元	元年（785）、六年（790）、七年（791）、十四年（798）、十五年（799）、十八年（802）、十九年（803）
永貞	元年（805）
元和	三年（808）、四年（809）、七年（812）、八年（813）、十五年（820）
寶曆	元年（825）
大和	元年（827）、六年（832）、七年（833）、八年（834）、九年（835）
開成	二年（837）、四年（839）
會昌	五年（845）
大中	四年（850）
咸通	二年（861）、九年（868）、十一年（870）
廣明	元年（880）
中和	四年（884）
景福	二年（893）
光化	三年（900）

在此之中，尚有一年發生兩次以上旱災的情形，如「咸亨元年春，旱；秋，復大旱。」、「太極元年春，旱；七月復旱。」等記載。抑或旱災持續時間長，超過一季的紀錄不在少數，如「貞觀十七年春、夏，旱。」、「永徽二年九月，不雨，至于明年二月。」等。由此之可，唐代近三百年的歷史裡，有超過四分之一的時間飽受旱災所苦。

　　唐代總體的氣候溫度，較現今社會高，因此在許多詩人的作品，都有對於「苦熱」的反應，如王維〈苦熱〉勾勒用「赤日滿天地，火雲成山嶽。草木盡焦卷，川澤皆竭涸」出酷熱的景象，王維抱怨著如此炎熱的天氣，會有許多不便。然而，詩作提到「輕紈覺衣重，密樹苦陰薄」、「莞簟不可近，絺綌再三濯」（《全唐詩》卷125，頁1251）僅是無法排解熱氣的困擾，對於生命尚無危害，故詩人最後不忘宣揚以佛理消除炎熱的方法。惟農民難有如此愜意的心情，他們擔心高溫持續所產生的種種後果，甚至影響納稅、來年的生活等。如白居易〈夏旱〉云：

太陰不離畢，太歲仍在午。旱日與炎風，枯燋我田畝。金
石欲銷鑠，況茲禾與黍。嗷嗷萬族中，唯農最辛苦。憫然
望歲者，出門何所睹。但見棘與茨，羅生遍場圃。惡苗承
沴氣，欣然得其所。感此因問天，可能長不雨。（《全唐詩》
卷424，頁4667～4668）

作品描述大旱降臨，外面的氣溫高至可以融化金石的程度，稻苗哪裡
能夠承受，甚至連農民都不敢輕易挑戰長時間在戶外走動。因此，當
熱氣稍退，他們趕緊出門要整理田地，只見雜草叢生的景象，四處瀰
漫作物壞死的臭氣。

農夫辛苦耕耘、翻土、培植與插秧，還要不眠不休照顧，因為這
是農夫們隔年生活的全部寄託。他們不像官員有俸祿可領，也不像工
商業，一年四季有不同的產品可以獲取利益。碰上災禍，一年的收成
不好，等於提前宣告明年沒有安穩的生活。如齊己〈苦熱行〉云：

……火雲嶒嶸焚沆寥，東皋老農腸欲焦。何當一雨蘇我苗，
為君擊壤歌帝堯。（《全唐詩》卷847，頁9584）

眼見紅光烈日籠罩大地，農民們不只生理上受到嚴酷的考驗，擔心稻
苗沒有雨水的灌溉，會降低收穫的成果，自己卻無能為力的心理煎熬
更大。因此，農民為了保住作物，可以拿著家中僅剩的鍋碗瓢盆，齊
力跳舞歌頌君王，只希望透過天人相應，傳達自己對於上天的尊敬之
意，進而求得雨水的降臨。又李約〈觀祈雨〉云：

桑條無葉土生煙，簫管迎龍水廟前。朱門幾處看歌舞，猶
恐春陰咽管弦。（《全唐詩》卷309，頁3496）

詩中描述心急如焚的農民，在掌管雨水的龍王廟前舉辦祭典，祈求上
天能夠普降甘霖，拯救禾苗與自己。特別的是，詩歌後末兩句，以富
裕人家的角度看待這一場求雨的祭典，擔心若雨真的降下，會使得歌
舞宴會的樂器受潮。此詩歌作品，藉由一旱一雨，對照出富人的無關
緊要，以及貧農的無可奈何。

（二）有關洪災

在稻作生長的時間，需要陽光與雨水的配合，初期生長接受充足的陽光固然重要，若沒有雨水的配合，依舊無法期待豐收的成果。戴叔倫〈喜雨〉一詩，描寫大雨降臨的過程，詩云：

> 閒居倦時燠，開軒俯平林。雷聲殷遙空，雲氣布層陰。川上風雨來，灑然滌煩襟。田家共歡笑，溝澮亦已深。團團聚鄰曲，斗酒相與斟。樵歌野田中，漁釣滄江潯。蒼天暨有念，悠悠終我心。（《全唐詩》卷273，頁3068）

先聞雷聲響，眼見烏雲靠近，雲層逐漸累積，風起雲湧之時，雨水落下的那刻，終於洗脫農民心中的不安。當農民見到田間水渠注入的水量，才能眉開眼笑，與家人們一同期待豐收之日。

然而，若降雨時間與稻作產物不能配合，將導致收成不佳的結果。或者，降雨的時間過長，瞬間的降雨量過多等等，只要上天有一丁點失準，黎民百姓則面臨洪災的危害。本文以《新唐書・五行三・水不潤下》（卷36，頁927～934）的記載，統計列表如下：

貞觀	三年（629）、四年（630）、七年（633）、八年（634）、十年（636）、十一年（637）、十六年（642）、十八（644）、十九（645）、二十一（647）、二十二年（648）
永徽	元年（650）、二年（651）、四年（653）、五年（654）、六年（655）
顯慶	元年（656）、四年（659）
麟德	二年（665）
總章	二年（669）
咸亨	元年（670）、二年（671）、四年（673）
上元	三年（676）
永隆	元年（680）、二年（681）
永淳	元年（682）、二年（683）
文明	元年（684）
如意	元年（692）
長壽	二年（693）

萬歲通天	元年（696）
神功	元年（697）
聖曆	二年（699）、三年（700）
久視	元年（700）
長安	三年（703）、四年（704）
神龍	元年（705）、二年（706）
景龍	三年（709）
開元	三年（715）、四年（716）、五年（717）、八年（720）、十年（722）、十二年（724）、十四年（726）、十五年（727）、十七年（729）、十八年（730）、十九年（731）、二十年（732）、二十二年（734）、二十七年（739）、二十八年（740）、二十九年（741）
天寶	四載（745）、十載（751）、十三載（754）
廣德	元年（763）、二年（764）
大曆	元年（766）、二年（767）、七年（772）、十年（775）、十一年（776）、十二年（777）
建中	元年（780）
貞元	二年（786）、三年（787）、四年（788）、八年（792）、十一年（795）、十二年（796）、十三年（797）、十八年（802）
永貞	元年（805）
元和	元年（806）、二年（807）、四年（809）、六年（811）、七年（812）、八年（813）、九年（814）、十一年（815）、十二年（816）、十三年（817）
長慶	二年（822）、四年（824）
寶曆	元年（825）
大和	二年（828）、三年（829）、四年（839）、五年（831）、六年（832）、七年（833）、八年（834）
開成	元年（836）、三年（838）、四年（839）、五年（840）
會昌	元年（841）
大中	十二年（858）、十三年（859）
咸通	元年（860）、四年（863）、六年（865）、七年（866）、十四年（873）
乾符	三年（876）

乾寧	三年（896）
光化	三年（900）

根據上表，發生水災的年度，共一百零三年，占唐代三分之一的時間。其中，與乾旱災禍在同一年前後出現者，共二十六年，如開元十二年「六月，豫州大水。八月，兗州大水。」、「七月，河東、河北旱……九月，蒲、同等州旱。」，對於農作物生長最重要的季節，河南、河北、河東，甚至是稻作產量豐富的東南地區都分別受到水旱災的侵襲。又從大和元年到九年，連年有自然災害，六年到八年，更是水旱災同時發生。

　　由上述可知，這種上天降下自然災害，並不是發生在單一的時期，每個時期也都有詩人為底層的百姓發聲。盛唐詩人高適，在〈東平路中遇大水〉記載天寶四載（745）秋天發生水災的情形，詩云：

> 天災自古有，昏墊彌今秋。霖霪溢川原，澒洞涵田疇。指途適汶陽，挂席經蘆洲。永望齊魯郊，白雲何悠悠。傍沿鉅野澤，大水縱橫流。蟲蛇擁獨樹，麋鹿奔行舟。稼穡隨波瀾，西成不可求。室居相枕藉，蛙黽聲啾啾。仍憐穴蟻漂，益羨雲禽游。農夫無倚著，野老生殷憂。聖主當深仁，廟堂運良籌。倉廩終爾給，田租應罷收。我心胡鬱陶，征旅亦悲愁。縱懷濟時策，誰肯論吾謀。（《全唐詩》卷212，頁2214）

內容提及大水肆意橫流，蟲鳥蛇獸主動攀樹奔舟，只為活命，然而稻嫁作物是扎在土裡，根本不會也不能夠移動，農民只能眼睜睜看著稼穡淹沒，接受秋收無望的結果，無盡等待暴水退去的那天。此乃高適經東平至汶陽的途中親眼所見，身為「治人」的身分，他對於百姓正在面臨痛苦，而自己想要上書卻無能為力的情況深覺鬱悶。又如中唐詩人白居易〈大水〉云：

> 潯陽郊郭間，大水歲一至。閭閻半飄蕩，城堞多傾墜。蒼

> 茫生海色，渺漫連空翠。風卷白波翻，日煎紅浪沸。工商
> 徹屋去，牛馬登山避。況當率稅時，頗害農桑事。……（《全
> 唐詩》卷 424，頁 4271）

潯陽位於長江最常氾濫的段落，大水每年都會拜訪農民。這時，習以
為常的百姓，早就做好移動的準備，從事工商者可以徹屋，飼養牛馬
者可以避走高處，只有農作物不能移動，還有徵收的賦稅不會減少。

　　除了農民一心一意的耕耘之外，促使農作物長成，陽光、水是不
可或缺的重要條件，陽光使稼穡與土地更加親密，至其健康的成長，
水分充足可以讓作物數量增加。以下兩首詩比對，可見農民在陽光與
水之間糾結的心情：

> 千形萬象竟還空，映水藏山片復重。無限旱苗枯欲盡，悠
> 悠閒處作奇峰。（《全唐詩》卷 642，來鵠〈雲〉，頁 7358）

> 嘗聞秦地西風雨，為問西風早晚回。白髮老農如鶴立，麥
> 場高處望雲開。（《全唐詩》卷 471，雍裕之〈農家望晴〉，
> 頁 5351）

兩首作品都是描寫農民引頸期盼，焦急萬分之貌，然而他們等待的卻
是相反的天氣現象。前者描寫農民望著晴空萬里的天空叩問，何時才
能降下甘霖，讓作物讓稻作更加飽滿。後者描述已完成收割的農民，
在曬穀的過程中，天天逢西風雨，他們望眼欲穿，想要問上天，哪
天可以暫歇充滿濕氣的雨和風，好讓擺在倉庫的作物能夠完成曬乾、
儲存的動作。

（三）有關蝗害

　　中國地區常見的東亞飛蝗，共有五齡。即蝗蟲經卵—若蟲—成蟲
三個階段，是為一齡。〔註9〕根據《新唐書·五行三·蝗》（卷 36，
頁 938～939）記載：

〔註9〕詳見莊振旗：《雨飛蠶食千里間，不見青苗空赤土——唐代的蝗災與
　　　救災》，臺中：中興大學歷史學系碩士論文，2010 年，頁 12～13。

武德	六年（623）
貞觀	二年六月（628）、三年五月（629）、四年秋（630）、二十一年秋（647）
永徽	元年（650）
永淳	元年三月（682）
長壽	二年（693）
開元	三年七月（715）、四年夏（716）、二十五年（737）
廣德	二年秋（764）
興元	元年秋（784）
貞元	元年夏（785）
永貞	元年秋（805）
元和	元年夏（806）
長慶	三年秋（823）
開成	元年夏（836）、二年六月（837）、三年秋（838）、五年夏（840）
會昌	元年七月（841）
大中	八年七月（854）
咸通	三年六月（862）、六年（865）八月、七年夏（866）、九年（868）、十年夏（869）
乾符	二年（875）
光啓	元年秋（885）、二年（886）

最適合其發育的溫度是在二十五度到四十度之間。因此，蝗蟲的第一齡多是在夏季，秋蝗則是第二齡。換言之，正值農作物成長、成熟的夏、秋時節，也是最有可能發生蝗害的時間點。

不論是旱災或洪澇的自然災害，慣於看著上天吃飯的農民，尚能夠理解並且接受，對他們而言，最可怕的災害莫過於突發性的蝗禍。戴叔倫〈屯田詞〉云：

> 春來耕田遍沙磧，老稚欣欣種禾麥。麥苗漸長天苦晴，土乾确确鋤不得。新禾未熟飛蝗至，青苗食盡餘枯莖。捕蝗歸來守空屋，囊無寸帛缾無粟。十月移屯來向城，官教去伐南山木。驅牛駕車入山去，霜重草枯牛凍死。艱辛歷盡

誰得知，望斷天南淚如雨。（《全唐詩》卷 273，頁 3071）
詩歌首先描述農夫一家人辛勤地把新苗植入土裡，即使他們清楚自己
所能努力的土地，根本是不利於糧食作物生長的沙地，還是冀望獲得
一家能繼續生存的糧食。結果，不斷升高的氣溫，讓沒有雨水灌溉的
稻稼奄奄一息。再者，毫無預警、群擁而至的飛蝗，啃食禾苗殆盡。
農民不願放棄希望，依舊做著撲殺蝗蟲的動作。然而，依據農家的經
驗，凡是蝗蟲襲來，預告將會有更大的自然災害。這樣的經驗談，只
有三百六十五天，將自己一生都種在土裡的農民瞭解，官吏、政府無
從得知也。因此，農民在無法溫飽的情況下，依舊要為了繳納各種稅
賦想辦法。詩人最後以「淚如雨」作結，一表農民的委屈，一表自身
憫農之苦。

　　白居易〈捕蝗〉記錄的蝗災，正是發生在貞元元年（805）夏天
〔註10〕，唐代最嚴重的蝗禍之一，詩云：

> 捕蝗捕蝗誰家子，天熱日長飢欲死。興元兵後傷陰陽，和
> 氣蠹蠹化爲蝗。始自兩河及三輔，薦食如蠶飛似雨。雨飛
> 蠶食千里間，不見青苗空赤土。河南長吏言憂農，課人晝
> 夜捕蝗蟲。是時粟斗錢三百，蝗蟲之價與粟同。捕蝗捕蝗
> 竟何利，徒使飢人重勞費。一蟲雖死百蟲來，豈將人力定
> 天災。我聞古之良吏有善政，以政驅蝗蝗出境。又聞貞觀
> 之初道欲昌，文皇仰天吞一蝗。一人有慶兆民賴，是歲雖
> 蝗不爲害。（《全唐詩》卷 426，頁 4694～4695）

詩歌描述經年的用兵，造成天地失序。惡性循環之下，造成氣溫上升，
蝗蟲如暴雨一般降臨，只是這場蝗蟲雨不是幫助稼穡成長的助力，而
是吞噬農民一年辛苦與寄託的災難。而「河南長吏言憂農，課人晝夜

〔註10〕《新唐書・五行二》云：貞元元年春，旱，無麥苗，至於八月，旱
　　　甚，灞、滻將竭，井皆無水。六年春，關輔大旱，無麥苗；夏，淮
　　　南、浙西、福建等道大旱，井泉竭，人渴且疫，死者甚眾。（《新唐
　　　書》卷 35，頁 917）

捕蝗蟲」一句，揭示災區的地方官以憂民為藉口，實際上，官吏是擔心自己的考績，會被這些災疫拖累，因而要求百姓夜以繼日的捕蟲，以粉飾災情的嚴重程度。末四句，詩人提出「太宗吞蝗」的事蹟，凸顯良吏善政、以政驅蝗、天人相應的相對關係。

　　綜合上述，有關氣候異常的憫農詩歌，內容反映農民出於對自然界的敬畏之意，不論遇到何種自然災禍都無條件接受結果。然而，使他們真正感到無奈的是遭受災厄之後，依舊要面臨官府與官吏催促賦稅，剝奪保命糧食的舉動。

二、丁壯征戰造成的勞力短缺

（一）屋中無男丁

　　唐代是個文武並用的時代，初期戰爭主要發生在爭奪領土，故對外戰爭居多，衍生的是雄渾氣派的邊塞詩，如王昌齡〈從軍行七首・四〉云：

> 青海長雲暗雪山，孤城遙望玉門關。黃沙北戰穿金甲，不
> 破樓蘭終不還。（《全唐詩》卷143，頁1444）

詩人透過清而壯，婉而健的遣辭用字，同時表現軍隊高亢的戰鬥力，以及勢在必得的決心。隨著國家疆界不斷地擴展，唐代詩人曾經歌頌著統治者馬上得天下的功績。然而，當詩人們親身經歷戰爭的可怕，眼見農村因為每一場戰爭所付出的種種，憐憫情懷逐漸取代雄渾之氣。

　　安史之亂是重創大唐帝國的一場內戰，歷時長達九年的時間，對於唐代社會帶來巨大的衝擊，元結〈酬孟武昌苦雪〉云：

> ……兵興向九歲，稼穡誰能憂。何時不發卒，何日不殺牛。
> 耕者日已少，耕牛日已希。……（《全唐詩》卷241，頁2709）

國家的統治者一心只想著，如何打贏戰爭，奪回盛世之名。影響所及，君王根本無下顧及天下百姓的生計，甚至為了達到目的，不惜一次又一次的招兵買馬，奪走農家重要的勞力，甚至連耕田使用的牛畜都逼

趕到戰場。農村剩下的人力，僅有老弱婦孺，處處都是荒涼蕭索之景：

> 兵火有餘燼，貧村纔數家。（《全唐詩》卷 239，錢起〈江行
> 一百首〉，頁 2679）

> 廢井莓苔厚，荒田路徑微。（《全唐詩》卷 268，耿湋〈宋中〉，
> 頁 2976）

以軍隊相對照，雖然死傷也有，但人氣還算蓬勃，反之村落已是人煙稀落的情況。尤其看著漫生綠苔的井口，將近崩塌的田埂路，讓人不禁擔心留在家中的妻女該如何是好。固然家中已無男丁可以從事農業生產，婦女卻秉持「生男不能養」（《全唐詩》卷 383，張籍〈西州〉，頁 4294）的信念，因為辛苦拉拔長大的孩子，終究是要送至前線作戰。

司馬扎〈古邊卒思歸〉直寫本業為農夫卻「有田不得耕」，被徵為鄉兵後，只能用「夢中稻花香」一解自己對於家鄉的思念。最後，詩人向貪婪的國君提出疑問，「邊土無膏腴，閞地何必爭。徒令執耒者，刀下死縱橫。」（《全唐詩》卷 596，頁 6900）國家百姓已經犧牲奉獻，即使再豐饒的土地，也無人可以耕耘。韋莊〈憫耕者〉一詩，帶有濃厚的批評意味，詩云：

> 何代何王不戰爭，盡從離亂見清平。如今暴骨多於土，猶
> 點鄉兵作戍兵。（《全唐詩》卷 700，頁 8044）

詩人認為戰爭乃是治國的手段之一，是為了使人民在更好的環境生活。如今打不完的仗，反而是拖垮國家人力，使國家更加混亂的始作俑者。或許當事者迷，因而中唐的詩人們，本著義務提醒統治者，其真正應該獲得的不是物質的滿足，而是來自百姓的支持。元結〈喻常吾直〉云：

> 山澤多飢人，閭里多壞屋。戰爭且未息，徵斂何時足。……
> （《全唐詩》卷 241，頁 2708～2709）

詩歌中揭示的時代條件：飢人、壞屋、戰爭，都不利於國家的運作，而統治者想到的解決方式，不是「保惠于庶民」，而是用徵斂的方式

填補不斷虧空的國庫，實乃一大錯誤。又孟郊〈弔國殤〉云：

> 徒言人最靈，白骨亂縱橫。如何當春死，不及群草生。堯
> 舜宰乾坤，器農不器兵。秦漢盜山岳，鑄殺不鑄耕。天地
> 莫生金，生金人競爭。(《全唐詩》卷 381，頁 4269)

以古代賢君舉例，告訴君王重農一事，與任何事相比都應該要是第一順位，必須要懂得保護「食人」者，才能確保國勢長久。

（二）男耕女織模式瓦解

張祜〈悲納鐵〉以古今對照，凸顯治理國家之道，乃建基在農業活動之上，詩云：

> 長聞爲政古諸侯，使佩刀人盡佩牛。誰謂今來正耕墾，卻
> 銷農器作戈矛。(《全唐詩》卷 511，頁 5850)

詩人明白指出，統治者雖能馬上得天下，卻不能僅倚重武力治國。終究，能使國家步入軌道，是農業生產活動所帶來的平和與穩定。緣此，作品後二句提醒統治者，其所選擇的治國方針，與眞正的正道互相背離。

而傳統中國的農業社會，是依靠一家老少婦子分工合作，「以其婦子，饁彼南畝」(《詩經・小雅・大田》，頁 472) 才能夠獲得良好的收成。安史之亂後，經年的戰爭，摧毀男耕女織的農業家庭分工：

> 戰爭處處征胡人漸稀，山村寥落暮煙微。(《全唐詩》卷 207，
> 李嘉祐〈題靈台縣東山村主〉，頁 2163)

> 降虜東擊胡，壯健盡不留。(《全唐詩》卷 218，杜甫〈遣興
> 三首・二〉，頁 2286)

家無男丁，村無男丁，僅有老弱婦孺守著殘破不堪的家，甚至有些戰爭波及的地區，連家徒四壁都稱不上，如張繼〈送鄒判官往陳留〉云：

> 齊宋傷心地，頻年此用兵。女停襄邑杼，農廢汶陽耕。……
> (《全唐詩》卷 242，頁 2720)

此乃兵荒之後，張繼贈人以言，希望鄒氏前往任官地時，切忌以深仁

薄賦的方式，治理那些已經不完整的家庭。

如前所述，當戰爭襲來，丁壯被迫征戰，農村裡的女子還沒來得及思考前線的人是否已「刀下死縱橫」（《全唐詩》卷596，司馬扎〈古邊卒思歸〉，頁6900），分工瓦解的難題首先衝擊她們。由於女子在體型與體力的生理結構不及男人，故「丈夫則帶甲，婦女終在家」時，受限於女子「力難及黍稷」，只能選擇種植蔬菜與桑麻。（《全唐詩》卷217，杜甫〈喜雨〉，頁2271）但是，負責收租的官吏，根本無心考量男女之間有何差別。戴叔倫〈女耕田行〉云：

> 乳燕入巢筍成竹，誰家二女種新穀。無人無牛不及犁，持刀斫地翻作泥。自言家貧母年老，長兄從軍未娶嫂。去年災疫牛困空，截絹買刀都市中。頭巾掩面畏人識，以刀代牛誰與同。姊妹相攜心正苦，不見路人唯見土。……（《全唐詩》卷273，頁3070）

詩歌描寫一對姊妹獨自承擔經濟的重責大任。究其原因，兄長從軍前尚未娶親，家中僅剩三個女人，而母親年事已高，她們只好下田耕種，以期能準時繳納家中所要負擔的稅額。素來福無雙至，禍不單行，家中的耕牛受還到災疫波及而亡，姊妹只好「截絹買刀」，過著無法回頭的生活。超過女子體力負擔的躬耕活動使人疲累，對於嫁作人婦已經不抱希望，還是「頭巾掩面」、「唯見土」，深怕被人認出來。若是無法勝任勞力粗重者，只能選擇加快織布速度，以完成官府要求的納稅額。

從統治者到貪官胥吏的巧取豪奪，致使農家的賦稅繁重，加上連年的丁壯征戰，致使農家勞力短缺，傳統中國男耕女織的社會平衡就此崩壞。王建〈當窗織〉云：

> 歎息復歎息，園中有棗行人食。貧家女為富家織，翁母隔牆不得力。水寒手澀絲脆斷，續來續去心腸爛。草蟲促促機下啼，兩日催成一匹半。輸官上頂有零落，姑未得衣身不著。當窗卻羨青樓倡，十指不動衣盈箱。（《全唐詩》卷

298，頁 3380）

詩歌描寫織婦只能為他人織縷的辛酸，以「水寒手澀絲脆斷，續來續去心腸爛」表現織婦的辛苦勞作，以「草蟲促促機下啼，兩日催成一匹半」顯示時間的倉促。然而，不管任何情況，唯一不會改變的就是官府徵收成品的日子。辛苦的工作者「衣身不著」，轉而羨慕特殊身分的青樓女子。中唐詩人一方面呈現社會現象，一方面預告此現象將會造成的下一個亂象。

三、賦稅繁重導致難以為生

（一）沈重的租稅負擔

唐代的賦稅制度分為二個階段，首先實行租庸調法，以「量入為出」的方式，讓農民初嚐為自己奮鬥的喜悅。而《文獻通考・田賦》提到：

> 唐世雖有公田之名，而有私田之實，其後兵革既起，征斂煩重，遂雜取於民，遠近異法，內外異制。民得自有其田而公賣之，天下紛紛遂相兼并，故不得不變而為兩稅。（卷2，頁 43）

租庸調乃是依附在均田制度之下的稅制，伴隨唐代私有土地興盛，戰爭剝奪丁壯的情況愈演愈烈，均田制逐漸名存實亡，使租庸調也失去存在的根基，最終消亡。因此，唐德宗採納楊炎的建議，實施兩稅法，改「量出制入」的方式，依照國家預算支出，確定每年徵收的租稅額，一律以錢幣折算。《唐會要・黜陟使》云：

> 自艱辛以來，徵賦名目繁雜，委黜陟使與諸道觀察使刺史，計資產作兩稅法。比來新舊徵科色目，一切停罷，兩稅外輒別配率，以枉法論。〔註11〕

唐代政府改採兩稅法，一方面希望能盡快恢復，因戰爭而虧空的國

〔註11〕〔宋〕王溥撰：《唐會要》卷 78，上海：上海古籍出版社，1991 年，頁 1413。

庫，另外一方面則想要透過改革，整合早已混亂的稅制，期能減輕百姓的負擔。

然而，實際執行的情況，非紙上談兵一般順利，白居易〈秦中吟十首・重賦〉揭發政府政策落實的弊端，詩云：

> 厚地植桑麻，所要濟生民。生民理布帛，所求活一身。身外充征賦，上以奉君親。國家定兩稅，本意在愛人。厥初防其淫，明敕內外臣。稅外加一物，皆以枉法論。奈何歲月久，貪吏得因循。浚我以求寵，斂索無冬春。織絹未成匹，繰絲未盈斤。里胥迫我納，不許暫逡巡。歲暮天地閉，陰風生破村。夜深煙火盡，霰雪白紛紛。幼者形不蔽，老者體無溫。悲喘與寒氣，并入鼻中辛。……（《全唐詩》卷425，頁4674）

開頭四句提到農民百姓的人生標的，他們只求「活一身」，其他多餘的收穫，就算都奉獻給國家，他們也絕無二話。而「國家定兩稅，本意在愛人」凸顯白居易亦肯定統治者的初衷，原本兩稅法的訂定，是以「體恤人民」，防止貪官污吏巧立名目，隨意加重稅賦為考量，否則以觸法視之。但是，隨著制度實施日久，國家重演著鬆懈租庸調法的過去，任由著官吏榨取百姓，從原來制定夏、秋兩次納稅的時間，擴大至「整年」都要應付來自官府的需求，甚至還要提供國君揮霍無度的基礎。白居易藉由「織絹未成匹」、「繰絲未盈斤」表示官府十萬火急的催促貌，用「幼者形不蔽」、「老者體無溫」等描述，凸顯壓在農民身上的沈重負擔。

皮日休〈正樂府十篇〉循漢樂府采詩之德政，期國君能向漢代聖王看齊，故寫下國家壅積已久的種種問題。有關農民的作品占半數，以下舉〈農父謠〉為例：

> 農父冤辛苦，向我述其情。難將一人農，可備十人征。如何江淮粟，挽漕輸咸京。黃河水如電，一半沈與傾。均輸利其事，職司安敢評。三川豈不農，三輔豈不耕。奚不車

　　　其粟，用以供天兵。美哉農父言，何計達王程。(《全唐詩》

　　　卷 608，頁 7019～7020)

首句言辛苦的農民透過士人的文筆，有話想要向君王陳述，姑且不論
此為事實與否，身為社會的中流砥柱，知識分子的「兼濟」思想，已
經從有場域限制到無處不可的地步。因此，皮日休乃本著「兼善天下」
的儒家精神，用詩歌記錄親身所見。兩稅法實施之後，「量出為入」
的徵稅方式，使得扮演「食人」角色的農民，在支付一般賦稅之外，
尚無法顧及自身家庭，究其原因，前線的征人是下一批需要仰賴他們
的人。固然，「食人」是農夫自古的工作之一，而「如何江淮粟，挽
漕輸咸京」、「三川豈不農，三輔豈不耕」二句，以鄉愿的身分審問中
央，何以各州農夫擔負的稅率輕重不一〔註12〕，尤其是接近京城區域
的農夫，藉著人口密度高的優勢，均攤稅賦後，還有晉升富農的機會。
反之，明明土壤肥沃的江淮地區，當地農民卻沒有飽食的機會，只能
眼睜睜看著辛苦耕耘收成的果實，輸往大城市，大戶人家。末句「美
哉農父言，何計達王程」，是農民，也是詩人的嘆息聲。農民希望詩
人能夠為自己發言，而詩人為其盡人事，但也只能與農民一樣，聽天
命。

（二）女性勞力負擔的加重

　　依唐代的租庸調稅制規定：「課戶每丁租粟二石；其調隨鄉土所
產綾、絹、絁各二丈，布加五分之一。」〔註13〕，唐代前期的統治者，
倚重傳統中國男耕女織的分工模式，讓婦女擅長的紡織成為納稅的一
部份，一來可以減輕男丁背負的家庭重擔，二來是分擔粟米收成不
佳，導致農民無法按時繳納稅賦的風險，反之亦然。因而，唐代已婚

〔註12〕唐憲宗〈置兩稅使詔〉曾言「兩稅之法，悉委郡國」，可見中央給予
　　　　地方檢括戶口、評定戶等高低、將各地稅額分配到稅戶等權力，因
　　　　此各地百姓的稅額，有大部分是掌握在地方官吏。(《全唐文》卷 60，
　　　　頁 644。) 因而，富庶的地區，往往需要負擔更多的稅額。
〔註13〕〔唐〕李林甫等撰，陳仲夫點校：《唐六典‧尚書戶部》卷 3，北京：
　　　　中華書局，1992 年，頁 76。

的婦女，在家的閨女，都可以爲家庭付出一己之力：

> 雉雊麥苗秀，蠶眠桑葉稀。田夫荷鋤至，相見語依依。（《全
> 唐詩》卷125，王維〈渭川田家〉，頁1248）

> 孟夏桑葉肥，穠陰夾長津。蠶農有時節，田野無閒人。（《全
> 唐詩》卷212，高適〈自淇涉黃河途中作十三首・十一〉，
> 頁2213）

詩人透露的是肯定口吻，陳述唐初實施租庸調法，利用粟與桑熟成的
時節不同，讓農民可以分時分工，地盡其利，亦不會過度勞累百姓。
儘管「田野無閒人」一句，呈現的依舊是期待收穫，幸福的畫面。

　　中唐以後，兩稅法將納稅時間改爲夏秋二季，而納稅方式統一以
錢幣代之。而「錢力日已重」的結果，是商人趁機壓低收購的價錢，
「賤糶粟與麥，賤貿絲與綿」（《全唐詩》卷425，白居易〈贈友五首・
三〉，頁4678）使得農民百姓要墮入惡性循環之中。杜甫〈負薪行〉
云：

> 夔州處女髮半華，四十五十無夫家。更遭喪亂嫁不售，一
> 生抱恨堪咨嗟。土風坐男使女立，應當門戶女出入。十猶
> 八九負薪歸，賣薪得錢應供給。至老雙鬟只垂頸，野花山
> 葉銀釵並。筋力登危集市門，死生射利兼鹽井。面妝首飾
> 雜啼痕，地褊衣寒困石根。若道巫山女粗醜，何得此有昭
> 君村。（《全唐詩》卷221，頁2335）

詩人描寫夔州以女生爲勞動主要族群，屬於特殊地區的風土人情。從
古至今皆是如此，女子依舊可以有好的歸屬。如今，戰爭奪去女子們
找到依歸的希冀，沈重的稅額讓女子長期從事勞作，夜以繼日付出心
力，導致其外貌未老先衰。原本個個媲美王昭君的美女，最後換來的
名聲，竟然是巫山女粗醜。

　　如前所述，戰火延綿，讓唐代統治頻繁的點農爲兵，如此恣意的
侵奪農村勞動人口，農村家庭結構面臨瓦解，傳統男耕女織的分工模
式難以維繫。杜荀鶴〈題所居村舍〉云：

　　家隨兵盡屋空存，稅額寧容減一分。衣食旋營猶可過，

　　賦輸長急不堪聞。蠶無夏織桑充寨，田廢春耕犢勞軍。

　　如此數州誰會得，殺民將盡更邀勳。（《全唐詩》卷 692，

　　頁 7966）

官府怎會不懂「古來征戰幾人回」（《全唐詩》卷 156，王翰〈涼州詞二首·一〉，頁 1605）的事實，在促使農村躬耕勞力短缺後，繼續剝奪桑樹、耕牛，徹底破壞農村的運作。在稅額的徵收上，對苦守家園的嫗嫗寡婦，僅表現出一絲憐憫。這些，百姓清楚看在眼裡，「如此數州誰會得」一句，透露其對於戰事的輸贏已無關緊要，而「殺民將盡更邀勳」一句，透露官府軍兵對於自己「不顧一切」捍衛國家的行爲毫不懷疑，兩相對照之下，凸顯國家根基——百姓已產生動搖的情況。

　　杜甫〈兵車行〉云：

　　……縱有健婦把鋤犁，禾生隴畝無東西。況復秦兵耐苦戰，

　　被驅不異犬與雞。長者雖有問，役夫敢申恨。且如今年冬，

　　未休關西卒。縣官急索租，租稅從何出？信知生男惡，反

　　是生女好。生女猶是嫁比鄰，生男埋沒隨百草。……（《全

　　唐詩》卷 216，頁 2254～2255）

即使被男丁拋棄在家中的農婦，願意放下機杼，努力學著印象中，丈夫耕犁的方式，還是面臨見禾苗不見糧的窘境。糧若不收，婦人無法應付急徵租稅的官府，因此民間流傳著生女勿生男的種種諺語，顛覆傳統農業社會「重男輕女」的思想。

　　綜合上述，中唐以後種種的政策改革，使得國家陷入惡性循環。由於稅賦日漸加重，征戰且使農村的丁壯人數下降，女子成爲家庭繳納租稅的重要倚靠。緣此種種，杜甫〈兵車行〉裡描繪本專屬夔州地區才有的特殊風土人情，在當地的情況加劇，而其他地方的女性所負擔的勞力活動，逐漸增加，且轉變成普遍現象。

第三節　憫農書寫的論事特質

　　元結《篋中集·序》言：「風雅不興，幾及千歲，溺於時者，世無人哉。」〔註14〕明白指出《詩經》之後，詩風以「喜尚形似」爲大宗，關心時事者且少的情況，使得詩歌「風雅」，可以展現知識分子美刺諷諭的功能逐漸凋零。背負著儒家文化賦予知識分子，關懷整個社會的理想化情懷，但在以往的「勸農」與「勸學」僅能擇一的禁錮之下，無法有所發揮。反觀唐代，各階層之間的鬆動，讓知識分子有跨界的機會。當人離開他總是立足的某個地方時，不論其身在何處，都會產生兩個地方、兩種視角的對立。此種並存與對立，將轉化成爲自覺。〔註15〕

　　不論是唐代詩人的歸田行動、雙棲生活等都擁有上述的特質，影響所及，關懷整個社會的儒家理想情懷，於此獲得落實的機會。另一方面，隨著安史之亂爆發，唐代政治、社會、經濟等層面不穩定的情況之下，故中唐詩人以「惟歌生民病，願得天子知」（《全唐詩》卷424，白居易〈寄唐生〉，頁4663），又「詩之美也，聞之足以勸乎功，詩之刺也，聞之足以戒乎政。」（《全唐詩》卷608，皮日休〈正樂府十篇并序〉，頁7018）的目的，將詩歌逐漸抒情化的特質再次擴展，凸顯其能夠夾帶、論述時事的社會功能。

一、君王施仁政的期盼

　　中國農民的頭頂上罩著兩片天，一個是掌管四時運作，能夠讓農作物長成的上天。農民清楚地知道，大自然有其運作的規律，惟盡人事且順應自然者，栽植的農作物才能有豐收的機會。再者，百姓必須

〔註14〕傅璇琮編撰：《唐人選唐詩新編》，西安：陝西人民教育出版社，1996年，頁299。

〔註15〕朱光潛〈美學中唯物主義與唯心主義之爭：交美學的底〉結語所云：「並存（對立）是轉化的基礎。認識不到自己思想中有唯心主義與唯物主義並存，就不可能發生自覺的轉化。」詳見氏著：《朱光潛美學文集》，上海：上海文藝出版，1989年，頁311。

順從的另一片天，是統治天下的國君。農民瞭解「治於人」所需要付出的義務，素來以無言的姿態，在社會最底層，提供國家一切基本的需求。只因為他們將上天與國君作連結，認為可以透過滿足國君的要求，是感謝上天的方法之一。

此種天人感應的連結作用，也是知識分子用以制衡王權的工具。白居易〈賀雨〉云：

> 皇帝嗣寶曆，元和三年冬。自冬及春暮，不雨旱爐爐。上
> 心念下民，懼歲成災凶。遂下罪己詔，殷勤告萬邦。帝曰
> 予一人，繼天承祖宗。憂勤不遑寧，夙夜心忡忡。元年誅
> 劉闢，一舉靖巴邛。二年戮李錡，不戰安江東。顧惟眇眇
> 德，遽有巍巍功。或者天降沴，無乃儆予躬。上思答天戒，
> 下思致時邕。莫如率其身，慈和與儉恭。乃命罷進獻，乃
> 命賑饑窮。宥死降五刑，責己寬三農。宮女出宣徽，廄馬
> 減飛龍。庶政靡不舉，皆出自宸衷。奔騰道路人，傴僂田
> 野翁。歡呼相告報，感泣涕霑胸。順人人心悅，先天天意
> 從。詔下纔七日，和氣生沖融。凝為油油雲，散作習習風。
> 晝夜三日雨，淒淒復濛濛。萬心春熙熙，百穀青芃芃。人
> 變愁為喜，歲易儉為豐。乃知王者心，憂樂與眾同。皇天
> 與后土，所感無不通。冠珮何鏘鏘，將相及王公。蹈舞呼
> 萬歲，列賀明庭中。小臣誠愚陋，職忝金鑾宮。稽首再三
> 拜，一言獻天聰。君以明為聖，臣以直為忠。敢賀有其始，
> 亦願有其終。（《全唐詩》卷424，頁4653～4654）

詩歌開頭指出事因，從元和三年冬天開始，國家陷入長期的乾旱。農家錯過插秧最好的氣溫與時機，全國由上到下都在擔心，這一場乾旱會不會演變成下一場蝗災。緣此，君王先「下詔罪己」，反省自己失德無功，造成國家不安寧的過錯，進而允諾停止戰爭，免除地方納貢、租稅等補救措施，而「順人人心悅，先天天意從」後，果然獲得上天好的回應。末段「君以明為聖，臣以直為忠。敢賀有其始，亦願有其

終」說明詩人寫作此詩的原因，首先是歌頌德宗的仁政，而依沈德潛《唐詩別裁集》言：「先敘遇災修省，次有天人感應，而以箴規保治作結，忠愛之意，油然藹然。」則是揭示白居易記錄此事的另一個理由，在凸顯天人相應之外，為使後世的君王也能謹記並看齊。

　　相較於自然災害的難以避免，農民與詩人在憫農主題中提到，對於君王最大的期盼莫過於停止人為的災禍。惟人禍的發生乃是環環相扣且惡性循環，戰爭與男丁、軍糧與納稅、勞力短缺與國事衰弱等都是如此。緣此，唐代詩人們早就透過詩歌，希望傳達此社會現象。張籍〈西州〉提到的國難，是戰爭促使「嗟我五陵間，農者罷耘耕」（《全唐詩》卷383，頁4294）的情況，又〈廢居行〉明白揭示「亂定幾人還本土，唯有官家重作主」（《全唐詩》卷382，頁4291）惟君王下令停止戰爭，對農民來說，就是仁政。又如聶夷中〈傷田家〉云：

> 二月賣新絲，五月糶新穀。醫得眼前瘡，剜卻心頭肉。我願君王心，化作光明燭。不照綺羅筵，只照逃亡屋。（《全唐詩》卷636，頁7296）

詩歌提到農民被迫在真正熟成之前，收割農產品。究其原因，兩稅法改以錢幣納稅，又全年無休的戰事使國庫像個黑洞，財政缺口根本無法填補，無法等待作物的成熟。詩人以「醫得眼前瘡，剜卻心頭肉」一句，期能喚醒統治者的初衷。接著，後四句，以愈加直白的口吻，提醒君王應該在生活上落實儉樸，與國家百姓共患難。前文提及的白居易〈秦中吟十首‧重賦〉，在詩歌後半也提到：

> 昨日輸殘稅，因窺官庫門。繒帛如山積，絲絮如雲屯。號為羨餘物，隨月獻至尊。奪我身上煖，買爾眼前恩。進入瓊林庫，歲久化為塵。（節，《全唐詩》卷425，頁4674）

國庫中，各式物品堆積如山，當初以「量出為入」為理由的徵稅方式，強取豪奪農民的一切。如今，國庫裡的物品卻因長期囤積而發霉、腐爛，不堪使用。詩人想要詢問統治者，是否悔不當初？是否已經瞭解兩稅法制定的嚴重缺陷？

　　慣於忍辱負重的農民，在盼望不到君王發佈停戰的詔書後，轉而降低自己的標準，僅希望能夠安穩的過生活。然而，屬於另外一種人為災禍的貪官污吏，哪會放過弱小的農民，韋應物〈觀田家〉云：

　　　飢劬不自苦，膏澤且為喜。倉廩無宿儲，徭役猶未已。（《全唐詩》卷192，頁1976）

終日為了扮演好「食人」的角色，農民不怕辛苦，素來滿懷感激的接受上天降下的恩澤，讓他們尚可苟活在世間。唐彥謙〈宿田家〉一詩，更加明確的描寫貪官的行為，詩云：

　　　落日下遙峰，荒村倦行屨。停車息茅店，安寢正鼾睡。忽
　　　聞扣門急，云是下鄉隸。公文捧花柙，鷹隼駕聲勢。良民
　　　懼官府，聽之肝膽碎。阿母出搪塞，老腳走顛躓。小心事
　　　延欸，□餘糧復匱。東鄰借種雞，西舍覓芳醑。再飯不厭
　　　飽，一飲直呼醉。明朝怯見官，苦苦燈前跪。使我不成眠，
　　　為渠滴清淚。民膏日已瘠，民力日愈弊。空懷伊尹心，何
　　　補堯舜治。（《全唐詩》卷671，頁7678～7679）

作品以陳述畫面為開頭，農村原是一片安然貌，接著，詩人以「扣門急」介紹官吏的到來，寧靜的村莊頓時陷入恐慌。原本應該保護「良民」者，相反地，是「良民」最害怕的角色，「肝膽碎」一語，凸顯貪官污吏一出現，不亞於戰爭或著自然災害帶給農民的傷害。男丁不管老幼皆躲藏，而嫗嫗東奔西借，才擺得上一席飯菜宴請官員，小心伺候他們飽食酒足，僅是為了再拖延一天納稅的時間。末四句「民膏日已瘠，民力日愈弊。空懷伊尹心，何補堯舜治」跳脫「宿田家」的情境，以自己的身分論事，審問以堯、舜古聖賢為榜樣的統治者，眼見社會敗壞的種種現象，如何能夠不為所動。

二、銷兵鑄農器的訴求

　　古者，兵與農合一。國家兵力的來源，主要是農階層的平民，成年的男丁必須在某一時期，或特殊情況下擔任一定數量的無償勞動。

換言之，成年的農家子弟即有從軍的可能，直到除役之前，他們都必須在幾乎全年無休的農業活動中，隨時候命各種力役、軍役、雜役等徭役。若是太平年，農民不需要「徭役少」也可以有「民安」的效果；然而，歷朝歷代沒有幾位統治者真正瞭解：省徭役、薄賦斂、勸農桑，乃安定國家的良藥。反之，對統治者而言，好似發動戰爭，與鄰國你爭我奪，才是治國之道。影響所及，徭役、賦稅、農桑陷入無止盡地惡性循環，以致國家滅亡。

唐前期的統治者以古為鑒，以「寓兵於農」的府兵制作調整，農民在服兵役時，需要各自備衣糧、兵器，再者軍隊的總體支出，可由軍屯耕種的收穫中換得，故無須由國家支付。《唐會要・團貌》云：

> 武德六年三月，令以始生為黃，四歲為小，十六歲為中，二十一為丁，六十為老。開耀二年十二月七日勅，百姓年五十者，皆免課役。至神龍元年五月十八日制，二十二成丁，五十九免役。……天寶三載十二月二十三日敕文，比者，成童之歲，即挂輕徭，既冠之年，便當正役。（卷85，頁1555）

唐初的徭役制度，以二十一歲男子為丁，及歲的壯丁才需履行兵役的義務。以成丁的時間觀察，以小幅度逐漸增加，免除課役的年紀則向後延期，看似與民休息，實際上是兩相抵消。天寶三載後，成童者就要負擔輕徭，即冠成丁、除役時間皆未更動，乃變相延長男丁兵役的時間。安史之亂爆發後，在詩史杜甫的作品中，曾出現「兵革既未息，兒童盡東征」（《全唐詩》卷217，杜甫〈羌村〉，頁2277）的描述，可見唐代統治者以應付戰事為先，根本不顧天下百姓。

國家需要大量的軍兵應付戰事，影響所及，兵役更加混亂，儲光羲〈效古二首・一〉陳述徵兵帶給農村家庭的痛苦，詩云：

> 大軍北集燕，天子西居鎬。婦人役州縣，丁男事征討。老幼相別離，哭泣無昏早。（節，《全唐詩》卷136，頁1380）

詩歌勾勒農村的家庭、生活與經濟都受到戰爭的波及。戰爭爆發後，

農家的丁男被納入行伍出征作戰，其他雜役的部分，由代理一家之主角色的婦女全部擔負。杜甫〈新安吏〉作於收京之後，詩云：

> 客行新安道，喧呼聞點兵。借問新安吏，縣小更無丁。府
> 帖昨夜下，次選中男行。中男絕短小，何以守王城。肥男
> 有母送，瘦男獨伶俜。白水暮東流，青山猶哭聲。莫自使
> 眼枯，收汝淚縱橫。眼枯即見骨，天地終無情。(《全唐詩》
> 卷 217，頁 2282～2283)

詩歌以點兵行動為開端，呈現統治者不清楚自己下此命令後，官吏是如何執行。他們來到地方搜刮丁壯，既使「山東征戰苦，幾處有人煙」(《全唐詩》卷 147，劉長卿〈送河南元判官赴河南句當苗稅充百官俸錢〉，頁 1503) 的農村，早已找不到符合兵符規定年齡的成丁，官吏的變通方式，竟是強迫中男代替出征。「中男絕短小，何以守王城」一句，包含太多的疑問與哀怨。詩人問官吏也問統治者，中男的加入，對於戰爭有任何助益嗎？解決兵力問題的方法只有一種嗎？停止戰爭不是一種嗎？「莫自使眼枯，收汝淚縱橫。眼枯即見骨，天地終無情」四句，言盡世道的無情、官吏的無情與統治者的無情。

安史之亂的發生，像是開關一般，既使主要的亂源平定，還有零星叛亂，加上外患來侵、藩鎮割據等情況，大唐王朝根本沒有喘息的機會，戰力的主要來源——農村男丁，更是無一日安寧。杜甫〈石壕吏〉云：

> 暮投石壕村，有吏夜捉人。老翁踰牆走，老婦出門看。吏
> 呼一何怒，婦啼一何苦。聽婦前致詞，三男鄴城戍。一男
> 附書致，二男新戰死。存者且偷生，死者長已矣。室中更
> 無人，惟有乳下孫。有孫母未去，出入無完裙。老嫗力雖
> 衰，請從吏夜歸。急應河陽役，猶得備晨炊。夜久語聲絕，
> 如聞泣幽咽。天明登前途，獨與老翁別。(《全唐詩》卷 217，
> 頁 2283)

杜甫以「夜捉人」對照「踰牆走」，明白指出招兵頻繁且無所不用其

極。官吏以帶來有關男丁消息為開頭，對於守在家園的人來說，不管是好消息還是壞消息，都是生離死別。然而，「室中更無人」的回應，道出官吏並非因安慰家屬而至，「獨與老翁別」點明他們真正的用意。全詩沒有任何描寫農家窮貧，生產力崩解的字眼，僅是呈現一個抓人的場景，農民的苦已盡在不言中。

因為「爭」與「征」，農村家庭的瓦解，百姓生活民不聊生，詩人們看在眼中，化為銷兵鑄農器的訴求：

> 單于驟款塞，武庫欲銷兵。文物此朝盛，君臣何穆清。（《全唐詩》卷153，李華〈詠史十一首・二〉，頁1587）

> 歲豐仍節儉，時泰更銷兵。聖念長如此，何憂不太平。（《全唐詩》卷441，白居易〈太平樂詞二首・一〉，頁4928）

此二首詩歌是以暗示的口吻提出訴求。李華以詠史的角度出發，陳述漢帝國之所以興盛的原因，乃是銷兵器，希望統治者引以為典範。後者，白居易〈太平樂詞〉提「仍節儉」、「更銷兵」二語，呼籲君王要懂得知足，才能換得太平天下。

> 聖代休甲兵，吾其得閒放。（《全唐詩》卷212，高適〈自淇涉黃河途中作十三首・十二〉，頁2213）

> 乃知兵者是凶器，聖人不得已而用之。（《全唐詩》卷162，李白〈戰城南〉，頁1682）

> 思見農器陳，何當甲兵休（杜甫〈晦日尋崔戢李封〉，《全唐詩》卷217，頁2270～2271）

> 老弱哭道路，願聞甲兵休。（《全唐詩》卷218，杜甫〈遣興三首・二〉，頁2286）

> 天下甲馬未盡銷，豈免溝壑常漂漂。（《全唐詩》卷220，杜甫〈嚴氏溪放歌行〉，頁2323）

> 吾聞聰明主，治國用輕刑。銷兵鑄農器，今古歲方寧。（《全唐詩》卷222，杜甫〈奉酬薛十二丈判官見贈〉，頁2367）

　　堯舜宰乾坤，器農不器兵。(《全唐詩》卷 381，孟郊〈弔國
　　殤〉，頁 4269)

上述詩句，詩人皆明確且露骨地表達銷兵器、鑄農器的訴求。「聖代」、
「聰明主」、「堯舜」多勸農，究其原因，他們瞭解「兵者是凶器」的
道理，故若「天下甲馬未盡銷」，恐會後患無窮。杜甫〈蠶穀行〉以
爲「甲兵」的角色，乃是守護的角色，但是國家的發展與維繫，必須
依賴農耕活動。其詩云：

　　天下郡國向萬城，無有一城無甲兵。焉得鑄甲作農器，一
　　寸荒田牛得耕。牛盡耕，蠶亦成。不勞烈士淚滂沱，男穀
　　女絲行復歌。(《全唐詩》卷 221，頁 2321)

守護者是爲了需要被守護的人、事、物存在。但是，丁壯老幼皆失的
情況下，既使國家鑄造多麼強大的軍隊，充其量只是守著一座空殼。
影響所及，詩人冀望統治者能夠反面思考，以強化國家內部爲當務之
急。

三、對婦女處境的關懷

　　由於戰爭使得農村男子的數量銳減，當女子遇到「長兄從軍未娶
嫂」(《全唐詩》卷 273，戴叔倫〈女耕田行〉，頁 3070) 的情況，只
能委屈自己，以擔負起家中經濟的重擔，影響所及，老大不得嫁的女
子們，成爲專業的織女，一個特殊的群體。此爲唐代社會的普遍現象，
發生在每一戶農家、每一座農村，影響所及，在唐代詩人的憫農書寫
作品中，有關「婦女處境」的重要主題之一。張籍〈山頭鹿〉描寫無
依婦女，夫死沒來得及讓他入土爲安，馬上又每日奔走，就怕獄中的
兒子也會天人永隔，詩云：

　　山頭鹿，角芟芟，尾促促。貧兒多租輸不足，夫死未葬兒
　　在獄。早日熬熬蒸野岡，禾黍不收無獄糧。縣家唯憂少軍
　　食，誰能令爾無死傷。(《全唐詩》卷 382，頁 4289～4290)

婦女扛起一家，蠟燭多頭燒。一邊祈禱老天別作弄人，讓今年的收成

好些；一邊以「縣家唯憂少軍食，誰能令爾無死傷」道出心中的怨氣，並且期待統治階層思考，剝奪丁壯勞力後，怎還能要求一如往常的稅額呢？

王建〈織錦曲〉描寫一織錦戶，詩云：

> ……一梭聲盡重一梭，玉腕不停羅袖卷。窗中夜久睡髻偏，橫釵欲墮垂著肩。合衣臥時參沒後，停燈起在雞鳴前。一匹千金亦不賣，限日未成官裏怪。……（《全唐詩》卷298，頁3388～3389）

詩人以「髻偏」、「墮垂」描述織女顧不得儀容、形象，夜以繼日的專注在紡織動作，所爲何事？她們深怕耽誤繳交貨品的期限。「一匹千金亦不賣，限日未成官裏怪」一聯，言及織女的功力頗爲深厚，在市場上販售，價格不斐。然而，官府限時限價的收購方式，剝削百姓，欺負百姓，只怕富了百姓。再者，元稹〈織婦詞〉云：

> ……東家頭白雙女兒，爲解挑紋嫁不得。檐前嫋嫋游絲上，上有蜘蛛巧來往。羨他蟲豸解緣天，能向盧空織羅網。（《全唐詩》卷418，頁4607）

此家一雙女兒，自學會機織後，爲了應付官府提出的絲稅，至今尚未能有歸宿。看著屋簷正在織網的蜘蛛，流露滿滿的羨慕之情。詩歌的前半部，提到早徵絲稅的理由，乃是爲酬勞軍功。據「爲解挑紋嫁不得」一句，可知絲稅的徵收，並非此一次特例。然而，詩人想提出討論的是：何以國家論功行賞之事不斷，前方戰事卻不見停？

百姓努力不懈盡自己的義務，希望天人相應的心願落空。不僅如此，他們對於國家的付出、體諒、隱忍等舉動，根本無法傳達到統治者眼裡。邵謁〈寒女行〉云：

> 寒女命自薄，生來多賤微。家貧人不聘，一身無所歸。養蠶多苦心，繭熟他人絲。織素徒苦力，素成他人衣。青樓富家女，纔生便有主。終日著羅綺，何曾識機杼。清夜聞歌聲，聽之淚如雨。他人如何歡，我意又何苦。所以問皇

天，皇天竟無語。(《全唐詩》卷 605，頁 6996)

詩歌描寫的貧寒女子，費煞「苦心」、「苦力」，得到的成果全屬他人。青樓富家女賣笑伸手，便有數不盡的羅綺綢段，相較之下，織婦們情何以堪。付出卻得不到任何收穫，織婦向「皇」與「天」問，如此不公平的生活，哪還有理由要她們繼續過下去？司馬扎〈蠶女〉云：

養蠶先養桑，蠶老人亦衰。苟無園中葉，安得機上絲。妾家非豪門，官賦日相追。鳴梭夜達曉，猶恐不及時。但憂蠶與桑，敢問結髮期。東鄰女新嫁，照鏡弄蛾眉。(《全唐詩》卷 596，頁 6901)

此首作品的女子家境也不好，加上無法從事粗重的工作，惟有努力的紡織，換取平安的生活。影響所及，女子的青春在「養桑」、「養蠶」、「機織」循環中逐漸流逝，末句以富家新嫁娘「照鏡弄蛾眉」，展現女子心中的拉扯，以及詩歌的張力。

于濆〈苦辛吟〉云：

壟上扶犁兒，手種腹長飢。窗下拋梭女，手織身無衣。我願燕趙姝，化爲嫫母姿。一笑不值錢，自然家國肥。(《全唐詩》卷 599，頁 6926)

前四句描寫女子專注女紅，還需分心幫忙犁耕。儘管如此勤奮，依舊衣不蔽體。長期壓抑以及希望屢屢落空的情況，使女子變得激進。後四句是詩人以女子口吻替國正衰敗開出一帖良藥，以「燕趙姝」化「嫫母姿」，諷刺國家正需中興時，統治者仍舊沈迷於歌舞享樂的非現實之中。又如：

地不知寒人要暖，少奪人衣作地衣。(《全唐詩》卷 427，白居易〈紅線毯〉，頁 4703)

繚綾織成費功績，莫比尋常繒與帛。絲細繰多女手疼，扎扎千聲不盈尺。昭陽殿裏歌舞人，若見織時應也惜。(《全唐詩》卷 427，白居易〈繚綾〉，頁 4704)

祇看舞者樂，豈念織者苦。感此嘗憶古人言，一婦不織天

下寒。(《全唐詩》卷718，蘇拯〈織婦女〉，頁8250)

詩人們同念女紅之勞苦，以「少奪」、「應惜」、「豈念苦」同聲譴責國家統治階層忘本，國家以農為本，以百姓根基的初衷。反之，一味地向百姓索取、剝奪百姓所有，招致亡國也是必定之事。

綜合上述，原本在農村生產體制中，屬於輔助地位的婦女們，在戰爭造成的勞力短缺，以及官吏有意的剝削，進而脫離了依附家庭的形象，被迫成為獨立的個體。隨著戰場「暴骨多於土」的外部情況，中唐以後，農村的婦女成為國內新的「食人」角色。

第六章　結　論

　　本論文以唐詩中「歸田」與「憫農」兩個田園書寫面向爲研究主軸。首先，耙梳唐代以前對於勸農與勸學的雙線發展關係，透過對於歷時性的瞭解，整理士、農跨界的思維從何時出現、形成與成型。繼而，針對唐代「歸田」與「憫農」二類田園書寫作品，包括時代背景的討論，對於前人的繼承與疏離，以及詩人視角開展的關鍵。進一步探析作品，分別著重的核心議題，以觀察「歸田」與「憫農」兩種田園書寫作品，具體展現的特質爲何。筆者綜合前文各章所作的各項論述，可歸納幾點研究成果如下：

一、傳統政治體制中的「士」與「農」

　　人類建立國家時，以各司其職的概念，將百姓依專業分成士、農、工、商等領域，以方便管理且維護社會的安定。中國以農立國，多數百姓也是以農爲業，在「治於人者食人」的前提之下，農民成爲社會主要的生產力，讓國家糧食不匱乏，各階層都能溫飽。這群多數弱勢，還必須分攤國家統治階層，龐大的人事經費，擔負的社會責任甚多，可謂他們一年三百六十五天，天天都在爲他人而活。歷朝歷代的制度裡，農民以耕耘土地，成爲國家的基石，然而，他們最倚重的土地，僅止於國家授權，可使用，可耕種，並無所有權。即使如此，農民依

舊默默的耕耘，守護土地、社會、國家。由此可知，農民只是提供國家所需的角色，他們並沒有任何參與國家政治的實質權力，枉論是否有機會為自己發聲。實際上，農民是以不斷付出勞力，換得存在社會的價值，此乃反映出社會分配權利、義務的偏頗現象。

相較之下，「士」階層可以說是社會少數的幸運者。儒家文化很早即塑造「士」階層在社會中扮演的理想化角色，以「農」階層為對照組，提出「君子謀道不謀食」、「士之仕也，猶農夫之耕也」的準則，主張「士」階層是透過「以道濟世」之行動，完成其分工之後的社會責任，而致力於此項專業的他們，且以「憂道不憂貧」的態度面對生理需求。據以觀察，儒家文化是以「百工之事」為前提，相信社會分工並且達到各司其職的話，可以促使國家更加順利的運行。緣此，將「士」參與政治必須具備的自我要求，以及目標設定完整。然而，伴隨國家統治者刻意強化「治人」者「食於人」，「治於人」與「食人」的關係，將農民與士人分別禁錮在農地與官場，無法動彈，沒有自主性。

孔子以「學而優則仕」勉勵「士」階層，以「達則兼善天下，窮則獨善其身」的論述，提供「士」階層在天下無道或不得志時，依舊能夠守護「道」的方法。然而，後繼者多數是將仕途認定成為自己唯一的人生道路，希望能夠達到治國平天下的志業。在這樣的勸學背景之下，知識分子向「謀道」的目標前進，但是進入仕途的大門一向狹窄，顛簸的求仕道路，讓人步步為營。當擁有知識分子的身分，卻又無法順利謀得官位，確立人生目標時，容易讓人無所適從。當順利進入仕途後，多少有理想的知識分子，在欲發揮自己的才情能力時，惟與君王之意背道而馳，能夠揮灑的空間，實際上少之又少。綜合上述，固然負載的責任不同，然士與農本質上，都是服務統治者的人而已。

二、歸田意識的形成與成型

儒家文化形塑「士」之理想化的社會角色，與統治者期待的落實

制度者，乃是不同的兩個層面。知識分子與世浮沉，堅持「士之爲仕」，抑或遵循「無道則隱」的勸告，總在他們的內心不斷交戰。莊子早已預知「勞心者」、「勞力者」的粗略劃分之後，會有隨之而來的問題，所以主張回歸原始的生活模式。檢視先秦時代，政治體制未發展健全時，尚有幾位零星的例證，是超越勞心、勞力分工方式者。漢代以後，由於政治體系建制完成，大部分的知識分子都不願意離開其熟悉的場域。直到張衡才首先跨越那條看不見的界線，忽略「爲用稼」的說法，並使用虛擬書寫的方式，讓自己在心境上回歸到自然界。

　　承繼者陶淵明的士、農跨界是放棄官員的身分，眞正回歸到田園，從實踐躬耕的生活中書寫其所見所聞所感。並且，與謝靈運不約而同打破行之有年，有關「勞心」、「勞力」階層分工的思想，進一步以職業的觀念詮釋「士」，讓知識分子不再局限於「以道殉身」的思想，在生命道路的選擇上也更加適性。經過張衡、陶淵明、謝靈運等人，不論是想像或是實際行動，自然界的一切成爲士人心中的嚮往。唐代出現大量提及自然的詩歌，並且在有關身分跨界書寫的生命課題中，唐代士人不僅承繼先進們的思維，更朝向多元的面向發展。

　　唐代統治者延續前朝，著重發展的兩項最重要政策是均田制與科舉制度。首先，均田制的推行，降低社會各階層土地的陌生感，讓國內百姓都能過著「耕給自足」的生活。影響所及，滿足生理需求的百姓，有多餘的時間找尋實現自我的方式。「士」、「農」之間從「治人者」、「治於人者」的絕對分工關係中脫離，儘管是一介農夫的兒子，在唐代一樣具備參加科舉考試的資格；儘管士人在仕途上不得志，當他們做出不仕則農的選擇時，儒家文化所強調「爲用稼」與「耕難，耕豈可息哉」的觀念都能輕易被化解，不會成爲跨界的牽絆。

　　唐代政府大興科舉制度，打破「上品無寒門，下品無勢族」的階級關係，提供眾多社會底層有抱負的讀書人改變命運的機會，可視爲由統治者所發起，跨越身分限制的機會。但是，國家需要的實際官員數量，以及能夠釋出的官職缺，不可能多過百姓的期待。而唐代政府

以不喚醒百姓美夢爲前提，設置狹窄門檻與層層關卡，讓許多文人以戰死文場落幕。最終，順利通過考試的舉子們，還要經歷吏部的面試，守選制度規定的待官時間。若一直無法通過其中任何一項考驗，士人就只能過著歸居的生活。雖然，唐代統治者在運行守選制度時，盡可能讓通過層層難關的士人都可以有當官的機會，但是下層官員都只有一次或少數時間有官職在身，後半餘生都只能被動等待中度過。

當士人成爲正式官員，以爲終可實現自己的政治抱負時，其實是進入了禁錮自己思想與行爲的場所。朋黨之間，抑或革新與守舊派的集團間，乃至與宦官們的權力拉扯，都讓走在仕途的唐代士人們舉步維艱。這時，士人爲了避免捲入是非紛爭，或利用唐代政府給予官員豐厚待遇如優渥的薪資，九品以上的官職皆免除課稅徭役，並且提供職分田、公廨田讓官員使用，還有全年三分之一的固定休假，過著朝往夕歸，亦官亦隱的歸居生活。

此時的「歸田」行動，可以說是精神繼承陶淵明與謝靈運二人，實質上卻有很大的疏離。首先，唐代統治者將其認爲的美政，繼續沿用並加以發展，間接剝離士與仕，農與耕的必然關係，成爲士、農跨界的先天優勢。另一方面，受到陶淵明與謝靈運二人，在田園書寫的跨界行爲影響，後學者可以從孟子「士之仕也，猶農之耕也」的身分與職業絕對關係中抽離。最重要的是，歸田過程中，兩人依舊保有「士」的思維方式與觀察視角，影響所及，唐代士人進一步轉化，認爲儒家文化所言「以道殉身」的觀念，應該是著重落實的行動力，而無關乎從事的職業。

三、唐代山水田園詩的盛行與轉化

在百廢待興的初唐，由於賢明的國君熟知國家興亡，維繫在黎民百姓身上的事實。因此，在與百姓有密不可分的土地與稅制設計上，是以百人民的角度出發。首先，在土地政策上推行均田制，企圖快速恢復隋朝末年受到戰亂波及，停滯許久的生產力。再者，唐代統治者

讓全國百姓都能擁有屬於自己的土地，促使個人的努力與奮鬥變得更有價值，相對提高國家產量與產值。據以現存條文記載，唐代初期的實際推行過程，在授田數量與實際授予數，雖然有所差距，但多數傳子孫的永業田都能滿足百姓。配合上租庸調法的賦稅方式，以實物納稅，將稅賦分為產物、物品與徭役，並且在「量入制出」的原則之下，讓農民以僅有土地躬耕的收穫總得中，取出一部分繳納國庫，在納稅完成後，平均尚有百分之二十的盈餘，真正達到輕徭薄賦的概念。

　　唐代政府以實施均田制，達到人人皆能溫飽的生理需求，接著提出能夠追求自我的求仕政策。在舉納人才方面，是以科舉考試制度為主。一方面打破一向由貴族同時掌握統治權，「上品無寒門，下品無勢族」的情況，讓眾多社會底層的讀書人有改變命運的機會。另一方面，客觀化的選才標準，等於是由統治者發起，跨越身分限制的機會。雖然，實際上官員的職缺，並沒有多過於其帶給唐代百姓無限希望，狹窄的門檻與層層的關卡，甚至讓某些人終其一生無法實現自我追求的理想。

　　在「士」階層人數尚少的時期，即以儒家文化賦予的理想性社會角色為追尋目標，以兼善天下為己任。惟少數人在無道之世，不得志之時，選擇脫離「百工之事」的正常分工，隱居山林，以獨善其身保全一己之志。伴隨均田制的推行，於唐代不見於世，徬徨失措的士人，還有另外一種可能。究其原因，仕途於唐代社會，不再是士人唯一能選擇的道路，放棄僧多粥少的科舉後，對於多數的讀書人而言，不過是重拾耕田自足的生活，並不會有隔閡。緣此，唐代的「歸田」行動，於歷朝歷代相比，乃是常見的行為。

　　唐代政府給予官員的待遇相當的豐碩，除了優渥的薪資，九品以上的官職皆免除課稅徭役，並且提供職分田、公廨田讓官員使用，還有全年三分之一，共一百一五天的固定休假。據以觀察，額外的假期多與二十四節氣息息相關，亦是民間農忙的日子。因而，不論是近郊踏青，還是前往遠處旅遊的途中，視線觸及的皆是農民忙碌的身影，

意外拉近士、農之間的距離。另一方面，順利進入仕途的人，所要面對的考驗，不比當初跨越的層層考試關卡簡單。士人原以為愈是靠近權力中心，愈能傳達自己心中的治國理想，但是在為統治者服務的前提之下，其實是在「伴君如伴虎」的界線上游走。

若士人的進言，並非國君所想要的治國之道，直言極諫的後果多換來貶謫之路。而朋黨之間的明爭暗鬥，與宦官之間的利益拉扯，逐一消磨身為知識分子的雄心壯志。因此，有些士人在得到官位後，是將自己分內的工作完成外，趁著假期，讓自己回歸到田園中，尋求陶淵明詩中提到的原始樂園，以避免捲入不必要的紛爭之中。唐中葉以後，亦有不少京官自動請調地方，離開權力爭奪的第一線，結合樂園的追求，以莊園經濟的方式，展開仕農雙棲的生活。

隨著政治安定、經濟繁榮、富足生活的消逝，唐代士人對於「歸田」的至樂情感逐漸產生轉變。其一，制度規定的漏洞，使得均田制崩壞，土地大量集中在少數人手中，成為田莊的土地型態。失去土地的農民，為了完成納稅義務，回到佃農身分，為主種林園，一部分的農民則選擇逃離戶口、逃離家園。但是，農民對於土地的情感深厚，影響所及，留下的農民，則必須攤派離開的人的賦稅，使其生活情況雪上加霜。

其二，黎民百姓四散，使得租庸調法難以維持。中唐以後連年的戰爭傷亡，讓人口急速的下降，相應的是稅收的減少。戰爭所需耗費的大量物資，是國庫根本無法負荷，楊炎因此提出稅法的改革。「兩稅法」將納稅的成員，由農民百姓擴大到貴族、官僚，一開始的確使得國庫收入回穩。但是，繳納的方式，逐漸由物品轉向以錢幣代之的情況，有些不肖商人在收購農民的產品時，刻意為難，壓低價錢，樸實的農民也能默默地接受。最後，在新稅法底下的犧牲品依舊是農民。

其三，唐朝氣候異常的情況，讓農民更加力不從心。看天吃飯的農民，卻無法控制上天的陰晴，而自然災害是如何勤能補拙，都無法改變的無奈。依統計唐代二百八十九年間，旱災、水災和蝗災

發生情況最爲頻繁。以秋季發生頻率最高，第二是夏季，涵蓋了一般農作物最重要的生長期與收成期，可能讓農民辛苦一整年的心血毀於一旦，甚至無法準時繳納規定的稅賦。若加上統治者無視災害的嚴重性，任由官吏剝削之，都使得農民的生活與唐朝的國勢走入惡性循環之中。

其四，除了自然災害外，人爲造成的戰亂不但破壞農業，更是不斷地折損著土地、生產力以及大唐帝國的壽命。初期開拓疆土的戰爭大多是在邊疆地區，並不會影響到從事生產的農民與土地。但是，歷時八年的安史之亂，以中原地區爲主要戰場，死傷無數，作物、土地也都付之一炬。好不容易結束的戰爭，迎來的是外族的侵擾，地方勢力攀升，藩鎮割據等令曾經繁榮的帝國無法招架的情況。加上聯繫中央與百姓間的官吏多以粉飾太平、報喜不報憂的方式，回報地方情況，終究導致農民的不滿爆發。

唐代以前的社會，是以階層配合著各種身分，每個階層都有嚴格的界線，尤其「士」與「農」更有固定的活動場域。到了唐代，由於科舉之度的發展，相對打破了勸農或是勸學的單一思維，社會階層的流動，成爲士人在跨界書寫上的先天優勢。再者，唐朝前期，隨著國君的德政，在經濟、社會、政治和國勢等，都是不斷地向上攀升，讓全國的百姓包括知識分子一個無限光明的未來。因此，凡事都有美好的藍圖，思考方式則朝向正面、積極的。影響所及，唐代的「歸田」並不是只因逃避而產生的，更多關鍵時刻，是於時代中尋求且紀錄美好的田園至樂爾爾。

唐中葉以後，最關鍵的是安史之亂帶來的種種影響，土地摧毀殆盡，百姓四散逃離，原已存在的土地兼併行爲，更加無法無天。爲了應付軍事費用，遂日益加重的雜稅，造成稅制改革。然而，「量出爲入」、「錢重物輕」的變法，僅是增加農民的負擔，動搖國家的基石。加上官吏的壓榨、自然災害的殘害，促使國家走向衰亡。唐中葉以後請調地方的官員們，本意是要避開朝廷的紛擾，抵達地方才目睹了上

述的情況，身爲知識分子，儘管不能將意見直達中央，他們也提筆開始一連串的「憫農」書寫。

四、觀看與體驗所映現的歸田生活

　　由於唐代科舉制度的實施，讓全國上下百姓都充滿希望，期許自己能夠成爲「志於道」的一份子。終究，攀越多重考驗，順利奪得入場券的士人，在面臨仕途狹窄不能發揮，官場險惡不能自主等問題時，遂看清無論「勞心」或「勞力」，在中央集權的國家裡，人人都僅是帝王的服務者。是故，「士」能揮灑才智的地方，限於統治者設定的框架之內，根本上無法達成儒家文化中，「士」的理想化社會角色。透過「性剛才拙，與物多忤」、「拙於人事」的自我認知，遂產生跨界行動。

　　唐代詩人歸田的場所以莊園別業居多，結合山林水澤的自然風光，還有田疇畦圃可提供經濟來源。再者，大部分詩人在莊園內，僱有佃農奴僕，因而農事上不需要親力親爲的躬耕，偶以握斧執鋤的進一步接近田事。既使，在歸田行動上，先天條件較差者，還是有少數家僕俾女可以幫忙農事活動。影響所及，唐代詩人的歸田行動，沒有一位如同陶淵明完全親執鋤犁，於生活受盡躬犯霜露等體驗。究其原因，唐代各種特殊背景，使得詩人在歸田行動的歷時性之上，走出屬於其時代共向的歸田風格，進而發展出歸田書寫的面向。

　　唐代歸田書寫可略分爲二種視角，一是以旁觀者的角度出發，或主觀或客觀描寫，詩人以視覺所接收到的農業活動、鄉野風光，或者觀看他者歸田行動的心得感想。唐代詩人的歸田作品，以描寫春播秋收的景象居多。由於官員的休假期間多二十四節氣息息相關，其中於春秋兩個季節的田假與授衣假屬長假，更是促成詩人接觸田園時，以爲僅有此二季才會有「農月無閒人，傾家事南畝」的情況。再者，以優渥條件歸田的詩人，不容易感受到「生計」的壓力，故閒暇時間較多，欣賞水、田、山、花的鄉野風光之際，期能洗滌鬱悶和心機，得

到心靈的平靜。

　　若沒有實際從事躬耕者，是無法體驗農民時刻焦急、窘迫，秋收之前的戰戰兢兢。因而，以拜訪姿態來到田園山水之地的詩人，在觀看他者歸田的詩歌作品中，理所當然側重在歸田生活所享有的在野風光，並且將其描寫的淋漓盡致，甚至表露出「早晚休此官」的嚮往之意。綜合上述，唐代詩人在敘述田園山水中的人、事、物時，多是片面的認識與書寫，究其原因，來到鄉野的知識分子，擁有較好的條件，住在與外界依舊有所隔閡的莊園別業，讓其無法眞正融入鄉村。

　　第二種歸田書寫的視角產生在詩人體驗躬耕之後。依上述觀察，唐代詩人或主動或被動選擇歸田，絕大多數是體會、認知到政治框架的存在，使得才智雙全的自己，根本難以有發揮的機會，因而，田園山水成爲詩人心態調節的重要場所，提供其思索知識分子從今爾後應該以何種形式延續「以道濟世」的理想。在田園之中，實際從事耕植活動的詩人，稍稍見識到農民在農事活動上的專業與專注，除了感嘆之外，深刻體會「術業有專攻」的道理。唐代詩人不可能拋棄，有關知識分子的「息」與「習」，因此他們在歸田生活裡，轉而融入士人的美學與品味。

　　唐代詩人以知識分子的身分跨界到農村，固然因爲專業知識的缺乏，在從事農家活動上力不從心，卻在家庭生活與地緣關係的經營上頗有心得。透過自然界中緩和、柔軟的氣氛，融化傳統中國家庭一向嚴肅的關係。妻兒樂、待客至、呼鄰翁，皆能共享歡樂時光，此種種都是詩人表現在歸田書寫裡，不厭其煩描述的內容，也是實際充實他們內心，從歸田生活中獲得的幸福感。

　　據上述觀察，唐代「歸田」書寫的詩歌作品，多是集中在初盛唐時期。唐代初期的總體生活條件，是中國歷史裡可圈可點的時期。唐代詩人不斷地在詩歌作透露，他們以爲陶淵明田園詩歌描摹的「桃花源」，在當時社會裡，有被實現的可能。影響所及，唐代詩人在歸田書寫中，描寫其對上古淳風的嚮往，崇尙能夠自由、無爲的社會。抑

或，詩人們於自己有能力掌握、控制的家園中營造率眞自由的國度。在休沐、假寧期間，前往山水田園處，如同武陵人般，冀望在無心機的情況下，尋找失落的上古幽境入口。另一方面，幽邃的邊緣位置，同時也是詩人在政治場域位置的反映，因此，只有眞正懂得的人，才能觀看及體驗這一片純樸樂土。

五、唐代詩人超越即事的憫農書寫

　　唐代由政府從上而下，打破身分與職業的絕對關係，「士」與「農」分別從禁錮的場域中得到鬆綁。唐代士人的組成豐富，不乏平凡百姓，憑藉勤讀苦思得志者，亦有家世背景豐富惟抑鬱不得志者，也有主動脫離、放棄官場者等，他們讓自己從「士」階層與身分中抽離出來，成爲擁有獨立思考的知識分子。

　　歸田意識的蓬勃發展，在種種社會因素的作用之下，產生轉化，發展出另一種田園書寫的產物——憫農書寫。究其原因，詩人首先接觸自然風光，進而有機會能夠認識農村的人、事、物，由底層觀察，看清國家多數百姓所處的眞實社會。由上述的契機，讓唐代詩人發現，儒家理想中「以道濟世」的口號，必須從瞭解百姓開始，換言之，是從下而上的行動。所謂中流砥柱的知識分子，是具備雙重身分且擁有雙重視角之人，才能夠扮演好的。緣此，參悟這一點的唐代詩人，不再被「仕」與「隱」，「兼濟」與「獨善」的衝突所束縛，轉而以積極的行動，觀察眞實的社會。

　　傳統中國社會的農民群體，對於「治於人」時，還必須負擔「食人」的義務，從來沒有過多的怨言。以國家賦予的義務爲先，家庭的溫飽排在後面，農村家庭的每一分子，努力爲家庭付出，農民的雙腳在濕潤泥濘中盡是瘡，農婦不顧炙熱的陽光正侵蝕自己的皮膚，只怕桑不夠蠶絲不足。儘管整年三百六十五天，日日接受著上天的考驗，他們依舊在辛苦收穫知後，準備豐盛的祭品感謝四方神靈的福佑。究其原因，對他們而言，僅有勞動的辛苦，是一件再幸福不過的事。然

而，依據正文述的討論可知，農家男女老幼不分晝夜的奔波，只爲應付國家根本不公平的義務需求，卻沒有獲得相對等安穩的生活。

親眼所見，親身經歷的唐代詩人，遂在田園書寫中，另闢「憫農」主題的創作空間，以菁英與庶民的對話爲主，反映農民的困境與心聲。本章第一部份討論詩歌所反映的農民困境時，觀察到唐代氣候異常，自然災害頻繁，詩人有感天氣的變化，更加擔心倚靠上天的農民百姓。他們將詩歌化爲工具，一方面記載農民在旱災、水災、蝗災等自然異變中，面臨的稼穡毀於一旦，終年勞動卻勞而無獲的窘境。

另外一方面，具備思考能力的詩人，從政治場域游離的詩人等，從災禍的即事描寫，超越到抒發來自內心的同憐憫，最終直指國家政策不當，才是讓農民百姓陷入困境無法脫身的主因。如前所述，自古以來的經驗積累，農民瞭解也體諒自然災害的發生是不可避免，善良的多數弱勢不怨懟。對農民而言，戰爭摧殘造成土地破壞、丁壯征戰造成的勞力短缺、維持國力的龐大賦稅，全部都由農民百姓無條件擔負的現實，實屬人爲創造出來的災難，才是眞正促使身爲國家根基的農民，無法從受苦受難，衣不蔽體，難以溫飽的困境逃脫。

唐代詩人觀察農村男女老幼面臨的種種困境後，進一步關心農民心聲，並且將之體現在詩歌作品當中。飢寒交迫的貧苦生活建基在權利、義務不平衡，以及稅賦集中在農民百姓身上，失當的制度分配。然而，統治者並未察覺異狀，他們成爲強迫多數弱勢，支付國家各種對於物質的需求之首，透過官府對底層農民索取無度，帶動貪官污吏假借王命，巧取豪奪近乎一無所有的農村。再者，丁壯征戰不歸還，因而賦稅甚至部分徭役，屬於「食人」義務的工作，落在絕對弱勢的婦女肩上。唐代詩人大量描寫農村婦女的生活與工作，凸顯其從輔助角色轉變成爲家庭支柱的辛酸與非自願的過程。

盱衡唐代初盛中晚四期，「歸田」行動在政治、社會等因素安定之下出現，成爲唐代詩人跨界的契機。進一步，大量出現「憫農」書寫作品，則是中晚唐時期。安史之亂後，唐代社會產生許多轉變，隱

藏在盛世表層之下的各種問題一一浮現，因而詩人在發揮《詩經》抒情書寫特色之外，拾起詩歌「言志」的功用。唐代詩人在反映農民百姓的困境與心聲的過程，帶有憐憫、同情、不捨等感性的抒情成分。更重要的是，他們將論事的特質導入田園書寫當中，反映統治者不能親眼見證的眞實社會與黎民百姓的生活，並且，企圖藉由詩歌作品，創造上下對話的機會。

六、議題的延伸與發展

第一，唐代創作「田園書寫」作品的詩人群龐大，歷來研究過度將焦點集中在盛唐山水田園派詩人詩人身上，甚爲可惜。據前所述，不論是全身而退的歸居，或者亦官亦隱，或者仕農雙棲，田園書寫裡的跨界行動實爲豐富。因此，未來筆者將以初盛中晚爲分期，探尋各時期詩人在「歸田」行動上的脈絡與時代性。

第二，據以觀察，唐代「憫農」作品對於婦女的描述豐富。傳統中國家庭是以「男主外，女主內」，又農業活動則是「男耕女織」的分工模式。然而，在憫農書寫中，耕耘農事的中心──男性身影，鮮少出現在作品當中。取而代之，唐代詩人以細筆描繪女性，在政治、社會、經濟等因素變動不定的情況之下，如何面對？憫農作品更是注意到，在社會變動之下，社會結構改變，產生了單親家庭，或者終身未嫁的織女，擁有專業技能的女紅。總言之，唐代詩人在女性書寫上，有一番經營，筆者深感興趣，未來將密切關注此議題。

第三，在耙梳士、農跨界的過程中，亦觀察到唐代詩人對於黎民百姓的關切至深。因此，不僅是關注農民的問題，唐代詩人對於商人、工匠、伎生等等庶民百工，皆有深刻的描摹。緣此，筆者期望能夠以「跨界」爲主題，以愈加宏觀的角度，進一步挖掘唐代詩人對於社會議題的種種面向。

參引文獻

一、古籍（依文獻年代排列）

1. 〔周〕管仲撰、〔唐〕房玄齡（注）：《管子》，臺北：臺灣商務印書館（文淵閣《四庫全書》本），1983 年。

2. 〔漢〕題孔安國（傳）、〔唐〕孔穎達（疏）：《尚書正義》，臺北：藝文印書館（十三經注疏本），1982 年。

3. 〔漢〕鄭玄（注）、〔唐〕賈公彥（疏）：《周禮注疏》，臺北：藝文印書館（十三經注疏本），1982 年。

4. 〔漢〕鄭玄（注），〔唐〕賈公彥（疏）：《禮記正義》，臺北：藝文印書館（十三經注疏本），1982 年。

5. 〔漢〕鄭元（箋）、〔唐〕孔穎達等（正義）：《詩經正義》，臺北：藝文印書館（十三經注疏本），1982 年。

6. 〔漢〕趙岐（疏）：《孟子正義》，臺北：藝文印書館（十三經注疏本），1982 年。

7. 〔漢〕司馬遷撰、〔劉宋〕裴駰集解：《史記》，臺北：鼎文書局，1981 年。

8. 〔魏〕何晏（注）、〔宋〕邢昺（疏）：《論語注疏》，臺北：藝文印書館（十三經注疏本），1982 年。

9. 〔東晉〕謝靈運著、李運富編注：《謝靈運集》，湖南：岳麓書社，1999 年。

10. 〔北魏〕賈思勰著：《齊民要術》，南京：江蘇古籍出版，2001 年。

11. 〔梁〕沈約撰，楊家駱主編：《宋書》，臺北：鼎文書局，1980 年。

12. 〔唐〕白居易著，朱金城箋校：《白居易集箋校》，上海：上海古籍出版社，1998 年。

13. 〔唐〕李林甫等撰，陳仲夫點校：《唐六典》，北京：中華書局，1992年。

14. 〔唐〕杜佑撰，王文錦等點校：《通典》，北京：中華書局，1988 年。

15. 〔唐〕吳競撰：《貞觀政要》，臺北：黎明文化，1990 年。

16. 〔唐〕封演：《封氏聞見記》，臺北：藝文印書館，1984 年。

17. 〔唐〕康駢：《劇談錄》，北京：中華書局，1991 年。

18. 〔唐〕韓鄂撰：《四時纂要》，臺北：藝文圖書出版社，1970 年。

19. 〔五代〕王定保等撰：《唐摭言》，臺北：世界出版社，2009 年。

20. 〔宋〕王讜撰：《唐語林》，臺北：世界出版社，2009 年。

21. 〔五代〕劉煦等撰：《舊唐書》，北京：中華書局，1975 年。

22. 〔宋〕王溥撰：《唐會要》，上海：上海古籍出版社，1991 年。

23. 〔宋〕司馬光編著：《資治通鑑》，北京：古籍出版社，1956 年。

24. 〔宋〕計有功撰：《唐詩紀事》，北京：中華書局，1981 年。

25. 〔宋〕歐陽修、宋祁撰：《新唐書》，臺北：鼎文書局，1981 年。

26. 〔宋〕嚴羽著，郭紹虞：《滄浪詩話校釋》，臺北：正生書局，1972年。

27. 〔元〕馬瑞臨：《文獻通考》，臺北：臺灣商務印書館，1987 年。

28. 〔明〕胡應麟：《詩藪》，臺北：廣文出版社，1973 年。

29. 〔清〕沈德潛編：《唐詩別裁集》，上海：上海古籍出版社，2008 年。

30. 〔清〕王先謙輯：《荀子集解》，臺北：藝文印書館，1994 年。

31. 〔清〕郭慶藩輯：《莊子集釋》，臺北：河洛圖書出版社，1974 年。

32. 〔清〕彭定求等編：《全唐詩》，北京：中華書局，1999 年。

33. 〔清〕董浩等編：《全唐文》，北京：中華書局，1987 年。

34. 〔清〕嚴可均編、陳延嘉等校點：《全上古三代秦漢三國六朝文》，北京：中華書局，1991 年。

35. 張溥輯：《漢魏六朝百三名家集》，臺北：文津出版社，1979 年。

36. 逯欽立輯校：《先秦漢魏晉南北朝詩》，北京：中華書局，1983 年。

37. 陳尚君輯校：《全唐詩補編》，北京：中華書局，1992 年。

二、專書（依作者姓氏筆劃排列）

1. 文崇一：《歷史社會學：從歷史中尋找模式》，臺北：三民書局，1995年。

2. 方瑜：《唐詩形成的研究》，臺北：嘉新水泥公司文化基金會，1972年。

3. 王瑤：《中古文學史論》，臺北：長安出版社，1982年。

4. 王國瓔：《中國山水詩研究》，臺北：聯經出版社，1986年。

5. 王熙元：《古典文學散論》，臺北：學生書局，1987年。

6. 王德保：《仕與隱》，北京：華文出版社，1997年。

7. 王國瓔：《古今隱逸詩人之宗：陶淵明論析》，臺北：允晨文化，1999年。

8. 王文進：《仕隱與中國文學‧六朝篇》，臺北：學生書局，1999年。

9. 王勛成：《唐代銓選與文學》，北京：中華書局，2001年。

10. 王志清：《盛唐生態詩學》，北京：北京大學出版社，2007年。

11. 王國維著，徐調孚校注：《校注人間詞話》，臺北：頂淵文化出版社，2007年。

12. 朱光潛：《朱光潛美學文集》，上海：上海文藝出版，1989年。

13. 李亦園、楊國樞編：《中國人的性格》，臺北：中央研究院民族所，1972年。

14. 李文初：《中國山水詩史》，廣東：廣東高等教育出版社，1991年。

15. 李錦繡：《唐代財政史稿》，北京：北京大學，1995年。

16. 李豐楙：《憂與遊：六朝隋唐遊仙詩論集》，臺北：學生書局，1996年。

17. 李浩：《唐代園林別業考論》，西安：西北大學出版社，1998年。

18. 李斌成等編：《隋唐五代社會生活史》，北京：中國社會科學出版社，1998年。

19. 李漢偉：《唐代自然詩研究》，臺北：花木蘭文化出版社，2011年。

20. 呂正惠：《抒情傳統與政治現實》，臺北：大安出版社，1989年。

21. 呂怡菁：《流動與靜止——從空間感覺之方式論「神韻」詩朦朧間隔的審美特質》，臺北：花木蘭文化出版社，2007年。

22. 余英時：《中國知識階層史論〈古代篇〉》，臺北：聯經出版社，1997年。

23. 杜曉勤：《初盛唐詩歌的文化闡釋》，北京，東方出版社，1997年。

24. 屈萬里：《詩經詮釋》，臺北：聯經出版社，1983 年。

25. 林文月：《澄輝集：古典詩詞初探》，臺北：洪範出版社，1985 年。

26. 林文月：《山水與古典》，臺北：三民書局，1996 年。

27. 林燕玲：《足崖壑而志城闕——談唐代士人的真隱與假隱》，臺北：花木蘭文化出版社，2009 年。

28. 林燕玲：《唐人之隱：一種文學社會學角度的觀察》，臺北：花木蘭文化出版社，2010 年。

29. 吳可道：《空靈的腳步》，臺北：楓城出版社，1982 年。

30. 吳曉：《詩歌與人生——意象符號與情感空間》，臺北：書林出版社，1995 年。

31. 吳相洲：《中唐詩文新變》，臺北：商鼎出版社，1996 年。

32. 吳宗國：《唐代科舉制度研究》，遼寧：遼寧大學出版社，1997 年。

33. 吳在慶：《唐代文士的生活心態與文學》，合肥：黃山書社，2006 年。

34. 尚定：《走向盛唐》，北京：中國社會科學出版社，1994 年。

35. 尚永亮：《科舉之路與宦海浮沉：唐代文人的仕宦生涯》，臺北：文津出版社，2000 年。

36. 周山：《村野文化》，遼寧：遼寧教育出版社，1996 年。

37. 竺可楨：《天道與人文》，北京：北京出版社，2005 年。

38. 胡如雷：《隋唐五代社會經濟史論稿》，北京：中國社會科學出版社，1996 年。

36. 胡國瑞：《魏晉南北朝文學史》，上海：上海文藝出版社，2004 年。

40. 胡曉明：《萬川之月——中國山水詩的心靈境界》，北京：北京大學出版社，2006 年。

41. 侯迺慧：《詩情與幽靜——唐代文人的園林生活》，臺北：東大出版，1991 年。

42. 侯迺慧：《唐詩主題與心靈療養》，臺北：三民書局，2005 年。

43. 洪順隆：《由隱逸到宮體》，臺北：文史哲出版社，1984 年。

44. 陳安仁：《中國農業經濟史》，臺北：華世出版社，1979 年。

45. 陳寅恪：《唐代政治史述論稿》，臺北：臺灣商務印書館，1994 年。

46. 陳伯海主編：《唐詩彙評》，杭州：浙江教育出版社，1995 年。

47. 陳怡良：《田園詩派宗師：陶淵明探新》，臺北：里仁書局，2006 年。

48. 陳贇：《天下或天地之間：中國思想的古典視域》，上海：上海書店出版社，2007 年。

49. 陶希盛、鞠清遠：《唐代經濟史》，臺北：臺灣商務印書館，1968 年。

50. 陶希盛：《唐代土地問題》，臺北：食貨出版社，1982 年。

51. 閔宗殿、紀曙春主編：《中國農業文明史話》，北京：中國廣播電視出版社，1991 年。

52. 張淑香：《抒情傳統的省思與探索》，臺北：學生書局，1992 年。

53. 張立偉：《歸去來兮：隱逸的文化透視》，北京：三聯書店，1995 年。

54. 張仲謀：《兼濟與獨善——古代士大夫處世心理剖析》，北京：東方出版社，1998 年。

55. 張澤咸：《隋唐時期農業》，臺北：文津出版社，1999 年。

56. 傅璇琮：《唐代科舉與文學》，陝西：陝西人民出版社，1995 年。

57. 傅璇琮編撰：《唐人選唐詩新編》，西安：陝西人民教育出版社，1996 年。

58. 傅璇琮主編：《唐五代文學編年史》，瀋陽：遼海出版社，1998 年。

59. 傅璇琮：《唐詩論學叢考》，北京：京華出版社，1999 年。

60. 傅紹良：《盛唐文化精神與詩人人格》，臺北：文津出版社，1999 年。

61. 湯華泉、劉學忠選注：《中國古代田園詩選》，安徽：黃山書社，1989 年。

62. 程千帆：《程千帆選集》，瀋陽：遼寧古籍出版社，1996 年。

63. 費孝通：《鄉土中國》，北京：北京出版社，2004 年。

64. 黃正建主編：《中晚唐社會與政治研究》，北京：中國社會科學出版社，2006 年。

65. 黃云鶴：《唐宋下層士人研究》，河北：河北人民出版社，2006 年。

66. 黃惠菁：《唐宋陶學研究》，臺北：花木蘭文化出版社，2007 年。

67. 葛曉音：《詩國高潮與盛唐文化》，北京：北京大學出版社，1998 年。

68. 葛曉音：《山水田園詩派研究》，瀋陽：遼寧出版社，1999 年。

69. 廖美玉：《中古詩人夜未眠》，臺南：宏大出版社，2002 年。

70. 廖美玉：《中古詩人的生命印記》，臺北：里仁書局，2007 年。

71. 寧可主編：《中國經濟通史・隋唐五代經濟卷》，北京：經濟日報，2000 年。

72. 歐麗娟：《唐詩中的樂園意識》，臺北：花木蘭文化出版社，2007 年。

73. 閻守誠：《危機與應對：自然災害與唐代社會》，北京：人民出版社，2008 年。

74. 鄭騫：《從詩到曲》，臺北：順先出版社，1976 年。

75. 鄧小軍：《唐代文學的文化精神》，臺北：文津出版社，1993年。

76. 蔡英俊主編：《抒情的境界》，臺北：聯經出版社，1993年。

77. 蔣寅：《大曆詩風》，南京：鳳凰出版社，2009年。

78. 蔣寅：《大曆詩人研究》，北京：北京大學出版社，2007年。

79. 賴瑞和：《唐代基層文官》，臺北：聯經出版社，2004年。

80. 賴瑞和：《唐代中層文官》，臺北：聯經出版社，2008年。

81. 鍾祥財：《中國農業思想史》，上海：上海社會科學院出版社，1997年。

82. 霍建波：《宋前隱逸詩研究》，北京：人民出版社，2006年。

83. 蕭放：《歲時──傳統中國民眾的時間生活》，北京：中華書局，2002年。

84. 蕭淑貞：《魏晉山水紀遊詩文之研究》，臺北：學生書局，2009年。

85. 戴武軍：《中國古代文人人生方式與詩學特色》，廣東：廣東人民出版社，2006

86. 韓國磐：《唐代社會經濟諸問題》，臺北：文津出版社，1999年。

87. 韓國磐：《北朝隋唐的均田制度》，上海：上海人民出版社，1984年。

88. 〔日〕川合康三著，劉維治、張劍、蔣寅譯：《終南山的變容》，上海：上海古籍出版社，2007年。

89. 〔日〕仁井田著，郭延德、栗勁等編譯：《唐令拾遺》，長春：長春出版社，1989年。

90. 〔法〕加斯東‧巴舍拉著，龔卓軍、王靜慧譯：《空間詩學》，臺北：張老師文化出版社，2006年。

91. 〔美〕艾德華‧薩伊德著，單德興譯：《知識分子論》，臺北：麥田出版社，1998年。

92. 〔美〕宇文所安，鄭學勤譯：《追憶：中國古典文學中的往事再現》，臺北：聯經出版社，2006年。

93. 〔日〕谷川道雄著、馬彪譯：《中國中世社會與共同體》，北京：中華書局，2008年。

94. 〔美〕克瑞茲威爾著，徐苔玲、王志弘譯：《地方：記憶、想像與認同》，臺北：群學出版社，2006年。

95. 〔日〕崛敏一著：《均田制研究》，臺北：弘文館出版社，1986年。

三、期刊論文（含會議論文）

1. 文崇一：〈從價值取向談中國國民性〉，收錄於李亦園、楊國樞編：《中國人的性格》，臺北：中央研究院民族所，1972 年，頁 49～80。

2. 楊承祖：〈閒適詩初論〉，收錄於臺靜農先生八十壽慶論文集編輯委員會編：《臺靜農先生八十壽慶論文集》，臺北，聯經出版社，1981 年，頁 535～557。

3. 鄭毓瑜：〈詩歌創作過程的兩種模式——「詩緣情」與「詩言志」〉，《中外文學》第 9 期，1983 年 2 月，頁 4～19。

4. 高友工：〈律詩的美典〉上，《中外文學》，18 卷第 2 期，1989 年 7 月，頁 4～34

5. 許東海：〈歸返、夢幻、焦慮：從陶、柳辭賦論歸田書寫的文類流變及其創作意蘊〉，《漢學研究》，第 22 卷第 1 期，1994 年 6 月，頁 47～80。

6. 侯迺慧：〈唐代郡齋詩所呈現的文士從政心態與困境轉化〉，《國立政治大學學報》，第 74 期，1997 年 4 月，頁 1～37。

7. 林繼中：〈文化轉型中的文學——以南朝、晚唐歷史變局為例〉，收錄於衣若芬、劉苑如主編：《世變與創化：漢唐、唐宋轉換期之文藝現象》，臺北：中研院文哲所籌備處，2000 年，頁 301～325。

8. 何寄澎：〈從美學風格典範之變易論元和詩歌的文學史意義〉，收錄於衣若芬、劉苑如主編：《世變與創化：漢唐、唐宋轉換期之文藝現象》，臺北：中研院文哲所籌備處，2000 年，頁 327～352。

9. 傅興林：〈試論謝靈運與陶淵明歸隱的差異性〉，《漢中師範學院學報》，第 1 期，2000 年 2 月，頁 65～69。

10. 陳忻：〈論中國古代文人朝隱的三種類型〉，《重慶師院學報》（哲學社會科學版），第 1 期，2002 年 2 月，頁 41～45。

11. 廖美玉：〈杜甫「歸田意識」的形成與實踐——兼論越界的身份認同與創作視域〉，收錄於陳文華主編：《杜甫與唐宋詩學：杜甫誕生一千二百九十年國際學術研討會》，臺北：里仁書局，2003 年，頁 419～487。

12. 廖美玉：〈「歸田」意識的形成與虛擬書寫的至樂取向〉，《成大中文學報》，第 11 期，2003 年 11 月，頁 37～78。

13. 蔡瑜：〈試從身體空間論陶詩的田園世界〉，《清華學報》，第 43 卷第 1 期，2004 年 6 月，頁 151～180。

14. 馮嗣蘭，肖東海：〈試析中晚唐憫農詩思想內容及影響〉，《井岡山師範學院學報》（哲學社會科學版），第 1 期，2005 年 2 月，頁 31～34。

15. 陳鐵民，李亮偉：〈關於守選制與唐詩人登第後的釋褐時間〉，《文學遺產》，第 3 期，2005 年 6 月，頁 107～119+160。

16. 馬自力：〈論中唐文人社會角色的變遷及其特徵〉，《陝西師範大學學報》（哲學社會科學版），第 6 期，2005 年 11 月，頁 58～64。

17. 周秀榮：〈近六十年唐代田園詩研究述評〉，《黃岡師範學院學報》，第 4 期，2007 年 8 月，頁 80～85。

18. 黃偉倫：〈六朝隱逸文化的新轉向——一個「隱逸自覺論」的提出〉，《成大中文學報》，第 19 期，2007 年 12 月，頁 2～26。

19. 彭慧賢：〈從中唐水、旱災後之賑恤論白居易濟民思想〉，《彰化師大國文學誌》，第 16 期，2008 年 6 月，頁 129～159。

20. 王輝斌，〈論王績的婚姻詩〉，《南陽師範學院學報》，第 2 期，2009 年，頁 67～71。

21. 廖美玉：〈漫遊與漂泊——杜甫行旅詩的兩種類型〉，《臺大中文學報》，第 33 期，2010 年 12 月，頁 225～265。

四、學位論文

1. 金勝心：《盛唐山水田園詩研究》，臺北：臺灣師範大學國文研究所博士論文，1987 年。

2. 連素屬：《盛唐田園詩研究》，新竹：清華大學文學研究所碩士論文，1994 年。

3. 詹宗祐：《隋唐時期終南山區研究》，臺北：文化大學史學研究所博士論文，2003 年。

4. 楊衛軍：《儲光義詩歌藝術研究》，南京：南京師範大學博士論文，2003 年。

5. 袁野：《唐代的自然災害》，北京：首都師範大學碩士論文，2004 年。

6. 蔡叔珍：《白居易「閒適」詩研究——以「情性」爲考察基點》，臺南：成功大學中國文學研究所碩士論文，2004 年。

7. 張安福：《唐代農民家庭經濟研究》，北京：首都師範大學博士論文，2006 年。

8. 郭卓敏：《唐代憫農詩研究》，浙江：浙江大學碩士論文，2006 年。

9. 李曉娜：《唐代田園詩主題由「田園樂」到「田園苦」的轉變》，重慶：西南大學碩士論文，2007 年。

10. 余穎：《中唐詩人的憫農情懷》，福建：華僑大學碩士論文，2007 年。

11. 黃淑恩：《《唐摭言》研究——科舉制度下的士人風貌與心境》，臺北：政治大學國文教學碩士論文，2008 年。

12. 韓永江：《論唐代農事詩》，北京：中央民族大學碩士論文，2008 年。

13. 許銘全：《唐前詩歌中「抒情空間」形成之研究——從空間書寫到抒情空間》，臺北：臺灣大學中國文學研究所博士，2009 年。

14. 潘建尊：《唐代的農民生活》，東吳大學歷史學系碩士論文，2009 年。

15. 孟祥光：《唐代賦役制度與田家詩》，上海：華東師範大學博士論文，2010 年。

16. 莊振旗：《雨飛蝗食千里間，不見青苗空赤土——唐代的蝗災與救災》，臺中：中興大學歷史學系碩士論文，2010 年。

17. 陳曜裕：《孤城、孤舟與京華——杜甫夔州與兩湖時期的創作視角》，臺南：成功大學中國文學研究所碩士論文，2010 年。

18. 陶明香：《中唐田園詩新變及其原因探析》，山東：曲阜師範大學碩士論文，2010 年。

19. 謝明輝：《中唐山水詩研究》，高雄：中山大學中國文學研究所博士論文，2010 年。

五、網路資料

1. 中國知識資源總庫——CNKI 系列數據庫：http://cnki50.csis.com.tw/kns50/。

2. 中央研究院——漢籍電子文獻資料庫：http://hanji.sinica.edu.tw/。

3. 故宮【寒泉】古典文獻全文檢索資料庫：http://210.69.170.100/s25/。

4. 國家圖書館——臺灣博碩士論文資訊網：http://etds.ncl.edu.tw/theabs/index.jsp。

5. 國家圖書館——期刊文獻資訊網：http://readopac.ncl.edu.tw/nclJournal/index.htm。